Karel G. van Loon
Lisas Atem

Unverkäufliches Leseexemplar

Gebunden mit Schutzumschlag
ISBN 3-378-00639-0
€ 16,50

Erscheint Ende Februar 2002

Bitte beachten Sie die Sperrfrist
Keine Rezensionen vor dem 22. Februar 2002

Karel G. van Loon

Lisas Atem

Roman

Aus dem Niederländischen
von Arne Braun

Gustav Kiepenheuer Verlag

Originalausgabe: Lisa's adem, Uitgeverij L. J. Veen,
Amsterdam/Antwerpen 2001

Die Übersetzung wurde gefördert
vom Nederlands Literair Produktie- en Vertalingenfonds,
Amsterdam

ISBN 3-378-00639-0

1. Auflage 2002
© 2001 Karel G. van Loon/Uitgeverij L. J. Veen
© Gustav Kiepenheuer Verlag GmbH, Leipzig 2002 (für die deutsche Ausgabe)
Einbandgestaltung Gold, Fesel/Dieterich
Satz Dörlemann Satz, Lemförde
Druck und Binden GGP Media, Pößneck
Printed in Germany

Für Tiziana

»Guilt is a very destructive notion.«

David Bohm

Inhalt

TEIL I
FLÜSTERZEIT

Schneckentanz

Sie sitzen eng beieinander, als wären sie schon seit Jahren befreundet, und erzählen sich abenteuerliche Geschichten.

Er sagt: »Einmal bin ich in Nijmegen von der Brücke gesprungen, in den Fluß. Ich wollte wissen, wie das ist – es tat vor allem im Schritt weh. Das Wasser war kälter und schwärzer, als ich gedacht hatte, und die Strömung war schneller; als ich wieder hochkam, war ich schon unter der Brücke durch. Erst fünf Buhnen weiter bin ich an Land gekrochen. Am nächsten Tag hat in der Zeitung gestanden, daß ein Unbekannter durch einen Sprung von der Brücke Selbstmord begangen hätte. Ich habe noch dort angerufen, um zu sagen, daß ich springlebendig bin, aber das Wortspiel fanden sie nicht so toll, und außerdem glaubten sie mir nicht.«

Sie sagt: »Einmal bin ich fast tot gewesen. Es war die beruhigendste Erfahrung, die ich je gemacht habe. Ich sah mein Leben nicht blitzartig an mir vorüberziehen, da war kein himmlisches Licht, und da waren keine Schatten von Verstorbenen, die mich im Jenseits erwarteten. Seitdem habe ich keine Angst mehr vor dem Tod.«

Ihr Knie berührt seinen Oberschenkel.

Er sagt: »Einmal haben Sebastiaan und ich in einem alten, kaputten Bedford geschlafen, auf einem Stück Brachland im Hafengebiet. Mitten in der Nacht wurde ich von Schreien geweckt. Ich wischte das Fenster ab und schaute hinaus, sah aber nichts. Da kam der Mond hinter den Wolken hervor, und im hellen Sand erblickte ich eine Katze und einen Hasen, die sich reglos gegenüberstanden. Beide mit gesträubtem Fell, die Hinterpfoten gestreckt, Kopf und Vorderpfoten eingezogen. Der Mond verschwand hinter den Wolken. Wieder ertönte ein Schrei, wie von einem Kind in Not. Danach ein tiefes Knurren. Das war die Katze. Die Schreie mußten also vom Hasen stammen. Es wurde still. Ich wartete, daß der Mond wieder hervorkommen würde – aber er kam nicht mehr. Sebastiaan hatte nichts gemerkt; im Dunkeln hörte ich seinen schweren, trunkenen Atem. Am nächsten Morgen ging ich zu der Stelle, wo ich die Tiere gesehen hatte. Die Abdrücke ihrer Pfoten waren tief und deutlich zu erkennen. Die Tiere waren nicht übereinander hergefallen, es war nicht gekämpft worden. Die anderthalb Meter Sand zwischen den Abdrücken waren unberührt.«

Sie trinken Rotwein aus Limonadengläsern. Er hat für den Wein gesorgt, sie für Gläser. Ihr Haushalt ist nicht komplett, wie ihr Leben überhaupt.

Sie sagt: »Eines Nachts habe ich die Tür von Lisas Zimmer geöffnet, weil ich Licht sah. Lisa hatte sich die Haare gefärbt und hochgesteckt, sie trug große silberne Ohrringe und eine silberne Halskette. Sie sah aus wie eine spanische Schönheit. An ihren Handgelenken und Fesseln klingelten silberne Armbänder. Sie trug ein weißes Kleid mit Spitzenrock und einem Mieder, das mit Seidenstickerei verziert war. Sie tanzte zu unhörbarer Musik. Ich stand in der Tür und sah ihr zu: wie sie in die Hände klatschte, wie sie sich um die eigene Achse drehte, wie sie ihre Füße bewegte, als liefe sie über spitze Kieselsteine. Lisa, fragte ich, Lisa, was machst du? Aber sie hörte mich nicht, oder sie ignorierte mich. Ich konnte also nichts anderes tun als zusehen, denn ich vermochte nicht, mich zu bewegen. Ich kann mich im Traum nie bewegen, du?«

Jetzt ist er es, der sie nicht hört oder sie ignoriert, weil er in Gedanken noch bei Lisa ist, in ihrem weißen Kleid, mit ihrem Silberschmuck, der Seidenstickerei, unter der er ihren

Körper weiß. Er zieht sein Bein zurück und vergräbt sich tiefer in die Sofakissen. Sie bemerkt die Wirkung ihrer Worte und schweigt.

Nach einer langen Pause fährt er scherzend fort.

»Weißt du, wie Lisa einen Zungenkuß nannte?«

Sie weiß es nicht.

»Einen Schneckentanz.«

Wie ist es möglich, denkt Sophie, daß sie nichts von der Existenz dieses Jungen gewußt hat? Und warum hat es sieben Jahre dauern müssen, bis er sie fand oder sie ihn? Talm – so einen Namen vergißt man nicht. Aber sie kann sich nicht erinnern, daß Lisa je von ihm gesprochen hätte. Sie sagt: »Wie lange habt ihr euch gekannt, Lisa und du?«

»Ein paar Monate, anderthalb Jahre.«

»Anderthalb Jahre oder ein paar Monate?«

»Sie kannte mich ein paar Monate, aber ich kannte sie schon anderthalb Jahre.« Er lacht entschuldigend. »Ich bin nicht so ein Draufgänger.«

»Wie hast du es damals erfahren, das mit Lisa?«

»Ich habe nichts erfahren, das war es ja gerade. Ich habe angerufen, aber niemand nahm ab. Ich bin bei euch zu Hause gewesen, aber niemand machte auf. Von einer Nachbarin erfuhr ich, daß ihr aus dem Urlaub zurück wart, das heißt: du und Sebastiaan. Lisa hatte sie noch nicht gesehen.«

Er schaut sie an. »Ihr wart unerreichbar.«

Sie sagt: »Wir waren da, aber wir waren auch nicht da. Ich meine ...«

»Ich glaube, daß ich es inzwischen verstehe. Aber damals verstand ich überhaupt nichts.«

»Nein, natürlich nicht.«

Sie schauen beide eine Weile schweigend vor sich hin. Dann kichert der Junge leise.

»Was ist?« sagt Sophie.

»Ich war es ja gewohnt, auf der anderen Straßenseite zu

13

stehen und auf eure Fenster zu starren, ohne daß etwas passierte.«

Sophie sagt: »Eigentlich war ich es auch gewohnt.«

»Was?« fragt Talm.

»Daß mir etwas zustößt.«

Er fragt nicht weiter. Er ist schließlich nicht ihretwegen hier, sondern wegen Lisa, so wie es ihr auch nicht um ihn geht.

Sophie sagt: »Was fandest du am allerschönsten an ihr?«

»Ihre Nasenspitze.«

»Lügner.«

»Nun ja ... und ihre Brüste natürlich.« Er sagt es ganz schnell und ganz leise.

Sie will sein Gesicht berühren, doch im letzten Moment besinnt sie sich. Sie fragt: »Was hast du gemacht seitdem, seit damals?«

»Nichts. Nichts Wichtiges jedenfalls. Ich habe sie noch gesucht.«

Und dann will er doch etwas von ihr wissen. »Was hast *du* gemacht in all den Jahren? Hast du sie nicht gesucht?«

Sophie sinkt in die Kissen zurück. Sie nippt vorsichtig an ihrem Wein. Sie sagt: »Im Urlaub haben Lisa und Sebastiaan Schneckenrennen veranstaltet. Das Verrückte war: Lisas Schnecke hat immer gewonnen.«

Und er: »Sebastiaan erzählte, daß Lisa exakt vorhersagen konnte, wo der Mond aufgeht – auch wenn es tagelang bewölkt gewesen war.«

Sophie sagt: »Am Tag, bevor es passierte, sind sie noch zusammen weggewesen. Eine kleine Spritztour mit dem Auto. Zu den Menhiren in Carnac. Ein Picknick am Meer. Ich habe Sebastiaan bestimmt tausendmal gefragt, ob er ihr da nichts angemerkt hat. War sie nervös? Anhänglich? Distanziert? Aber seiner Meinung nach war es ein Tag wie jeder andere. Es war nichts mit ihr.«

Der Junge sitzt ganz still. Nur der Zeigefinger seiner linken Hand klopft sacht auf die Sofalehne. Tapp-tapp-tapp.

Sie stehen eng beieinander in dem schmalen Flur, auf einmal verlegen.

»Ich bin froh, daß du gekommen bist«, sagt Sophie.

»Ich auch.«

»Kommst du wieder?«

Sie nimmt sein Gesicht zwischen ihre Hände und versucht ihn mit den Augen ihrer Tochter zu sehen. Und der Junge sucht in den Augen der Mutter das Kind.

Sie drückt ihm einen Kuß auf den Mund.

Luftfilter

Manchmal wacht sie mitten in der Nacht auf. Dann steht er im Zimmer, auf seinen Stümpfen. Er lacht über ihr erschrockenes Gesicht. Der Laut kommt tief aus seiner Kehle. Es klingt, als würde Badewasser aus einer Wanne ablaufen.

Am liebsten überraschte er sie in der Küche. Dann hörte sie ein Räuspern, direkt hinter sich, doch wenn sie sich umdrehte, war niemand zu sehen. Und in dem Moment, wo sie fortfahren wollte mit dem, was sie gerade getan hatte, erblickte sie ihn aus den Augenwinkeln, sein Gesicht in Hüfthöhe. Und dann lachte er dieses Lachen.

Die Blutgefäße seiner Beine waren verstopft. Erst war ihm das linke Bein amputiert worden, dann auch das rechte. Der Arzt hatte ihm das Rauchen und Trinken verboten, aber daran hielt er sich nicht. »Sterben muß man so oder so«, sagte er.

Als ihm das zweite Bein amputiert worden war, hatte Albert ihn bei sich aufgenommen. Er sagte: »Ich kann doch meinen eigenen Vater nicht in Verwahrung geben?« Es war das einzige Zeichen von Nächstenliebe gewesen, das sie je bei ihm entdeckt hatte. Es sei denn, man würde Ehebruch eine Form von Nächstenliebe nennen wollen.

Drei Jahre lang holte sie morgens ihren Schwiegervater aus dem Bett, stellte ihn unter die Dusche, trug seinen Sessel in den Garten, wenn die Sonne schien. Es erfüllte ihn mit kindlichem Stolz, daß er das ganze Jahr über braun war wie ein Landbewohner. Er hatte dreiundvierzig Jahre lang im Büro gearbeitet.

Alle zwei Wochen holte sie im Tabakladen einen Stapel Zeitschriften für ihn: Rätselblätter, Western, schmuddlige Pornohefte. Es waren die Flitterwochen der sexuellen Revolution. Manchmal masturbierte er über so einem Blatt, mitten im Wohnzimmer. Er hatte ein großes Glied, genau wie sein Sohn Albert, mit einem Knick.

»Wir können um die Ecke vögeln«, sagte der Vater, sagte der Sohn.

Darüber mußten sie dann lachen.

Sie wohnten in einem Neubau am Rande der Stadt, im letzten Haus einer trostlos gleichförmigen Reihe. Albert hatte die Fliesen selbst verlegt und die Wände mit einem rauhen Putz versehen, der für mediterranes Flair sorgen sollte, aber vor allem viel Staub anzog. Ihm gehörte ein Betrieb für Luftfilter, und er empfand jede sichtbare Anwesenheit von Staub im Haus als persönlichen Affront. Bevor sie Albert kennenlernte, hatte Sophie das Wort »Luftfilter« noch nie gehört. Manchmal glaubte sie, daß es auch gar nicht existiere. Sie bekam schon bald eine Abneigung gegen seine obsessive Angst vor Staub: Albert achtete darauf, daß Sophie mindestens zweimal in der Woche mit Flederwisch und Staublappen an den Wänden entlangging.

»Du wohnst hier umsonst«, sagte er. »Ich arbeite, um dieses Haus zu bezahlen, du arbeitest, damit es bewohnbar bleibt. Ich finde, das ist eine gerechte Verteilung.«

Darauf wußte sie nichts zu sagen.

Vor dem Kamin lag ein künstliches Bärenfell mit einem künstlichen Bärenkopf. Dort verführte Albert seine Freundinnen.

»Das Bett«, sagte Albert zu Sophie, »gehört nur dir und mir.« Er fand, daß sie es mit ihm großartig getroffen habe.

17

Eine Zeitlang machte sie sich selbst vor, daß es vorbeigehen würde, daß er sich austoben würde, daß sie Geduld haben müsse.

Als sie im siebten Monat schwanger war, sagte Albert: »Bei diesem Bauch kriege ich ihn wirklich nicht mehr hoch.«

Seine Freundinnen tranken den Champagner aus. Als Lisa geboren worden war, reichte die Wochenpflegerin auch ihnen Zwieback mit Aniszucker.

Und dann nahm er zu allem Überfluß noch seinen Vater auf.

Letztendlich war sie wegen ihres Schwiegervaters aus dem Haus geflohen. Nicht einmal wegen Albert selbst.

Es geschah genau zwei Wochen nach Lisas drittem Geburtstag. Außer ihren Kleidern und einer Einkaufstasche mit ein paar Sachen von Lisa nahm sie nichts mit. Von ihrem Haushaltsgeld hatte sie sich zwei Tage zuvor einen Fahrschein gekauft. Im Bus hielt sie das Kind fest an sich gedrückt. Sie betrachtete die Häuser, an denen sie vorbeifuhren, sie beobachtete den entgegenkommenden Verkehr. Sie tat, was sie konnte, um nicht zu heulen. Es half nicht.

Erst als der Bus die Endhaltestelle erreicht hatte und der Fahrer in den Aufenthaltsraum ging, um ein Brötchen zu essen, stieg Sophie aus. Sie setzte sich auf eine Bank, während Lisa mit dem Hund eines Passanten spielte.

»Alles in Ordnung mit Ihnen?« fragte der Busfahrer, als er wieder auftauchte.

»Nein«, antwortete Sophie, »aber ich komm schon zurecht.«

Sie kamen in einem Gartenhäuschen unter, das der Schwester ihres Vaters gehörte. Ihre Mutter wollte sie nicht sehen: »Ich habe dich oft genug gewarnt, aber du wolltest nie auf mich hören. Und jetzt soll ich gut genug sein, um ...« Sophie hatte den Hörer hingeknallt.

Zwei Monate lang belästigte Albert sie noch.

»Du hast es falsch verstanden, es war nicht das, was du dachtest«, sagte er beim ersten Mal. Sophie hielt Lisa von der Tür fern, aber die hörte ihn natürlich, und als er endlich gegangen war – schimpfend und fluchend, weil Sophie sich auf nichts eingelassen und immer nur wiederholt hatte: »Geh weg! Geh weg! Geh weg!« –, da weinte das Mädchen, wie sie es noch nie hatte weinen hören.

»Mein Vater ist ein widerlicher alter Trottel«, sagte Albert beim nächsten Besuch. »Ich werde ein Pflegeheim für ihn suchen.«

»Ich vermisse dich, und du vermißt mich, das weißt du genau.« Das war das dritte Mal, daß er vorbeikam. Aber ein Pflegeheim für seinen Vater hatte er noch nicht gefunden.

»Du benimmst dich wie ein kleines Kind.« Das vierte Mal.

»Laß uns ein Stückchen hinausfahren. Laß uns ans Meer fahren, einen Strandspaziergang machen. Laß uns irgendwo was essen gehen.«

»Verreck doch! Miststück! Verdammte Hure!«

»Ich liebe dich und du liebst mich.«

»Lisa ist meine Tochter. Du kannst dem Kind nicht einfach den Vater wegnehmen.«

Aber Lisa weinte nicht mehr, als er an jenem Tag ging; und danach war es vorbei.

Fünfzehn Monate wohnten Sophie und Lisa in dem Gartenhaus. Ein Vogelhäuschen stand vor dem Fenster. Sommers wie winters legten sie Brotreste und Apfelgehäuse hinein. Lisa gab den Vögeln seltsame, exotische Namen und wummerte mit den Fäusten ans Fenster, wenn eine Katze in den Garten kam. Als eines Nachmittags eine Amsel gegen die Scheibe prallte, war Lisa untröstlich.

»Arme Mucki! Mucki ist tot!«

Sophie wußte nicht, was sie machen sollte.

Jahre später, in einer leeren Wohnung, würde sie zu den Wänden sagen: »Liebe Lisa, du warst ein Betriebsunfall. Man kann die Dinge zwar schöner darstellen, als sie sind, aber das hilft nichts. Ein Kind macht man nur einmal, beim zweiten Mal macht man ein anderes Kind, man kann also nichts mehr ungeschehen machen. Natürlich liebe ich dich. Ich habe dich schon geliebt, bevor du geboren wurdest. Aber lieben ist nicht genug. Ein Kind, das ungewollt ist, wird mit einem Loch im Herzen geboren. Man kann noch soviel Liebe hineinschütten, schließen wird man es nie.«

Sie lebten von dem wenigen Geld, das Sophie verdiente – sie brauchten nicht viel. Sophie paßte ab und zu auf Kinder aus dem Neubauviertel auf, das gleich hinter der Kleingartenanlage begann. Sie mähte den Rasen der Nachbarn.

Im Winter konnten sie das Haus kaum warmhalten. Sie schliefen zusammen in einem Bett, in dicken Kleidern. Im Frühling erwachten sie langsam wieder zum Leben, wie Bären nach dem Winterschlaf. In der Abendsonne, nach einem windigen, regnerischen Tag, pflückte Sophie Blumen für Lisa, Blumen für sich selbst. Einmal pflückte sie sogar Blumen für ihre Mutter. An einem grauen Sonntagnachmittag gingen sie zu ihr.

»Deine Tochter ist groß geworden«, sagte ihre Mutter. Und: »Ich habe einen neuen Mann kennengelernt.«

»Dein Haar ist schlaff geworden.«

Sie tranken Tee und später Sherry. Sophie blätterte in einem alten Familienalbum und lauschte dem Ticken der Uhr. Lisa bekam Limonade und einen Keks, aber sie wollte lieber Tee.

»Dafür ist das Kind doch noch viel zu klein.«

»Wenn sie nun aber will.«

»Du verwöhnst sie. Das hast du von deinem Vater. Sie wird noch genau wie du.« So redete ihre Mutter. Und als die Uhr vier schlug, sagte sie: »Vier Uhr: höchste Zeit, daß ihr euch mal wieder auf den Weg macht.«

»Wie heißt dieser neue Mann?« fragte Sophie an der Tür, schon im Mantel.

»Koos.«

»Koos.«

»Ja, Koos.«

Sophie träumt, daß Albert in ihrem Zimmer steht.

»Was hast du mit meinem Vater gemacht?«

Sie weiß nicht, was er meint.

»Was hast du mit meinem Vater gemacht!« Er schreit und schlägt mit der flachen Hand gegen die Tür.

»Leise«, sagt Sophie. »Du weckst Lisa noch auf.«

»Du willst meinen Vater umbringen«, sagt Albert.

»Natürlich nicht!«

»Ich weiß, was du denkst, aber so ist mein Vater nicht! So etwas würde er …«

»Sei doch still, sei doch still«, fleht sie. »Still.«

Sie erwacht mit der Zudecke über dem Kopf. »Lisa?« sagt sie leise. »Lisa?«

Sophie schlägt das Bett zurück und starrt auf die Schatten der Zweige an der Zimmerdecke. Es hängen Stores vor den Fenstern, noch von den vorigen Bewohnern. Irgendwo im Haus liegt Stoff für Übergardinen. Sie richtet sich auf, um die Kirchturmuhr sehen zu können. Zehn vor vier. Sie nimmt sich vor, wach zu bleiben, bis sie die Uhr vier schlagen hört. Der Traum lauert noch zwischen den Zweigen.

Prachthintern

»Ich möchte dich sehen.«

»Ich dich auch.«

»Wann?«

»Jetzt.«

»Jetzt?«

»Ja, jetzt.«

»Ich komme zu dir.«

»Ja. Nein. Warte.«

Er wartete.

»Ja, komm her. Aber nicht klingeln. Bleib auf der anderen Straßenseite, damit ich dich sehen kann.«

Sie war das schönste Mädchen, das Talm je gesehen hatte. Er konnte sie stundenlang anschauen. Jedesmal entdeckte er neue Schönheiten an ihr. Die Art ihres Haaransatzes, kurz über den Ohren, regelmäßig wie ein Pappelwald. Ihre Nase, die an der Spitze nicht schmaler wurde, sondern breiter, wodurch sich zwischen ihren Nasenlöchern eine kleine, nahezu perfekte rechteckige Fläche befand. Ein Augenbrauenhaar, das aus der Reihe tanzte. Ein Muttermal an ihrem Hals. Den einen langen Nagel an ihrem linken Ringfinger. Die zarten Schatten auf ihren nackten Fesseln. Der Tag, an dem er ihren ganzen Körper sehen durfte, konnte nicht mehr weit sein.

Nachts träumte er, daß sie ihren Pullover hochzog und riesige weiße Brüste mit enormen Brustwarzen hatte. Er schrak aus dem Traum auf und wagte danach nicht, wieder einzuschlafen. Am nächsten Tag schaute er besorgt auf ihren Oberkörper. Die Wölbungen waren beruhigend klein.

Sie stand am Fenster und winkte. Er winkte zurück. Sie bedeutete ihm, daß er stehenbleiben solle. Es war fast zehn, doch das letzte Tageslicht war noch nicht vom Himmel gewichen. Er sah, wie sie die Vorhänge zuzog. Er wartete. Im Zimmer neben ihrem brannte Licht. Das Licht ging aus. Und wieder an. Und wieder aus.

Der Himmel über der Straße war klar. Er fröstelte.

Minutenlang geschah nichts. Ein Auto fuhr vorbei. Ein Mann führte seinen Hund aus.

»Guten Abend.«

»Abend.«

Die Gardine wurde zur Seite geschoben. Sie gab ihm etwas zu verstehen, aber was? Sie lachte, aber warum? Er lachte auch und hob hilflos die Arme. Bildete er es sich ein, oder drückte sie einen Kuß auf die Fensterscheibe? Die Gardine glitt wieder zurück. Sollte er gehen?

Der Mann mit dem Hund kam noch einmal vorbei, der Hund schnüffelte an seinen Schuhen. »Bei Fuß!« sagte der Mann. Lange nachdem der Hund verschwunden war, konnte der Junge ihn noch riechen.

Es wurde Nacht. Sie kam nicht.

Die Bläßhühner in der Gracht brüteten fünf Eier aus in einem Nest aus Zweigen und Müll: einer Chipstüte, einer Hamburgerverpackung, einem Kondom. Er schaute auf das blasse Gummiding und dachte an sie. Sollte er Kondome kaufen? Die jungen Bläßhühner paddelten nervös um das Nest herum. Sollte er üben, wie man so ein Ding überstreift? Er schoß einen Kronkorken ins Wasser. Die Bläßhühner piepten. Er nahm sein Rad und fuhr zur Schule. Er fuhr, wie er lief: Komm mir nicht zu nahe.

Sie wartete bei den Fahrradstellplätzen auf ihn.

»Es tut mir leid wegen gestern abend«, sagte sie.

»Was ist passiert?«

»Och, nichts Besonderes. Aber ich konnte unmöglich weg.«

Er schloß sein Fahrrad an, und als sie zusammen die Treppe hinaufgingen, nahm sie kurz seine Hand und kniff hinein.

»Wann hast du Schluß?«

»Um zwei.«

»Ich auch.«

»Wartest du auf mich?«

»Ja.«

Er sah ihr hinterher. Sie hatte ein kleines rotes Label auf der rechten Gesäßtasche. Das Label bewegte sich hin und her. Im Englischunterricht spielte er mit einem Klassenkameraden Galgenraten. Er knüpfte ihn mit dem dreizehnbuchstabigen »Prachthintern« auf.

»Das ist kein Wort«, sagte der Klassenkamerad.

Sie gingen in den Wald am Rande der Stadt. Sie liefen Hand in Hand. Sie liefen Arm in Arm. Er legte ihr den Arm um die Schultern, und seine Fingerspitzen berührten flüchtig ihre Brust. Auf einer Bank an einem Teich mit Enten und Karpfen nahm sie seinen Kopf zwischen ihre Hände und küßte ihn. Er schloß die Augen. Ihre Lippen auf seinen Lippen. Ihre Zunge. Ihre Zähne. Seine Hände, die überall gleichzeitig sein wollten. Ganz vorsichtig fühlen. Ganz sacht zwicken. Er wollte sich anders hinsetzen, er mußte sich anders hinsetzen, aber er wußte nicht wie.

Sie redeten nicht viel. Sie zeigte ihm eine Wolke, die aussah wie eine alte Frau. Er zeigte ihr einen Eichelhäher.

»Er sieht tropisch aus«, sagte sie. Er holte sein Portemonnaie hervor und zeigte ihr die Feder, die er immer bei sich trug – eine Feder aus dem Flügel eines Eichelhähers, hellblau und schwarz gestreift. Vorsichtig nahm sie die Feder.

»Kannst du behalten«, sagte er.

»Wirklich?«

»Ja, wirklich.«

Später folgten sie einem mit Holzspänen bestreuten Pfad, der immer schmaler wurde. Er ging voran, bog die Zweige zur Seite. Bei einem großen, gemeinen Zweig voller Dornen drehte er sich zu ihr um. Sie lachte und schob sich an ihm vorbei, während er den Zweig von ihr abhielt. Er spürte, wie ihr Hintern seine Hüfte streifte, wie eine Haarsträhne über sein Kinn glitt. Kurz darauf wurde der Pfad wieder breiter. Ein Flugzeug flog tief über sie hinweg, und für einen Moment gingen alle Geräusche um sie herum in einem ohrenbetäubenden Dröhnen unter. Als der Lärm der Düsenmotoren fast erstorben war, ertönte ein Zischen, das sich rasendschnell durch die Baumwipfel fortzubewegen schien, als ob böse Geister dem Flugzeug auf den Fersen wären. Sie blieben beide stehen und lauschten mit erhobenen Gesichtern.

»Was war das?«

»Ich weiß es nicht.«

Beim nächsten Flugzeug hörten sie es wieder. Und noch einmal und noch einmal.

»Seltsam.«

»Schön.«

»Mysteriös.«

Daran mußte er noch sehr lange denken. Mysteriös. Das war auch so ein Wort, das vom Fortschritt in seiner Existenz bedroht wurde, wie das Birkhuhn oder der launenhafte Linksaußen.

Wenn er sie ganz nackt sehen würde, wäre das dann Fortschritt?

Als sie fast wieder bei ihren Rädern waren, fragte er unbeholfen: »Wollen wir uns noch irgendwo hinsetzen?«

Aber sie sagte: »Nein«, und er brachte sie nach Hause, und sie küßte ihn zum Abschied nur flüchtig auf die Wange. Zu Hause angekommen, ging er sofort in sein Zimmer und sperrte die Tür hinter sich zu. Er legte sich aufs Bett und schloß die Augen. Seine Leisten schmerzten.

Die Farbe des Wassers

Die Flüsterzeit war früh gekommen in diesem Jahr. Schon im April fielen die ersten Ulmenblüten aus, und noch vor dem Königinnentag raschelten die geflügelten Samen an der Gracht, sobald ein Auto vorüberfuhr. In einem Spinnennetz zwischen zwei Fahrrädern hingen Blüten wie Wäsche in der Sonne.

Der Junge ging an der Gracht entlang, beide Hände tief in den Taschen, die Schultern leicht nach vorn gebeugt.

Lisa, dachte er. Lisa! Li-sa-li-sa-li-sa-li-sa!

Er lief an diesem Morgen durch die ganze Innenstadt, nur um zu laufen. Manchmal zögerte er kurz an der Ecke einer Straße oder Gracht; dann hob er den Kopf, schaute sich um wie ein Spürhund, der die Witterung verloren hat. Er betrachtete kein einziges Schaufenster, warf nirgendwo einen verstohlenen Blick hinein, nicht einmal in die roterleuchteten Fenster, wo die Prostituierten der Frühschicht sich zur Schau stellten. Sein Körper bewegte sich durch die Stadt, aber seine Gedanken waren bei ihr, und bei ihr allein.

Je öfter er in Gedanken ihren Namen nannte, desto unwahrscheinlicher erschien es ihm, daß sie wirklich so hieß. Lisa-lisa-lisa-lisa. Lisa? Lí-sa? Li-sá? Li-li-li-li-li-sa. Li-sa-sa-sa-sa-sa. Li! Sa! Es verwunderte ihn, daß das Vertraute fremd werden konnte, nur dadurch, daß man es immerzu wiederholte. So konnte man sich selbst ganz leicht verrückt machen. Aus Gründen, die er nicht verstand, fand er diesen Gedanken beruhigend.

Drei Tage vergingen, ohne daß er sie sah oder sprach. Durchs Fenster beobachtete er die Tauben, die sich auf den flachen Dächern der Wohnboote eine Verfolgungsjagd lieferten, die Täuberiche mit geblähtem Kropf, die Täubinnen mit flach auf die Dachpappe gedrückten Schwänzen. Die Ausdauer der Männchen war ermutigend, die Gleichgültigkeit der Weibchen erschütternd.

So ist die Welt, dachte er. So und nicht anders.

An einem sonnenüberfluteten Morgen sah er auf dem Zaun hinter dem Haus eine Ringeltaube. Am Boden lag dünner Taubenkot. Der Vogel hatte sein Gefieder aufgeplustert und den Kopf eingezogen, als ob es regnete. Der Junge öffnete die Küchentür und trat auf den Holzbalkon hinaus, von dem eine morsche Treppe in den Garten führte. Vorsichtig stieg er hinunter. Die Taube rührte sich nicht. Mit kaltem, unergründlichem Blick fixierte das Tier den Jungen.

Am liebsten hätte er einen Stuhl genommen und sich neben den Vogel gesetzt, bis dieser sein Leben aushauchen und vom Zaun fallen würde. Aber er wußte, daß er nicht die Geduld dazu hatte. Als er eine Stunde später wieder aus dem Fenster sah, saß die Taube noch genauso da. Doch am Nachmittag war der Platz auf dem Zaun leer. In dem eingetrockneten Kot am Fuße des Zauns lag die Taubenleiche. Er ging wieder die morschen Treppenstufen hinunter. Behutsam nahm er den toten Vogel in die Hand. Das Federkleid fühlte sich kalt und glatt an, der Kopf hing in einem merkwürdigen Knick herunter. Das Auge, mit dem das Tier ihn angestarrt hatte, war gebrochen; über die Hornhaut lief ein dünner, silberweißer Sprung.

Er ging vorsichtig die Treppe hinauf, die Taube in der einen Hand, die andere am Geländer. Auf dem Balkon öffnete er den Mülleimer. Mit einem leisen Plumps landete der Vogel im Abfall.

Beim Abendessen fragte er sich, ob er das Tier nicht doch hätte begraben sollen. Unnützes Grübeln, darin war er gut.

Am vierten Tag faßte er sich endlich ein Herz und wählte ihre Nummer. Ihr Vater nahm ab. Sie war nicht da.

»Soll ich ihr ausrichten, daß du angerufen hast?«

»Ja. Nein. Ja, ähm, gern.« Er nannte seinen Namen. Er legte schnell auf.

An diesem Nachmittag machte er wieder einen langen Spaziergang durch die Stadt. Was hätte er sonst tun sollen? Vor dem Schaufenster eines Pornoshops blieb er stehen und betrachtete die ausgestellten Waren so lange, bis er sicher war, daß es ihn nie mehr nach Sex verlangen würde. Seine Sicherheit hielt zwei Straßen vor.

Abends bei Tisch fragte seine Mutter, was mit ihm los sei.

»Lübsküm«, antwortete sein Vater.

»Ich habe dich vermißt.«

»Ich habe dich angerufen.«

»Ja, ich war nicht da.«

»Nein.« Er wartete. Aber es kam nichts. Er sagte: »Dein Vater wollte dir ausrichten, daß ich angerufen habe.«

»Ja.«

Ihre linke Hand auf seinem rechten Schenkel. Die schlanken Finger, die sorgfältig gefeilten Nägel, deren einer so viel länger war als die anderen. Er hatte sie nie gefragt warum. Sie trug zwei Ringe: einen aus Silber, einen aus Gold. Der goldene Ring war ein Erbstück von ihrer Oma, den silbernen hatte sie sich selbst gekauft. Sagte sie. In Frankreich.

Alain, dachte er, sie hat ihn von Alain bekommen. Oder von Philippe. Gérard. Pascal. Michel. Pierre. Dunkle Locken. Brusthaar. Sein Laden, zweifellos. Er wollte sie von sich wegschieben. Er wollte sie an sich drücken. Er saß still und schaute auf das Wasser. Grün oder braun? Oder doch dunkelgrau? Wasser in der Stadt nimmt die Farbe deiner Gedanken an. Daraus hätte er Trost schöpfen können, wenn er gewußt hätte, was das ist – Trost.

»Woran denkst du?«

»An nichts. An alles mögliche.«

»Grün«, sagte sie.

»Was?«

»Deine Augenfarbe. Ich mußte heute nacht an dich denken, und da wußte ich es auf einmal nicht mehr.«

Er sah sie an. Sie lächelte. Das Lächeln tat ihm weh.

»Was ist?«

»Lübsküm.«

»Was?«

»Lübsküm. Das hat mein Vater gestern gesagt, als meine Mutter mich fragte, was mit mir los ist.«

»Und was hast du da gesagt?«

»Nichts.«

»Und, hatte dein Vater recht?«

Er zuckte mit den Schultern.

»Wegen wem? Wegen wem hast du Liebeskummer? Laß mich raten!« Sie klang aufgekratzt. Er konnte kein anderes Wort dafür finden: aufgekratzt. Das Wort kratzte wie ein Kiesel auf Glas. Plötzlich wich das Lachen aus ihrem Gesicht, genauso schnell, wie es erschienen war.

»Doch nicht«, sagte sie leise, »wegen mir?«

Er sah sie an. Er wollte aufstehen und weglaufen, aber er tat es nicht.

»Dummi.«

Dummi!

Er stand auf.

»He!« Sie ergriff seine Hand mit unerwarteter Kraft und zog ihn herunter. Unwillig setzte er sich wieder, halb mit dem Rücken zu ihr.

»He!« Ihre Stimme ganz leise an seinem Ohr. »He, Dummi.« Geflüstert hatte das Wort seine Schärfe verloren. Sie legte ihren Kopf an seine Schulter. Eine Haarsträhne piekste ihn im Gesicht, doch er rührte sich nicht. Eine Gruppe Radfahrer fuhr hinter ihnen vorbei. Jemand rief: »He, Lisa!« Eine Jungenstimme. Sie reagierte nicht. Die Stimmen verwehten im Wind.

»Komm«, sagte sie dann. »Wir gehen.«

29

Sie führte ihn durch eine lange, schmale Straße, hielt ihn fest an der Hand. Sie überquerten einen Platz und kamen in eine Allee, die von riesigen Platanen überschattet wurde.

»Wo gehen wir hin?«

Sie antwortete nicht.

Die Häuserblöcke, an denen sie vorbeigingen, hatten Steintreppen, die ins Hochparterre führten, wo schwere Holztüren im Dämmerlicht glänzten. Bei einer dieser Treppen blieb sie stehen. Sie ließ seine Hand los und holte ein Schlüsselbund aus ihrer Tasche, an dem ein Namensschild aus Plastik hing. Er konnte den Namen nicht lesen.

Sie ging ihm voran die Treppe hinauf. J. W. KONING stand auf einem Schild neben der Tür.

»Komm«, sagte sie.

Drinnen wurden sie von einem dicken schwarzen Kater begrüßt, der sich schnurrend auf den Rücken rollte. Sie streichelte das Tier. Und der Junge schaute auf sie herab, auf ihren Hals und ihren Rücken und die regelmäßigen Wölbungen der Wirbel unter dem dünnen Stoff ihrer Bluse.

Es war ein großes, kühles Haus mit schwarz-weißen Fliesen in der Diele und der Küche, wo sie den Kater fütterte. Im Wohnzimmer lag dunkles Parkett, das dem Raum etwas Düsteres gab. Er trat ans Fenster und schaute auf das üppige Grün der Platanen. Hinter sich hörte er ihre Absätze über das Parkett klappern. Das Klappern hörte auf. Er drehte sich zu ihr um und sah, wie sie sich die Schuhe – mit einer schnellen Bewegung über die Knöchel – von den Füßen streifte.

»Wo sind wir?« fragte er, weil ihm nichts Besseres einfiel.

»Im Haus der Witwe Koning.«

Sie zog die Vorhänge zu.

»Wir sind in einer Welt außerhalb der Welt.«

Sie ging in die Küche und kam mit einer brennenden Kerze auf einer Untertasse zurück.

»Sorgst du für die Musik?«

Und während sie sich aufs Sofa kuschelte, mit angezoge-

30

nen Beinen, sah er die Schallplatten unten in der Musiktruhe durch. Er legte eine Platte von Sarah Vaughan auf, weil das der einzige Name war, den er kannte. Als er die ersten Töne hörte, bereute er es schon wieder, aber sie sagte, daß er eine gute Wahl getroffen habe. Er setzte sich neben sie aufs Sofa.

Sie flüsterte: »Küß mich.« Und er küßte sie, und sie zog ihn an sich, mit einer Kraft, die ihn ängstigte, so wie ihn die Stimme der alten Jazzsängerin ängstigte und die schwarze Katze und dieses ganze Haus. Aber er sagte sich, daß er froh sein müsse, daß dies die Erfüllung all seiner Träume werden würde.

Ihre Hände. Mehr noch als ihre Lippen, ihre Zunge und ihre Zähne nahm er jede Bewegung ihrer Hände in sich auf. Wie ein Blinder ein Buch in Brailleschrift liest, so tastete sie seinen Körper ab. Sie drückte auf Muskeln und Knochen, strich mit ihren Fingerspitzen über Wirbel und Rippen. Sie erforschte, erkundete, probierte. Kitzelt das? Tut das weh? Erregt dich das? Er reagierte mit seiner Atmung, sie wiederum reagierte auf jeden Seufzer vor Genuß, jedes Stöhnen vor Schmerz. Sie nahm seine Hand und legte sie auf ihre Brust. Er fing an, ganz vorsichtig zu tasten, und er merkte, wie ihre Hände langsam zur Ruhe kamen, wie ihre Zunge sich zurückzog, wie ihr Mund sich schloß, wie sie sich ergab.

Die Katze kam ins Zimmer, sprang ihr auf den Schoß, leckte ihm die Wange und schmiegte das Köpfchen an ihr Kinn und an seins.

Als Sarah Vaughan zu Ende gesungen hatte, löste das Mädchen sich aus der Umarmung, stand auf und zog sich aus.

Der Sommer '69

Kaum war Albert aus Sophies Leben verschwunden, da war er auch schon aus ihrem Sinn.

»Alles hat seine Zeit und seinen Ort.« Das hatte sie in einem Artikel über östliche Philosophie gelesen. Man konnte sagen, daß ihre Beziehung zu Albert ein großer Irrtum gewesen war, aber man konnte auch sagen, daß es eine Erfahrung war, die sie stärker gemacht hatte. Es hing ganz davon ab, wie man es betrachtete.

Eigentlich, dachte Sophie, hat Albert mich befreit. Stell dir vor, ich wäre allein mit meiner Mutter im Haus meines Vaters zurückgeblieben! Der Gedanke ließ sie schaudern.

Ihr Vater hatte es mit der Lunge gehabt: Asbestose, auch wenn niemand es so nennen wollte. »Lungenemphysem«, sagten die Ärzte, die seinen Arbeitgeber nicht in Mißkredit bringen wollten. Er hatte jahrelang auf einer Schiffswerft gearbeitet, Feuersicherungen aus Asbest angebracht. Sophies Mutter schalt ihn, weil er die Werft nicht verklagen wollte. Aber er sagte, daß das seine Lunge und sein Leben auch nicht retten würde. Lieber nutzte er die Zeit, die ihm noch blieb, um in seinem Garten zu arbeiten und seine Lieblingsautoren zu lesen und wiederzulesen: Theun de Vries, Dostojewski, Slauerhoff. Vor allem aber Theun de Vries, den Arbeiter mit der goldenen Feder, den Kommunisten.

»Theun ist einer von uns«, sagte er mit einem Buch des Volksschriftstellers auf dem Schoß und einer Lesebrille auf der Nase. In solchen Momenten schien er ein ganz anderer Mensch zu sein als frühmorgens, wenn er aufs Rad stieg, mit einer Brotbüchse auf dem Gepäckträger, ein ganz anderer Mensch als abends, wenn er nach Hause kam und kaum noch laufen konnte. Sophies Vater war ein Arbeiter wie aus dem späten neunzehnten Jahrhundert, doch fehlte ihm dafür die Konstitution.

»Wenn du nur schreiben könntest wie Theun de Vries«, sagte Sophies Mutter, »dann hättest du dich nicht totarbeiten müssen.« Und: »Theun de Vries hätte sich nicht wie ein Lamm zur Schlachtbank führen lassen.«

Sophies Vater erwiderte nichts.

Es war, als ob die Krankheit ihm langsam die Kehle zuschnürte. Seine Hilflosigkeit machte die Mutter rasend. In seinen beklemmendsten Momenten verkündete sie munter, daß sie einkaufen gehe. Ob sie ihm etwas mitbringen solle. Nein? Auch gut. Und weg war sie, die Tür knallte hinter ihr zu. Soweit bei ihm davon noch die Rede sein konnte, holte der Vater dann erleichtert Luft.

Dieses kratzende, pfeifende Geräusch. Ein Ankertau, das langsam zerfetzt wird.

Und in dieser Hölle erschien eines Tages der Prinz auf dem weißen Pferd – oder besser gesagt: in einem feuerroten Ford Mustang Cabrio mit Musik von den Beach Boys aus einer 8-track-Anlage. Eine zufällige Begegnung im Amsterdamse Bos. Ein Drink auf einem Freisitz. Eine Verabredung. Die Dinge, mit denen jede Jugendliebe beginnt. Er war Direktor eines Dreimannbetriebs für Luftfilter. Doch was spielte das schon für eine Rolle? Und wenn er eine Gebäudereinigungsfirma gehabt hätte oder ein Freudenhaus. Daß er sie von der Schule abholte, daß alle auf sie schauten, wenn sie zu ihm ins Auto stieg, daß er sie vor den Augen des Deutschlehrers, der sie nicht leiden konnte, direkt auf den Mund küßte, daß er sie nachts bei Vollmond mitnahm an den Strand, daß er

33

es mit ihr trieb, wo immer es nur möglich war und auch wo es nicht möglich war.

Mein Gott, was wußte sie schon!

Sie war ein Kind auf der Suche nach dem wahren Leben und zugleich auf der Flucht vor dem Leben. Daß ihr Vater sich weigerte zu sterben, bevor Lisa geboren war. Daß seine Augen die ihren suchten, wenn die Mutter ihr eine Szene machte und rief, daß sie eine Hure sei, daß sie sich ihre Zukunft verbaue, daß Albert ein alter Dreckskerl sei, daß sie mit Sicherheit in der Gosse landen und ihr Kind für Galgen und Rad heranwachsen würde, daß sie an der Nadel enden würde, wie jeder heutzutage – die Augen ihres Vaters von seinem Bett aus. Laß sie nur, sagten diese Augen. Hör nicht auf sie.

Er hat Lisa in den Händen gehalten. Ihr Köpfchen hat an seiner Brust geruht.

Ein halbes Jahr wohnte Sophie da schon bei Albert. Sie war an dem Tag zu Hause ausgezogen, an dem sie ihren Eltern gesagt hatte, daß sie schwanger ist.

»Mein Gott, daß mir das wieder passieren muß!« sagte ihre Mutter und lief aus dem Zimmer.

»War es ein Betriebsunfall?« fragte ihr Vater.

»Ja.«

»Willst du es nicht wegmachen lassen?«

»Nein.«

Er streckte die Hand nach ihr aus. Sie ging zu ihm. Er legte die Hand auf ihren Bauch. In diesem Augenblick kam die Mutter wieder ins Zimmer.

»O ja, auch das noch!« rief sie mit sich überschlagender Stimme. »Der alte Mann ist gerührt! Seine Tochter stürzt sich ins Verderben, und er steht dabei und wischt sich ein Tränchen weg.«

Am Nachmittag war sie bei Albert, der die Nachricht von ihrer Schwangerschaft aufnahm, wie er alles aufnahm, was sie von sich erzählte: mit einer Mischung aus Wohlwollen und überlegener Gleichgültigkeit.

»Kann ich hier wohnen?«

»Aber natürlich.«

Sophie ging nicht mehr in die Schule. Jeden Nachmittag fuhr sie mit dem Bus zum Haus ihrer Eltern. Wegen ihres Vaters. Und um der Wirklichkeit des Lebens mit dem Prinzen auf dem weißen Pferd zu entfliehen: dem Leben als Untergebene. Sie protestierte nicht gegen die Rolle, die Albert ihr zugeteilt hatte; eine Frage von Macht und Machtlosigkeit. Sie hegte die Illusion, sich Küche und Bett aus eigener Kraft angeeignet zu haben. Sie versuchte zu glauben, daß sie ihr Leben selbst in der Hand habe – trotz des Kindes in ihrem Bauch, das sie nicht gewollt hatte, und trotz der anderen Mädchen auf dem Bärenfell vor dem Kamin.

Als sie sich einmal vorsichtig wegen einer neuen Eroberung beschwerte, rief Albert ihr zu: »Eifersucht, meine liebe Sophie, ist hoffnungslos aus der Mode. Damit geben wir uns nicht mehr ab. Weg mit der Bürgermoral! Es lebe die Freiheit!«

Und Sophie hatte an das Leben ihrer Eltern gedacht, an die Verbitterung ihrer Mutter und die Machtlosigkeit ihres Vaters, und sie hatte sich gesagt: »Ich bin frei. Ich kann hier weg, wann immer ich will. Niemand tut mir etwas.«

Am Tag, als ihr Vater begraben wurde, war Albert nicht da, um ihre Hand zu halten, ihre Tränen zu trocknen. Er war am Morgen mit dem Versprechen aus dem Haus gegangen, zur Beerdigung zu kommen. Doch er kam nicht. Am Abend fand Sophie ihn stockbetrunken auf dem künstlichen Bärenfell. In den Armen eines vierzehnjährigen Mädchens aus der Nachbarschaft.

Sophie war sechzehn, sie war Mutter, sie hatte ihren Vater verloren, und der Vater ihres Kindes war ein untreuer, neunundzwanzigjähriger Direktor eines verdammt tollen Luftfilterladens – seine Worte –, der alles vögelte, was ein Loch hatte – die Worte seines besten Freundes.

Es war der Sommer 1969. Sophie war steinalt.

Der Anblick von Alberts Vater in seinem Rollstuhl, am Tag, als Albert ihn bei sich aufnahm – dieses Bild ist Sophie nie mehr losgeworden. Er brachte ihr einen großen Blumenstrauß mit, orangefarbene Lilien. Der Blütenstaub hatte Flecken auf sein Jackett gemacht. Er war ein Mann für Flekken. Es war ein schöner Sommertag, und Sophie beugte sich zu ihm vor, um sich küssen zu lassen. Er schaute ihr ungeniert ins Dekolleté.

»Ja, dann herzlich willkommen«, sagte sie.

»Wenn du das von jetzt ab jeden Tag einmal machst«, antwortete er, »dann werde ich hundert.«

Über Alberts Vater hatte sie sich nie Illusionen gemacht.

Doch in der ersten Zeit, in der sein Vater bei ihnen wohnte, lebte Albert richtig auf. Er verwöhnte Sophie wie in den ersten Wochen, kaufte ihr Geschenke, ging mit ihr essen. Sie fuhren an den Strand, und in den Dünen legte er seinen Kopf auf ihren nackten Bauch.

Alberts Vater machte sexistische Witze, er zog sie manchmal mit den Augen aus, aber das nahm Sophie dafür gern in Kauf: es kamen keine anderen Frauen mehr über ihre Schwelle.

Es gab Tage, da glaubte Sophie, daß sie glücklich wäre. An solchen Tagen machte es ihr nichts aus, wenn Lisa ohne Grund zu weinen schien oder Staub am Putz hing oder Alberts Vater nörgelte, daß das Bier zu kalt sei oder aber nicht kalt genug. Doch schon bald wurden diese Tage seltener, und sie fühlte, wie die Lustlosigkeit zurückkehrte, die sie nur aus den ersten beiden Monaten ihrer Schwangerschaft kannte. Sie wurde müde und reizbar. Schlimmer noch: es war, als ob alle im Haus von ihrer schlechten Laune angesteckt würden, als ob sie verantwortlich sei für das nächtliche Schreien ihrer Tochter, die Wutanfälle von Albert, den körperlichen Zustand seines Vaters. Und so konnte es geschehen, daß sie sich auch die Schuld daran gab, daß Albert wieder in seine alte Gewohnheit verfiel – obwohl sie das in diesem Moment niemandem gegenüber zugegeben hätte.

Als Sophie eines Tages vom Einkaufen zurückkam, saß ein Mädchen auf dem Sofa, im Minirock, mit langen blonden Zöpfen. Sie wußte sofort, daß alles wieder von vorn beginnen würde. Sie schob Alberts Vater unter Protest in den Garten und setzte sich dann zu Albert und dem Mädchen.

»Das ist mein *soulmate*«, sagte Albert zu dem Mädchen und zeigte auf Sophie. »Und das«, fügte er hinzu, mit einem Unterton in der Stimme, den Sophie inzwischen so gut kannte, dem Ton unverhohlenen männlichen Stolzes, »ist Susan. *Sweet, sexy, Susannah.*« Sein Englisch klang wie Deutsch.

Das Mädchen lachte nicht, sondern starrte Sophie an und kniff die Augen kurz zusammen. In dem Moment schlossen die beiden einen Bund, der erst Jahre später zerbrechen sollte. »Es war«, würde Sophie in ihrem letzten Brief an Susan schreiben, »als ob Du mir mit diesem Blick zu verstehen geben wolltest, daß Du auf meiner Seite warst, daß ich keine Angst vor Dir zu haben brauchte. Du gabst mir das Gefühl, daß Du meine Rolle in diesem Tollhaus respektiertest – wie armselig diese auch war. Dafür werde ich Dir ewig dankbar sein.«

Ihr Lieblingslied war »Fucking Andrew«, eine bootleg-single von den Rolling Stones. Einmal gingen sie zusammen mit Albert ins Bett. *O Andrew, fucking Andrew*, sangen Susan und Sophie im Chor. Er muß gedacht haben, daß es die Erfüllung einer seiner erregendsten Phantasien werden würde. Aber danach wollte er nie mehr.

Als Sophie zum zweiten Mal schwanger wurde, war es Susan, die sie in die Abtreibungsklinik begleitete.

»Wo bist du gewesen?« fragte Albert.

»Ich habe dein Kind wegmachen lassen.«

Das war das einzige Mal, daß er sie geschlagen hat. Das muß sie ihm lassen: er hat sie sonst nie geschlagen. Bis auf dieses eine Mal.

»Du mußt weg von ihm«, sagte Susan.

»Ja«, sagte Sophie.

Aber sie ging nicht.

Später, in dem Gartenhäuschen, haben sie zusammen über ihn gelacht und zusammen wegen ihm geweint. Susan hatte da schon längst einen anderen Freund. Einmal hat sie vorgeschlagen, sich auch ihn zu teilen. Aber Sophie wollte nicht mehr.

Kleingartenanlage

Onno hatte ein Gartenhaus in einem abgelegenen Winkel des Parks. Dort malte er holländische Landschaften. Blick auf Haarlem mit der Sint-Bavo-Kathedrale. In Giftgrün, fluoreszierendem Orange und Bonbonrosa. Mühle im Waterland. Zitronengelb und türkis. Sturm auf der Westerschelde. Feuerwehrrot und lila. Er hatte noch nie ein Bild verkauft.

Onno war Straßenbahnfahrer. So komme er unter Menschen, und das, sagte er, halte ihn davon ab, verrückt zu werden und sich etwas anzutun.

»Das Leben«, sagte Onno, »ist ein bitterer Witz.« Er hat Sophie nie erklärt warum – nie wirklich.

»Der Bonbonmaler«, nannte Lisa ihn, wegen seines Farbgebrauchs.

»Dieser komische Pinsel«, sagten die anderen Gartenbewohner. Und als ihm das zu Ohren kam, malte Onno sofort ein großes Schild in Gelb und Lila, auf dem ein Pinsel mit einer wahnsinnsverzerrten Fratze als Gesicht zu sehen war und daneben in Pop-Art-Lettern die Worte ZUM KOMISCHEN PINSEL. Er nagelte das Schild über die Tür seines Häuschens. Lisa fand es wunderschön.

Eigentlich ging Sophie aus Mitleid mit Onno ins Bett. Mitleid mit ihm und sich selbst.

Es war nicht immer unangenehm.

Was Onno gut konnte, war Weinflaschen leeren. An Sommerabenden, wenn Lisa schlief und die einbrechende Dunkelheit der Kleingartenanlage eine gewisse ans neunzehnte Jahrhundert erinnernde Traurigkeit gab, fand Sophie es schön, daß Onno da war und sie zusammen unter dem Sternenhimmel sitzen und reden und trinken konnten – viel trinken.

»Heute war ein Mann in der Straßenbahn, der sich für Jesus hielt«, sagte Onno dann. Oder: »Da war ein Mädchen, das mich bat, ihr Bescheid zu sagen, wenn wir bei ihrer Oma sind. Wo wohnt denn deine Oma? Bei meinem Opa.«

Nach der dritten Flasche Wein wurde das Gespräch jedesmal von den siamesischen Zwillingen Mitleid und Selbstmitleid verpestet.

Onno: »Daß man eines Tages verschwindet. Man geht morgens zur Arbeit, man zieht die Tür hinter sich zu und ward nicht mehr gesehen. Und daß einen dann niemand vermißt.«

Sophie: »Wissen Männer eigentlich, was Liebe ist?«

Er: »Daß ein Fehler im Dienstplan gemacht worden ist, so daß ein anderer an diesem Tag deine Bahn fährt. Und daß sie danach vergessen, dich wieder einzuteilen.«

Sie: »An erster Stelle kommt bei Männern die Lust. An zweiter Stelle: Lust. An dritter, vierter, fünfter Stelle: Lust. Erst an zehnter Stelle kommt vielleicht ein bißchen Liebe – wenn man Glück hat.«

Er: »Aber nein.«

Sie: »Könntest du mich je lieben?«

Er: »Ich liebe dich.«

Sie: »Du willst mit mir ins Bett.«

Er: »Natürlich.«

Sie: »Siehst du.«

Er: »Und daß sie nach einem Jahr dein Gartenhäuschen an den Meistbietenden verkaufen.«

Sie: »Warum malst du eigentlich keine Akte?«

Er: »Da zittern mir die Hände.«

Er hatte schöne Hände. Schöne Hände können auch ein Grund sein, mit jemandem ins Bett zu gehen.

Als Sophie das Gartenhäuschen gegen eine Wohnung eintauschte, tauschte sie Onno gegen Sepp ein.

Deutschland ist ein Polizeistaat

Sepp war Sophies erste »Samos«-Liebe, und nicht die letzte. Als ihr eine richtige Wohnung zugewiesen wurde, mußte sie sich auch einen richtigen Job suchen, um für ihren Lebensunterhalt sorgen zu können. Sie nahm eine Stelle im Café »Samos« an einer ruhigen Gracht in der Innenstadt an, wo sie Brötchen belegte und Kaffee kochte und die Küche und die Toiletten saubermachte. Schon bald schmiß sie den ganzen Laden, da Dimitrios, der Besitzer, so von Heimweh gequält wurde, daß er oft nicht aus dem Bett kam – erst recht nicht, nachdem er einmal mitbekommen hatte, daß der Umsatz seines Kaffeehauses an jenen Tagen, an denen Sophie das Zepter schwang, beträchtlich höher war.

Sophie wiederum entdeckte, daß außer Haus zu arbeiten ein gutes Mittel gegen Selbstmitleid ist.

Lisa ging in die Schule und nach der Schule immer häufiger zu Susan, die inzwischen auch ein Kind hatte, eine Tochter von einem Mann, den sie nur einmal getroffen hatte.

»Tu dir das nicht an«, hatte Sophie noch gesagt.

Aber Susan fand, daß Sophie nichts zu sagen hatte, und außerdem: Sie sei mit ihr in der Abtreibungsklinik gewesen und habe sie heulen sehen, damals und später und noch immer. Also bekam Susan ihr Kind, ein Mädchen, das sie Janis nannte, nach Janis Joplin – was Sophie wieder gefährlich fand, denn Janis Joplin war tot.

Lisa spielte die große Schwester, die Mutter, den Doktor und die beste Freundin.

»Weine nur«, sagte sie zu dem schreienden Baby, »bei mir darfst du immer weinen.«

Frauenliebe bei einem noch nicht einmal fünfjährigen Kind.

Manchmal nahm Sophie Lisa mit ins »Samos«. Hätte sie das nicht getan, wäre sie Sepp wahrscheinlich nie begegnet. So können einen die unschuldigsten Entscheidungen reuen.

An einem heiteren Frühlingstag stand Lisa in der Tür des Cafés, während Sophie hinter der Theke eine Apfeltorte in Stücke schnitt. Sie hatte Lisa an diesem Morgen einen knallroten Trägerrock angezogen und eine weiße Strumpfhose mit roten Rosen.

»Ach, du wunderschönes Blumenmädchen«, sagte Sepp. Er hatte eine laute Stimme, die im ganzen Lokal zu hören war. Typisch deutsch, dachte Sophie noch.

»Sie reden aber komisch«, antwortete Lisa. Und Sepp wollte schon weitergehen, als er sich besann. »Vielleicht war ich ja neugierig auf die Mutter dieses Mädchens«, sagte er im nachhinein. Es war ein offensichtlicher Versuch, sich bei Sophie einzuschmeicheln. Aber manchmal, würde sie später sagen, ist so viel Offensichtlichkeit verzeihlich – zum Beispiel, wenn jemand nackt auf einem sitzt und einem mit den Fingerspitzen die Brüste streichelt und das sichtbar, hörbar genießt.

Er fragte Lisa: »Darf ich reinkommen?« und machte zwei Schritte nach vorn. Lisa trat einen Schritt zur Seite und stellte sich dann wieder genauso hin wie vorher, ohne den Gast noch eines Blickes zu würdigen.

Sepp wollte Kaffee und Apfelkuchen mit Schlagsahne.

»Eure Schlagsahne ist so viel leckerer als unsere!«

»Wir machen Zucker ran.«

Sophie gab ihm noch ein zweites Stück, aufs Haus.

»Was führt dich hierher?«

»Der Ruf der Freiheit. Deutschland ist ein Polizeistaat.«

»Willst du mir die Stadt zeigen?« fragte er, als er bezahlt hatte. Sie wollte. Er hatte blaugrüne Augen mit braunen Sprenkeln. Sophie wollte in diese Augen sehen.

Lisa fand Sepp gefährlich.

»Warum?« fragte Sophie.

»Man kann ihn nicht mal verstehen!«

Am nächsten Tag brachte Sepp ein Geschenk mit. Lisa war bei Susan, und als Sophie ihr später am Nachmittag das Päckchen überreichte, sagte sie: »Es hat sich jemand in dich verliebt.«

»Red keinen Quatsch«, sagte Lisa. Aber sie machte das Päckchen schnell auf, und ihre Augen strahlten, als sie sah, was darin war: ein Stoffclown mit einem grünen und einem blauen Auge und orangefarbenem Haar.

»Von Sepp«, sagte Sophie.

»Wer ist Sepp?«

»Dieser gefährliche Mann, den du nicht verstehen kannst, weil er deutsch spricht.«

Darauf wußte Lisa nichts zu sagen.

Abends zeigte Sophie Sepp die Stadt. Es war langer Einkaufsabend. In der Kalverstraat liefen sie Sophies Mutter über den Weg, sie war in Begleitung eines alten Mannes mit Schuppen auf dem Jackett.

»Das ist Koos«, sagte Sophies Mutter.

»Das ist Sepp«, sagte Sophie. Und zu Sepp: »Meine Mutter.«

Er streckte die Hand aus, aber ihre Mutter tat, als ob sie es nicht sähe.

»Komm, Koos«, sagte sie. Und sie schlurften davon, Arm in Arm, zwei alte Leute inmitten von Teenagern. Sophies Mutter war zweiundfünfzig. Koos dürfte mindestens siebzig sein, schätzte Sophie.

»Fieser alter Kerl.«

»Was?« fragte Sepp.

»Du bist ein leckerer Bursche.«

»Lecker?«

»Ja, lecker.«

In Sepps Hotelzimmer erforschten sie ihre nackten Körper. Er betrachtete die Streifen, die Sophie von ihrer Schwangerschaft zurückbehalten hatte. Sie sah die Narben auf seinen Unterarmen.

»Von den Insulin-Spritzen«, sagte er. »Zuckerkrankheit.«

Sie küßte die kleinen Wunden, sie küßte die kleinen Flekken auf der Innenseite seiner Schenkel, sie küßte seinen Hintern und sein Geschlecht, und sie merkte, daß es ihr mit einem Fremden leichter fiel, schamlos zu vögeln, als mit einem Mann, in den sie verliebt war oder glaubte verliebt zu sein, oder mit einem Mann, mit dem zusammen sie sich betrank, den Mond betrachtete, einsam war.

Hemmungslose Wollust bei einer Frau, das vertragen nur sehr wenige Männer. Sepp war so ein Mann. Er küßte sie wach.

Drei Tage später wurde er tot in seinem Hotelzimmer gefunden. Jemand hätte ihm sagen müssen, daß das Heroin in den Niederlanden viel reiner ist als in Deutschland.

»Es ist schon der vierte dieses Jahr«, sagten sie bei der Polizei.

Lungenemphysem! Zuckerkrankheit! Laßt uns die Dinge bloß nicht beim Namen nennen, dachte Sophie. Verstecken wir uns hinter Worten, hinter Lügen, hinter Euphemismen, hinter achtlos ausgesprochenen Beruhigungen! Sie ließ ihre Wut an dem Clown mit dem orangefarbenen Haar aus.

»Mama, was ist los?« fragte Lisa am nächsten Morgen.

»Sepp ist tot.«

Sie wollte nicht lügen.

»Wo geht man hin, wenn man stirbt?« fragte Lisa.

»In den Himmel.«

»Sprechen sie da deutsch?«

»Ja, da sprechen sie auch deutsch.«

»Ich will nicht in den Himmel.«

Als Lisa sah, was Sophie mit dem Clown gemacht hatte, mußte sie weinen.

»Was um alles in der Welt willst du mit so einem Deutschen?« fragte ihre Mutter.

Und: »Was hätte dein Vater dazu gesagt!«

»Was, glaubst du, hätte er wohl zu Kees gesagt?«

»Koos!« sagte ihre Mutter.

»Und übrigens, dieser Deutsche ist tot.«

»Gut so.«

Aber es tat ihr sofort leid, daß sie das gesagt hatte.

»Ich meine«, fügte sie hinzu, »na ja, ich hab es nicht so gemeint. Tot?«

»Ja, Zuckerkrankheit. Kein Insulin dabei.«

Das größte Rätsel war für Sophie, was ihr Vater wohl an ihrer Mutter gefunden haben mochte. Die Antwort nahm er mit ins Grab. Sie hat ihn erst danach zu fragen gewagt, als er schon tot war.

Sophie saß neben dem hohen Metallbett, das er vom Pflegedienst bekommen hatte. »Mein Sterbebett«, hatte ihr Vater gesagt. Und er hatte darüber gelacht. Sophies Augen waren geschlossen, aber sie schlief nicht, obgleich sie auch nicht mehr richtig wach war. Sie schaukelte auf den Wellen seiner Atemzüge, dieser trägen, röchelnden Brandung. Auf und ab. Ein und aus. Und dann auf einmal: nichts mehr. Sie hielt die Augen geschlossen, sie hielt die Luft an. Es war ohrenbetäubend still im Raum. Als sie endlich den Mut hatte hinzusehen, schien es ihr, als wäre das Zimmer in ein seltsames, bläuliches Licht getaucht. Es gab zweifellos eine logische Erklärung dafür, aber für Sophie konnte der Schein nichts anderes sein als der Geist ihres Vaters, der das Zimmer erfüllte, der sie umhüllte, der ihr die Kraft gab, aufzu-

45

stehen und sich über den toten Körper zu beugen und das tote Gesicht zu küssen und die toten Augenlider zuzudrükken und leise in sein totes Ohr zu flüstern: »Tschüß, Pa.«

Und als sie es ihrer Mutter gesagt hatte und als die erwidert hatte, daß sie ihn nicht sehen wolle, und als Sophie zurück war, allein in dem Zimmer, aus dem das blaue Licht verschwunden war, da hat sie ihn gefragt: »Was um Himmels willen hast du nur an ihr gefunden?« Für einen Moment schien ihr, als ob sie ihn lachen höre, leise röchelnd.

Auf der Straße fuhr ein Moped vorbei.

Sophies Vater war vierundfünfzig.
Sepp war einundzwanzig.
Der Fötus war zwölf Wochen alt.
Und nun war Sebastiaan auch schon tot.

Der Lahme und der Blinde

Der Morgen bringt versöhnliches Licht. Sophie steht vor dem Spiegel, den sie so lange gemieden hat, und zwingt sich hineinzuschauen. Sie sieht zuerst, was nicht mehr da ist: die glatte Haut, der flache Bauch, die linke Brust. Dann betrachtet sie die Narben, die Falten, die Dellen, die roten Flecke, die Löcher, den Verfall.

»Sieh dir das an, Talm«, sagt sie, als ob der Junge noch bei ihr wäre. »Sieh dir das gut an. So wird sie für dich nie werden. Preise dich glücklich, denn sie ist die Tochter ihrer Mutter, und wenn sie noch lebt, unsere liebe Lisa, wird sie bald werden wie ich. Die Menschen fallen beim Älterwerden langsam auseinander, und da wir in unserer Familie früher damit anfangen als andere, sind wir auch eher damit fertig.«

Später an diesem Morgen holt sie im Supermarkt eine Rolle Müllsäcke und ein paar Pappkartons. Doch als sie auf der Schwelle des kleinen Zimmers steht, in das sie vor sieben Jahren nach einem überstürzten Umzug Lisas Sachen gestellt hat, sinkt ihr wieder der Mut.

»Zuerst Sebastiaans Sachen«, sagt sie sich. »Sebastiaan ist wenigstens tot und begraben.«

Es dauert sehr lange, bis sie sich wieder in Bewegung setzt.

Sebastiaans Sachen stehen in einem tiefen Schrank auf dem Flur. Im Schrank riecht es nach Staub und Mottenkugeln, Gott sei Dank nicht nach ihm. Sie beginnt mit einem Karton, auf dem mit Filzstift in Sebastiaans sorgfältiger Handschrift das Wort »Schreibtisch« steht. Sie trennt das Wertvolle vom Wertlosen. Eingetrocknete Stifte, verbogene Büroklammern, Reißzwecken, Gummis, Radiergummistückchen, Namenlisten und Stundenpläne landen im Müllsack. Einen Mont-Blanc-Füller, ein unangebrochenes Tintenfaß und ein Foto von ihr und Lisa in einem silbernen Rahmen legt sie in einen Karton. Sie findet zwei Zeitungsausschnitte: »Skandal an der Universität von Amsterdam«; »Umstrittener Dozent geht«. Sie legt die Artikel in den Karton, besinnt sich aber und wirft sie doch in den Müllsack.

Sie pustet den Staub von einer alten Schreibmaschine. Der wird sie einen Platz im Wohnzimmer geben. Oder vielleicht macht sie dem Jungen eine Freude damit. Ihre Gedanken kehren zum vorigen Abend zurück. Sie versucht sich zu erinnern, was der Junge ihr alles erzählt hat. Über sich, über Sebastiaan, über Lisa. Geschichten, die gestern bedeutungsvoll erschienen, kommen ihr nun nichtssagend vor. Die Details hat sie schon wieder vergessen. Sie hätte viel mehr fragen sollen.

Warum hat sie nicht mehr gefragt?

Vielleicht, denkt sie, weil zum ersten Mal seit langem jemand mit ihr geredet hat, weil sie mit jemandem geredet hat. Und außerdem: Es schien so vieles zu geben, das er ihr erzählen konnte, ohne etwas zu sagen – auch wenn sie jetzt nicht mehr so genau weiß, was das hätte sein können.

Talm, denkt sie. Lisa und Talm. Was wäre wohl aus ihnen geworden, wenn Lisa nicht …? Nicht viel, vermutlich. Die erste Liebe hält selten. Und hätte er dann so lange um sie getrauert? Natürlich nicht.

Er tut ihr leid. Sie hat den Eindruck, daß er Lisa so sehr geliebt hat, daß er jetzt nur noch zurückblicken kann. Darum hätte sie ihn gestern abend in die Arme nehmen, ihn an sich drücken, ihn sacht küssen wollen. Es wird Zeit, daß er wieder nach vorn schaut. Und wer könnte ihm besser dabei helfen als sie?

Über den letzten Gedanken muß sie leise lachen. »Der Lahme führt den Blinden«, sagt sie zu sich selbst. Und doch glaubt sie, daß sie dem Jungen helfen muß, die Vergangenheit ruhenzulassen. Sieben Jahre! Es ist genug. Wenn nicht für sie, so doch auf jeden Fall für ihn.

Sie öffnet einen Müllsack mit Kleidern von Sebastiaan, bindet ihn aber sofort wieder zu.

»Das geht an die Heilsarmee.«

Freier Fall

Der Junge schiebt das Mädchen vorwärts, über die Brücke, an der Gracht entlang. Sein Fahrrad rattert und klappert, ihr Fahrrad summt und brummt. Sie hält die Beine still, er strampelt und schwitzt.

»So möchte ich jeden Tag mit dir radfahren.« Ihre Stimme ist schrill vor Begeisterung und ungezügelter Fröhlichkeit.

Er lacht, sagt aber nichts.

Sie fahren an einem Platz mit einer weißen Holzkirche vorbei. Das Mädchen drückt auf die Handbremse.

»Was ist das?«

Sie halten an.

»Was für eine schöne, eigenartige Kirche.«

Er kennt die Kirche schon, solange er denken kann, doch jetzt sieht er sie mit ihren Augen. Es ist eine Kirche ohne jegliche Verzierung. Die Bleiglasfenster sind farblos.

»Kann man da rein?«

Sie stellen die Räder an einen Baum, doch die Tür ist verschlossen. Sie laufen um die Kirche herum, ohne etwas zu sagen.

»Ist sie wirklich abgeschlossen?«

Sie rütteln noch einmal an der Tür. Sie ist wirklich abgeschlossen.

»Schade.«

Sie gehen zu ihren Rädern zurück.

»Laß uns irgendwo einen Kaffee trinken.«

Er ist mit allem einverstanden, wenn er nur bei ihr sein kann. Er führt sie zu einem schmalen, langgezogenen Café in einer belebten Einkaufsstraße, wo sie ganz hinten ein Tischchen finden, kaum groß genug, um zu zweit daran zu sitzen. Als sie ihren Kaffee umrühren wollen, müssen sie aufpassen, daß sie sich nicht gegenseitig die Tassen vom Tisch stoßen. Ihr Gesicht ist seinem ganz nah, er riecht ihr Parfüm. Er weiß nicht, was er sagen soll.

»Ich wußte gar nicht, daß es diese Kirche gibt«, sagt sie.

»Nein.«

»Du?«

»Ich wohne hier schon mein ganzes Leben, komme so ziemlich jeden Tag daran vorbei. Ich glaube, ich hatte vergessen, daß es sie gibt. So wie man manchmal vergißt, daß man Eltern hat.«

Sie schaut zu ihm hoch. Er sieht, daß der Lidstrich unter ihrem linken Auge unterbrochen ist. Er denkt: Morgens an ihrem Schminktisch, den Schlaf noch in den Augen. Sie trägt einen seidenen Kimono, der locker über ihren schmalen Schultern hängt. Sie beugt sich vor, um sich die Augen zu schminken … Er schluckt mühsam seinen Kaffee herunter.

»Passiert dir das manchmal?« fragt sie.

»Was?«

»Daß du vergißt, daß du Eltern hast.«

»Beinah jeden Tag einmal. Wenn ich durch die Stadt fahre. Wenn ich auf der Fähre stehe und so ein großes Passagierschiff vorbeikommt.«

»Der Fähre?«

»Ja. Hin und zurück. Ich bin am anderen Ufer noch nie von Bord gegangen. Aber hin und zurück über das Wasser, das finde ich schön. Vor allem, wenn viel Schiffsverkehr ist.«

»Das würde ich manchmal auch gern. Vergessen, daß ich Eltern habe.«

»Was hast du für Eltern?«

»Was hast *du* für Eltern, daß du sie so leicht vergißt?« Sie lacht, ein scharfes, hohes Lachen. Er schiebt seinen Stuhl etwas zurück, zuckt mit den Schultern.

»Normale, ganz normale.«

Sie trinken schweigend den Kaffee aus. Über ihrem Kopf hängt ein Porträt von Sarah Vaughan. Er möchte etwas dazu sagen, tut es aber nicht.

»Ich will mir noch Schuhe ansehen«, sagt sie, als sie bezahlt haben und wieder draußen stehen. »Kommst du ein Stückchen mit?«

Sie lassen die Räder stehen. Gehen hintereinander den schmalen Bürgersteig entlang, sie voran. Er schaut auf ihre nackten Fesseln. Sie trägt schöne Schuhe. An der Brücke, wo der Bürgersteig breiter wird, dreht sie sich zu ihm um. Sie lacht nicht. Er bleibt zögernd stehen. Sie schaut ihm in die Augen. Er sieht zuerst weg.

»Komm.«

Vielleicht, denkt er, ist das ja das Geheimnis der Liebe: wenn man glaubt, sie gefunden zu haben, entgleitet sie einem; wenn man glaubt, sie verloren zu haben, findet man sie.

Der Moment, als sie ihm ihren Körper enthüllte.

Der Moment, als er in sie eindrang.

Immer wieder kehrt er zu diesen Momenten zurück. An das, was danach geschah, will er nicht denken. Er denkt jeden Tag daran. Sobald er in sie eingedrungen war, sobald er angefangen hatte, die Bewegungen zu machen, von denen er sich so lange verzweifelt gefragt hatte, ob er überhaupt wisse, wie das geht, war etwas in ihr gestorben. Er war in ihr gekommen und hatte sich in ihr ergossen, doch sie war nicht da gewesen, um ihn zu empfangen, ihn aufzufangen. Nie zuvor hatte er sich so allein gefühlt wie damals in ihren Armen. Seine Augen hatten sie gesucht, aber nicht gefunden. Er hatte versucht sie zu erregen, doch sie hatte sich nur noch weiter zurückgezogen. Sie war unerreichbar geworden.

Er war sich sicher, daß er alles falsch gemacht hatte.

Erst als er wieder angezogen war, als sie geduscht hatte und in einem seidenen Morgenmantel aus dem Badezimmer gekommen war, ein Handtuch um die nassen Haare, da erst war das Leben in sie zurückgekehrt. Sie hatte sich über ihn gebeugt und ihn auf die Stirn geküßt. Sie hatte geflüstert: »Die Witwe Koning ist noch eine Woche im Urlaub.«

Später, auf der Fähre, hat er an seinen Händen gerochen.

Ein Walzer

Er wartet auf sie, jeden Donnerstagnachmittag kurz nach zwei. Er steht vor dem Fenster des Chemieraumes in der ersten Etage, die Stunde fängt gleich an. Es geht turbulent zu in der Klasse, das ist ihm sehr lieb. Niemand achtet auf ihn. Er steht so nonchalant wie möglich da, als ob irgendeine Belanglosigkeit draußen zufällig seine Aufmerksamkeit erregt hätte. Der Lehrer fordert alle auf, sich hinzusetzen. Schon zum dritten Mal. Der Lärm läßt zwar nach, verstummt aber nicht. Jemand ruft: »Warum riecht eine Fotze nach Fisch?« Und ein anderer: »Ja, erklären Sie uns das doch mal. Dann haben wir wenigstens was von diesen Stunden.«

Da ist sie. Sie kommt um die Ecke des Schulgebäudes. Eine Hand am Rad, Wind im Haar, in Begleitung ihrer besten Freundin. Die Freundin redet und lacht, sie hört zu. Einmal erwidert sie etwas und lacht dann auch. Die Freundin lacht nicht.

»Würdet ihr euch jetzt endlich hinsetzen?!«

Er dreht sich langsam um, schaut in die Klasse, schaut noch einmal hinaus. Er sieht sie jetzt von hinten. Sie trägt einen langen, leichten Mantel und die neuen Schuhe, die sie zusammen gekauft haben, in einem Laden, der aussah wie eine Galerie. Schuhe als Kunst.

»Wir haben gestern über Polymere gesprochen.«

»Ja, aber wie ist das nun mit diesem Fischgeruch?«

Er geht zu seinem Platz.

»He, Talm, was soll das?«

»Macht es dir etwas aus?«

»Nein, macht mir nichts aus. Dir?«

»Ja. Ja, ich glaube schon.«

Er zuckt mit den Schultern. Sie hat sich etwas nach vorn gebeugt und schaut ihm ins Gesicht. Er sieht nicht weg. Noch nicht. Er ist sich dessen nicht bewußt, sie schon: es gelingt ihm, immer länger nicht wegzublicken, wenn sie ihn anschaut.

Er will das Thema wechseln, doch sie kommt ihm zuvor. »Woran denkst du, wenn du nicht schlafen kannst, nachts im Bett?«

»Ich kann immer schlafen.«

»Glaube ich nicht.«

»Ist auch nicht wahr. Woran ich denke? Ha!«

»Nun?«

»An dich.«

»Und schläfst du dann ein oder gerade nicht?«

Er schaut aus dem Fenster, dann flüchtig zu ihr. Aber er antwortet nicht.

»Warum willst du das alles wissen?«

»Willst du solche Dinge nicht wissen? Von mir?«

»Nein. Ja. Nein!«

»Warum nicht?«

»Warum nicht?« Er seufzt.

Sie wartet. Ihre Augen lassen ihn nicht los. Er schaut wieder aus dem Fenster. Seine Finger brechen kleine Stückchen von einem Bierdeckel ab, auf den er zuvor ein Gedicht für sie geschrieben hatte. Er sagt: »Ich will dich nichts fragen. Ich will dich ansehen, stundenlang.«

»Warum blickst du dann immer weg, wenn ich dich ansehe?«

»Ich schau dich am liebsten an, wenn du es nicht merkst.«

»Warum?«

»Dann gibst du am meisten preis.«

»Und was?«

Er bleibt sehr lange still. Der Bierdeckel liegt in kleinen

Stücken auf dem persischen Tischläufer. Schließlich sagt er: »Dafür gibt es keine Worte. Das ist es ja gerade. Darum ist das auch nichts, wonach ich dich fragen könnte. Du würdest selbst auch keine Worte dafür finden. Für die meisten Dinge, die wir wissen, gibt es keine richtigen Worte. Wenn ich morgens aufwache, weiß ich sofort, wie ich mich fühle, aber ich könnte es unmöglich beschreiben. Und wenn ich dich sehe ...« Jetzt schaut er sie an, länger, als er es je getan hat, diesmal schaut sie als erste weg. »Wie sollte ich«, fährt er fort, »sagen können, was ich dann sehe?«

Sie gehen an einer breiten Gracht entlang, Hand in Hand. Unter dem dunklen Wasser schimmern die hellgrünen Blätter einer Wasserpflanze. Er will ihr erklären, daß es das ist, wie er sich oft fühlt, wenn er morgens aufwacht: wie diese Wasserpflanzen. Aber er hat Angst, daß sie ihn nicht oder falsch verstehen könnte, er weiß nicht einmal, ob er sich selbst versteht.

Sie fragt: »Kommst du gleich mit, die Katze füttern?«
Darüber müssen sie beide lachen.

Der Kater der Witwe Koning. Wie er einen Buckel macht. Wie er sich auf die Seite rollt, als ob er umgestoßen würde. Wie seine Sandpapierzunge ihm die Hände leckt, ihr die Hände leckt. Wie er ihnen zuschaut, wenn sie durchs Zimmer tanzen, nach Musik von Johann Strauß. Eins-zwei-drei, eins-zwei-drei. Ihre rechte Hand in seiner linken, ihre linke Hand auf seinem Rücken. Er denkt an das Neujahrskonzert aus Wien: daß er einen schwarzen Frack trägt und sie ein Ballkleid aus rosa Seide, daß er sie über die Tanzfläche führt, sie hochhebt, bis ihr Haar die kristallenen Kronleuchter berührt. Nur sie würden es klirren hören.
Er schaut sie an. Sie hat die Augen geschlossen, ein Tropfen hängt an ihren Wimpern, die Mundwinkel zittern. Er atmet tief ein, hält die Luft an. Eins-zwei-drei, eins-zwei-drei. Langsam ausatmen. Sie drehen Runden durchs Zimmer.

Der Kater sieht nicht mehr zu. Die Träne rollt ihr über die Wange, am Hals entlang, verschwindet unter ihrer Bluse. Er schaut. Sie weint. Sie tanzen Walzer im Zimmer der Witwe Koning in platanengefiltertem Licht.

Sie zieht sich nicht für ihn aus, doch so nackt wie an diesem Nachmittag wird er sie nie mehr sehen.

Er fährt an diesem Tag nicht mit der Fähre.

Das sieht er, wenn er sie anschaut: daß das Leben ihr an manchen Tagen leichtfällt. An diesen Tagen sind all ihre Bewegungen selbstverständlich und zielsicher. Es ist, als ob die Schwerkraft dann weniger Einfluß auf sie hätte. Die Menschen um sie herum scheinen sich leichter zu bewegen, entspannter zu sein. An so einem Tag hat er sich in sie verliebt.

Und dann sind da diese anderen Tage, mehr an der Zahl. Die Tage, an denen sie sich der Welt widersetzt. Als ob eine große Wut in ihr wäre oder ein unaussprechlicher Kummer, den sie nur mit größter Mühe unterdrücken kann. Nicht, daß sie sich wesentlich anders verhalten würde an diesen Tagen, dafür hat sie sich viel zu gut in der Gewalt. Und vielleicht ist es das ja, was er sieht: daß sie sich an diesen Tagen in der Gewalt hat. Wie von selbst halten die Menschen um sie herum eine gewisse Distanz, wie sie Distanz hält zu ihnen. An diesen Tagen macht sie Witze, über die nur sie selbst lachen kann, über die Witze von anderen lacht sie nicht. An solchen Tagen liebt er sie am meisten, und es tut ihm am meisten weh.

An einem Samstagnachmittag kehrt er in den Wald zurück. Er stellt sein Fahrrad an einen Baum, zieht seine Jacke aus und versteckt sie im Gebüsch. Er trägt eine graue Jogginghose, deren Gummi gerissen ist. Sie wird von einem Gürtel in der Taille festgehalten. Auf dem Rücken seines verblichenen blauen T-Shirts steht eine weiße 17. Er schaut sich um, macht ein paar ungelenke Kniebeugen und fängt an zu laufen. Er rennt über Radwege, Waldwege, Reitwege und Wiesen. An einem Trimm-dich-Gerät macht er die Übungen, die auf dem Schild abgebildet sind. Er rennt zum nächsten Gerät. Hangelt sich wie ein Affe von Sprosse zu Sprosse. Macht zwanzig Liegestütze, krallt die Hände in die feuchte Erde. Er springt zwanzig Mal auf einen Balken und wieder herunter. Seine Knie und Schultern schmerzen. Er rennt und schwitzt und schindet sich. Als ein Flugzeug tief über die Baumwipfel hinwegfliegt, bleibt er in dem ohrenbetäubenden Dröhnen stehen, um zu Atem zu kommen und den Geistern zu lauschen, die dem Flugzeug auf den Fersen sind. Sein Herz schlägt laut. Er muß sich zwingen weiterzulaufen. Auf einem unbefestigten Weg stolpert er über einen Baumstumpf und fällt der Länge nach hin. Er flucht und bleibt gewiß eine halbe Minute liegen, mit dem erhitzten Gesicht auf dem kühlen Boden. Dann steht er auf, ihm ist schwindlig, übel. Er wischt sich Erde und totes Laub aus dem Gesicht und rennt weiter.

Er hört erst auf, als er fürchtet, das Bewußtsein zu verlieren, als er Mühe hat, sich nicht zu übergeben, als der Schmerz so unerträglich ist, daß er nicht weiß, auf welchen Teil seines Körpers er sich konzentrieren soll, um nichts mehr zu spüren. Er sinkt auf eine Holzbank nieder und verbirgt das Gesicht zwischen seinen Knien. So sitzt er, zwanzig Minuten lang, und denkt an sie.

Es hat also nicht geholfen.

Am Abend, nach dem Essen, muß er sich doch übergeben.

»Dich hat es ja ganz schön erwischt«, sagt sein Vater.

Jetzt, wo er ihre Brüste gesehen hat, die Vertiefung an ihrem Nabel, das dunkle Dreieck sich kräuselnden Haars, die Linien ihres nackten Körpers, jetzt will er diesen Körper erkunden, so wie er einst als elfjähriger Junge die Stadt erkundete: Straße für Straße, Platz für Platz, immer weiter vordringend in unbekanntes Gebiet. Er will verstehen, was bei jenem ersten Mal mit ihr passierte. Er will wiedergutmachen, was schiefgegangen ist.

Hat er etwas falsch gemacht? Und was?

War es Angst? Aber wovor hatte sie Angst?

War es Schmerz?

Er gelobt sich, den Schmerz zu stillen, den er ihr ansieht, wenn sie sich unbeobachtet glaubt, an den Tagen, an denen sie die Welt auf Distanz hält. Er ist noch jung, er kennt nicht den Unterschied zwischen Mut und Übermut.

Weiße Blume

Sophie fragt sich, was sie anziehen soll. Wann ist ihr das zum letzten Mal passiert?

Sie probiert eine Bluse an, die sie sich nach der letzten Operation selbst geschenkt, aber nie getragen hat. Wieder und wieder rückt sie ihren BH zurecht. Kann man es sehen? Nein, man kann es nicht sehen. Oder doch? Sicherheitshalber zieht sie noch eine Weste über die Bluse. Der einzige Lippenstift, den sie finden kann, ist dunkelrot. Er macht ihr Gesicht noch blasser. Sie trägt etwas Lippenstift auf ihre Wangen auf und verreibt ihn mit den Fingerspitzen.

»*Tinnem ruccae*«, murmelt sie dem Spiegel zu. »*Deepest of blushes.*« Doch sie will jetzt nicht an Sebastiaan denken. Mit einem Waschlappen und etwas Wasser schrubbt sie sich die Wangen wieder sauber. Ein Duft, denkt sie. Hätte ich nur einen Duft im Haus.

Dann klingelt es.

Der Junge schiebt sich unbeholfen an ihr vorbei in die Diele. Sie küssen sich nicht.

»Ich brauche noch einen Moment«, sagt Sophie. Sie hastet in das Zimmer, wo Lisas Sachen stehen, und macht die Tür hinter sich zu. Im dritten Karton findet sie, was sie sucht. Sie hat sogar die Auswahl. Sie entscheidet sich für Anaïs-Anaïs von Cacharel. Erst als sie wieder auf dem Flur steht, nimmt sie den süßlichen Geruch des Parfüms richtig wahr. Sie muß sich am Türrahmen festhalten, um nicht zu fallen.

Sie denkt: Das kann ich ihm nicht antun!

Sie gehen durch eine schmale Straße mit Cafés und Restaurants auf beiden Seiten. Die meisten sind noch leer, oder fast leer. Talm geht voran, sie hält sorgfältig Abstand. Als sie hinter ihm das Restaurant betritt, achtet sie zuerst auf den Geruch. Es riecht nach indonesischen Gewürzen und gebratenem Fleisch. Zum ersten Mal in ihrem Leben ist sie froh über eine schlechte Ventilation.

Er will ihr die Jacke abnehmen, aber glücklicherweise kommt ihm ein freundlicher Ober zuvor.

»Ein Tisch für zwei?«

»Bitte.«

Sie bekommen einen Tisch am Fenster. Sie sind die einzigen Gäste. *Bunga putih*, liest Sophie in Spiegelschrift. *Indonesische Spezialitäten bis 3.00 Uhr.*

»Bist du hier mit Sebastiaan gewesen?«

»Nein, mit Lisa.« Er schaut sich um. »Sie haben neues Mobiliar.«

Er lehnte an einem Pfeiler, der feucht war von kondensiertem Schweiß. Die Musik dröhnte in seinem Körper. Er trank Bier und Johannisbeer-Genever, weil sie den trank. Er schaute. Sie tanzte. Sie trug eine Pluderhose mit Tigermuster, ein weinrotes Top und darüber eine langärmlige Bluse aus einem durchsichtigen roten Stoff. Sie hatte die Augen geschlossen, Haarsträhnen klebten an ihrer Stirn. Sie tanzte im Licht der Diskokugel, der Schwenkspots und des Stroboskops. Sie trug keinen BH unter dem Top, das konnte man sehen. Andere Jungen sahen es auch. Sie wollten mit ihr tanzen, versuchten ihre Aufmerksamkeit zu erregen, doch sie hatte sich ganz in ihren Tanz zurückgezogen.

»Hast du sie nun schon gefickt?« sagte ein Klassenkamerad, der sich neben ihn gestellt hatte.

Er antwortete nicht.

»Also nicht.« Der Klassenkamerad nahm einen Schluck Bier und rülpste. »Wenn du mich fragst, ist sie lesbisch.«

»Halt die Klappe.«

»Oder frigide.«

»Halt die Klappe.«

»Oder beides.«

Er drehte sich halb um und blickte dem Quälgeist ins Gesicht. Der sah unbeirrt an ihm vorbei zu dem tanzenden Mädchen.

»Sie hat schon geile Titten.«

Er traf ihn voll auf die rechte Wange. Ein Bierglas zersprang auf dem Boden.

»Verdammt, Talm! War 'n Scherz«, der Klassenkamerad rieb sich die Wange, »Arschloch!«

Er schaute auf die Tanzfläche. Sie tanzte mit offenen Augen, führte ihre Hand zum Mund, drückte einen Kuß auf ihre Fingerspitzen und blies ihn in seine Richtung. Dann schloß sie die Augen wieder, ließ die Arme sinken, strich sich mit den Händen über die Schenkel, die Taille, die Brüste. Er fragte sich, wie er sich den weiteren Verlauf dieses Abends wünschen würde. So würde er gewiß nicht verlaufen.

»Amüsierst du dich?«

»Ja.«

»Willst du nicht tanzen?«

»Nein.«

»Du guckst lieber zu.«

»Genau.«

»Was war das da eben?«

»Oh, nichts.«

Sie küßte ihn sacht auf den Mund. Sie nahm einen Schluck Johannisbeer-Genever und küßte ihn wieder. Ihre Zunge schob seine Lippen auseinander, und er fühlte, wie das laue Getränk in seinen Mund lief. Er verschluckte sich. Sie lachten. Er drückte sie an sich. Ihre Finger glitten über seinen Rücken, tasteten die Wirbelsäule ab. Seine Hände wanderten zu ihrem Hintern, er preßte ihr Becken an seines. Für einen Moment hielt ihre Zunge inne, um danach quälend langsam wieder in Bewegung zu kommen. Er schloß die Augen. Er verspürte einen Schmerz so tief im Innern, daß er stöhnen mußte. Sie kniff ihn in den Hals.

»Mein Gott, Talm!« Eine bekannte Stimme dicht an seinem Ohr. »Was hab ich dir gesagt? Vergiß es!«

Er wollte sie loslassen, doch sie hielt seinen Kopf fest, ihr Körper an seinen gedrückt, ihre Zunge in seinem Mund. Sie schaute ihm in die Augen, und er wagte nicht, zur Seite zu sehen, zu den Jungen aus seiner Klasse, die jetzt im Chor schrien: »Talm! Talm! Talm!«

Und während sie ihn so gefangenhielt, wurde ihm plötzlich bewußt, daß es wieder geschah und daß er wieder nicht in der Lage war, sie aufzuhalten. Er sah es an ihren Augen, fühlte es an den Muskeln unter ihrer Haut: sie zog sich zurück, errichtete eine Mauer zwischen ihm und sich, zwischen sich und ihrer Außenwelt.

»Talm! Talm! Talm!«

Er befreite sich aus ihrem Griff, schob sie, ohne sich umzusehen, vor sich her, aus dem Saal hinaus, über den Flur, nach draußen.

»Komm mit.«

Sie sträubte sich, für einen Moment.

»Unsere Jacken.«

Er hörte nicht.

»Wo gehen wir hin?«

»Laß dich überraschen.«

Die Wahrheit war: er wußte es selbst nicht.

Es war eine laue Sommernacht mit Schleierwolken, die das Stadtlicht reflektierten, so daß es selbst in den am spärlichsten beleuchteten Gassen nicht richtig dunkel war.

»Woran denkst du?« Immer diese Fragen.

»Ich habe eine Amsel singen hören.«

Sie blieb stehen und lauschte. Die Amsel sang nicht mehr.

»Ich höre nichts.«

»Vielleicht ist ihr klargeworden, wie spät es ist.«

Sie gingen weiter. An der nächsten Ecke bog er resolut rechts ab. Er hatte noch immer keine Ahnung, wo sie hingehen würden.

»Laß uns irgendwo was essen gehen.« Als ob sie seine Gedanken lesen könnte. »Sind noch Restaurants auf? Denn ich will in keine Snackbar. Und auch keinen Döner.«

Er hörte am scharfen Ton ihrer Stimme, daß er noch immer vorsichtig sein mußte.

»Ich weiß etwas.«

Sie schaute ihn forschend an.

»Weit?«

»Zehn Minuten, höchstens.«

»Dann will ich meinen Mantel.« Sie hatte sich schon wieder umgedreht und lief zu dem alten Klostergebäude zurück, aus dem er sie gerade entführt hatte. Verzweifelt blieb er stehen. Er hatte sie gerettet, und jetzt ging sie freiwillig zurück an den Ort des Unheils – er fühlte sich von ihr verraten. Und das fand er wieder pathetisch. Es war, als ob er sich in zwei Personen aufspaltete, von denen die eine spottend zusah, wie die andere ihr dann doch widerwillig folgte.

»Warte hier«, sagte sie unten an der Steintreppe zum Saal.

Als sie hineinging, hörte er das Dröhnen der Musik, roch die Mischung aus Schweiß und Bier und Zigarettenrauch. Er war sich sicher, daß sie erst wieder herauskommen würde, wenn es längst hell war. Jemand würde sie auf die Tanzfläche ziehen, jemand würde sie in seine Arme schließen, jemand würde sie küssen, und sie würde sich nicht wehren. Das kalte Morgenlicht würde ihm gnadenlos die Wahrheit zeigen. Er dachte: Ich sollte lieber nach Hause gehen, denn das hier wird nichts. Doch er setzte sich auf die Treppe und hoffte, daß niemand vorbeikommen würde, den er kannte. Es kam niemand. Als sie heraustrat, war er es, der die Welt auf Distanz hielt, und so merkte er nicht, daß sie sich ihm wieder geöffnet hatte.

Sie nahmen ihre Räder, und er fuhr vor ihr her zu dem Nachtrestaurant. Er sah sich nur einmal nach ihr um. Die Gasse, in der sich das Restaurant befand, war so belebt, daß sie absteigen mußten. Ein Mädchen wankte aus einer Kneipe und stieß gegen sein Rad, ein Junge beschimpfte ihn. Er nahm jeden Körper, der ihm zu nahe kam, bewußt wahr, und das waren viele.

»Laß uns die Räder hier abstellen«, sagte er.

»Was werden wir essen?« fragte sie. Ihr Lächeln brachte ihn auf der Stelle unter die Lebenden zurück.

»Indonesisch«, sagte er. »Ist das okay?«

»Lecker«, sagte sie. Er schloß sein Fahrrad mit ihrem zusammen und schaute zu ihr hoch, während er versuchte, die Kette zwischen den Speichen seines Vorderrads durchzuziehen. Er sah, daß auch sie ihn anschaute und ihn immer noch anlächelte. Er ließ die Kette los, kam hoch und drückte ihr einen Kuß auf den Mund. Und sie schloß für einen Moment die Augen und sagte noch einmal: »Lecker.«

Sie betraten das Restaurant. Es störte ihn nicht, daß sie in einer Ecke an der Bar warten mußten, bis Platz war an einem der langen Tische, daß ihn ständig Leute anrempelten und daß es eng und warm war. Sie stand so dicht neben ihm, daß er das Gefühl hatte, ihre Körper würden verschmelzen. Er wollte hier nie mehr weg.

»Wie heißt das hier?« fragte sie.

»*Bunga putih*. Weiße Blume.«

Sie bestellten Gado-gado und Sayur lodeh und zwei Halbliterflaschen Bier. Als Plätze frei wurden, setzten sie sich zu einem schweigenden Ehepaar und vier lärmenden Studenten mit identischen Schlipsen. Sie aßen, ohne viel zu sagen, während unter dem Tisch ihre Füße vorsichtig auf Erkundung gingen.

Sophie sagt: »Habt ihr euch hier zum ersten Mal geküßt?«

»Nein«, sagt er, »das war früher.«

65

Tu's nicht! denkt Sophie. Frag nicht! Aber sie fragt doch. »Habt ihr miteinander ... geschlafen?«

»Ja.«

»War etwas mit ihr? Ich meine ... fand sie es ...«

Der Ober nimmt ihre Bestellung auf. Als er wieder weg ist, sagt sie: »Es tut mir leid, daß ich dich so in Verlegenheit bringe. Aber es ist etwas passiert, als Lisa noch ganz klein war. Als wir noch bei ihrem Vater lebten, ihrem richtigen Vater. Mein Schwiegervater wohnte bei uns, und dieser Mann ... Ich hätte es ... Wir waren alle ziemlich durcheinander in dieser Zeit.« Ihr ist warm geworden, sie riecht Lisas Parfüm. Sie sagt: »Ich hatte immer Angst, daß sie deshalb später Probleme bekommen könnte. Daß es hochkommen würde, wenn sie in der Pubertät ist. Wenn sie ...«

Sie seufzt tief.

Talm sagt: »Wir sind ganz behutsam miteinander umgegangen.«

Der Bauch von Muammar El Gaddafi

Jemand rief: »Muammar!« Er dachte: Gaddafi! Und stieß vor Aufregung sein Bier um.

Die Flasche fiel nach ihrer Seite des Tischs. Das Bier schäumte über die Tischkante und floß auf ihren Schoß. Mit einem Ruck schob sie ihren Stuhl zurück. Der Stuhl stieß gegen die Serviererin, die mit zwei dampfenden Tellern Nasi rames auf dem Weg zu einem Tisch an der Tür war – einer der Teller flog ihr aus der Hand und landete auf dem Knie eines Mannes mit einem Zopf im Haar, der mit einem Schmerzensschrei hochfuhr, wodurch die Serviererin auch den zweiten Teller losließ, der auf dem Boden zersprang.

Für einen Moment blieb es still im Restaurant. Dann brachen die vier Studenten in schallendes Gelächter aus, woraufhin auch das schweigsame Ehepaar neben ihnen zu lachen anfing, erst sie, sehr hoch und nervös, dann er, ein bißchen dümmlich. Schon bald lachten alle, außer dem Mann mit dem Zopf.

»Sorry«, sagte der Junge zu dem Mädchen.

»Es tut mir furchtbar leid«, sagte das Mädchen zur Serviererin.

»So sorry, so sorry«, sagte die Serviererin zu allen und niemandem.

Das Essen und die Scherben wurden aufgefegt, es wurde gewischt, es kamen neue Teller mit Nasi rames, und es kam eine neue Flasche Bier. Der Mann mit dem Zopf lief, ohne etwas zu sagen, aus dem Restaurant. Er hinterließ eine Spur aus Reis und Erdnußsoße.

Das Mädchen ging auf die Toilette, um sich die nasse Hose abzutupfen. Als es zurückkam, leerten sie gemeinsam die Flasche Bier. Er aß ihren letzten Rest Gado-gado und das letzte Sayur lodeh. Danach bezahlten sie und gaben ein reichliches Trinkgeld. Jeder zahlte genau die Hälfte, weil sie es so wollte.

Erst draußen dachte er wieder an Muammar El Gaddafi.

»Wo gehen wir hin?« fragte sie.

»Laß dich überraschen.«

Es war ein gutes halbes Jahr her, daß er die *Muammar El Gaddafi* das letzte Mal besucht hatte – er wußte nicht einmal genau, ob das Wohnboot noch dalag, geschweige denn, ob es in dieser Nacht nicht gerade benutzt werden würde und ob der Schlüssel noch unter der Öltonne liegen würde, wo der Besitzer ihn immer hinterlassen hatte für den Fall, daß er einmal unvorhergesehen in die Stadt käme. Doch er dachte an die Scherben im Restaurant und daran, was sein Vater immer sagte, wenn beim Abwasch wieder einmal etwas zu Bruch ging: »Scherben bringen Glück.« Zum ersten Mal erfüllte diese Redewendung ihn nicht mit Abscheu.

Die *Muammar El Gaddafi* war das Geheimnis, das er mit Budiman teilte – oder besser gesagt: Budiman mit ihm. Sie hatten sich auf der Fähre kennengelernt. Genau wie er machte Budiman regelmäßig die Fahrt über das Wasser und wieder zurück, und genau wie er ging er am anderen Ufer nie von Bord. Budiman liebte den Wind auf dem Wasser; der puste sein Gehirn durch, sagte er. Und die Überfahrt war kostenlos, das war auch nicht unwichtig. Er hatte keine Arbeit, keine Frau, keine Kinder, keinen festen Wohn- oder Aufenthaltsort. Aber ein Penner sei er nicht, beharrte er trotzig.

Eines Tages, als der Junge nach einem Streit mit seinem Vater noch einmal die Fähre nehmen wollte, um sich abzureagieren, wartete Budiman bereits auf ihn.

»Da bist du ja endlich.«

»Wieso endlich?«

»Ich warte schon eine Stunde auf dich. Komm mit. Wir fahren nicht ans andere Ufer, dafür ist es viel zu spät. Heute abend bist du mein Gast. Komm!«

Sie gingen am Kai entlang zum östlichen Teil der Hafenanlagen, wo sie rechts abbogen in ein altes Arbeiterviertel, und kamen schließlich an eine breite Gracht, einen alten Kanal, der, nach den vielen Speicherhäusern an den Ufern zu urteilen, einst stark befahren gewesen sein mußte. Jetzt waren sechs Wohnboote die einzigen Fahrzeuge, die das Wasser noch sinnvoll zu nutzen schienen. Das vorderste Boot war die *Muammar El Gaddafi*.

Budiman ging ihm voran über Laufplanke und Gangbord zur Kajüte. Er hob eine alte Öltonne an. Unter der Tonne lag eine kleine, schwarze Plastikhülle. Budiman zeigte mit seiner freien Hand darauf.

»Der Schlüssel.«

Der Junge hob die Hülle auf und gab sie seinem Freund.

»Willkommen im Bauch des großen libyschen Führers«, sagte Budiman.

Wenig später hielten sie beide ein Longdrinkglas mit Rotwein hoch und stießen auf Gaddafis Grüne Revolution an.

»Alle Macht dem arabischen Volk!« sagte Budiman.

Und der Junge sagte: »Auf die Gedärme von Gaddafi.«

»Auf seine Leber!«

»Ja, auf sein Leben.«

»Nein, seine Leber!«

»Auch gut. Auf die Leber von Gaddafi.«

An diesem Abend war er zum ersten Mal in seinem Leben betrunken gewesen. Weswegen er am nächsten Tag wieder Streit mit seinem Vater bekam.

»Wo bist du gewesen?«

»Im Bauch von Muammar El Gaddafi.«

»Auch noch dumme Sprüche!«

Wenn Budiman nur nicht gerade ... Er dachte nicht weiter darüber nach. Es war schönes Wetter; Budiman hatte bestimmt ein Fleckchen draußen gefunden. Nein, die Chance war größer, daß der Besitzer des Bootes da war, ein Künstler im fortgeschrittenen Alter – zumindest in den Augen des Jungen –, der das Boot als Absteigquartier in der großen Stadt nutzte. Und als Ort, um seine Nebenfrauen zu vögeln, wie Budiman es unumwunden nannte. Doch auch den Gedanken daran schob der Junge weg.

Scherben bringen Glück.

Er sah sie an, wie sie neben ihm herfuhr, mit einem Lächeln im Gesicht, und er mußte sich beherrschen, daß er sich nicht zu ihr hinüberbeugte und sie küßte, wie er es vor Jahren bei einem Mädchen getan hatte, wobei sich ihre Lenker verhakten und sie beide auf den Asphalt stürzten. Das Mädchen brach sich das Schlüsselbein. Er hat sie nie geküßt.

Es war nicht weit bis zum Liegeplatz der *Muammar El Gaddafi*, doch es kam ihm vor, als ob sie Stunden brauchten. Als sie fast da waren, sagte er zur Beruhigung: »Wir sind gleich da«, als hätte er Angst, sie könne es sich doch noch anders überlegen und umkehren.

»Wo sind wir gleich?«

Er antwortete nicht.

Unter der alten Öltonne lag die schwarze Plastikhülle.

Der Camel-man

Wie lange hat Sophie um Sepp getrauert? Ein Jahr, ihr ganzes weiteres Leben? Es kam ein Tag, an dem Susan meinte, daß es Zeit sei, die Trübsal abzuschütteln, und im nachhinein kann man sagen, daß an diesem Tag die Entfremdung zwischen den beiden Freundinnen begann. In dem Moment selbst dachte Sophie: Du hast recht. Und sie war froh, daß Susan ihre Freundin war und sie darauf vertrauen konnte, daß diese sie vor der größten Gefahr behüten würde, die einem Menschen im Leben droht: daß man der Zukunft den Rücken kehrt, daß man aufhört zu leben, ohne zu sterben.

»Laß uns eine Woche zusammen wegfahren«, sagte Susan, »die Mädels zu meinen Eltern bringen, ins Reisebüro gehen und was buchen, irgendwas Warmes, Unkompliziertes. Laß uns noch einmal achtzehn sein.«

Da mußte Sophie seufzen, was Susan zum Lachen brachte. Noch am selben Nachmittag buchten sie eine achttägige Reise nach Kreta. Lisa weinte, als sie es erfuhr. »Du kommst bestimmt nie mehr zurück!«

»Liebe Lisa, ich verspreche dir, daß ich zurückkomme.«

Aber Lisa war untröstlich. Sicher zehn Minuten lang.

Im Flugzeug legte Sophie ihren Kopf an Susans Schulter und schlief von kurz vor Frankfurt bis weit in den griechischen Luftraum hinein. Sie träumte von Sepp und von tausend Nadeln in seiner blassen Haut, sie träumte, daß er tot sei und trotzdem noch eine Erektion habe – ein Griff, an dem man ihn hochheben konnte. Als sie näher kam, sah sie, daß ein Knick darin war.

»Damit kann ich um die Ecke vögeln«, sprach der tote Körper.

»Du darfst nicht so schreien im Schlaf«, sagte Susan auf dem Flughafen von Heraklion. »Ich war zu Tode erschrokken.« Doch sie sah Sophie nicht an, als sie das sagte, sie schaute direkt an ihr vorbei. Sophie folgte ihrem Blick und sah einen großen, graumelierten Mann in Jeans und T-Shirt, eine verschlissene Ledertasche über der Schulter, Zigarette im Mund.

»Mein Camel-man«, seufzte Susan.

Sophie machte sich auf die Suche nach dem Gepäck.

Vielleicht nimmt der Tod geliebter Menschen einem für immer die Illusion der ewigen Jugend. Sophie konnte nie mehr achtzehn sein, nicht mal für eine Woche, und Susan konnte das nicht verstehen. Oder vielleicht treibt dieselbe Leidenschaft, die Menschen zusammenführt, sie schließlich auch wieder auseinander, wenn sie nicht in der Zwischenzeit unschädlich gemacht wird. Aber auf Kreta, unter dem gleißenden Licht der griechischen Sonne, hatten weder Susan noch Sophie eine Ahnung, was mit ihnen passierte. Es geschah ihnen, so wie das ganze Leben ihnen geschah.

Sie sitzen auf einer Terrasse mit Blick auf die untergehende Sonne. Ein bißchen verbrannt, ein bißchen beschwipst vom Retsina, ein bißchen heimatlos. An einem Tisch, nicht weit von ihnen entfernt, sitzt der große, graumelierte Camel-man, in einer khakifarbenen Hose und einem bunten Hawaiihemd dieses Mal. Sie tauschen Blicke, heben das Glas.

»Noch eine Karaffe Retsina, bitte, und bringen Sie diesem Herrn auch etwas.«

Er nimmt die Einladung an.

»Hi, I'm Dan, thanks for the drink.«

Amerikaner. Mann von Welt. Wohnt und arbeitet in Paris in

der europäischen Zentrale eines Ölmultis. Gerade ein großes Geschäft abgeschlossen. Mal eben eine Woche raus. Sonne, Meer und ein gutes Buch, was braucht ein Mann mehr?

Er redet, Susan ermuntert ihn, Sophie hört zu. Er hat eine Ex und zwei schulpflichtige Kinder in den Staaten. Er fragt sich, ob der Ausbruch des Vulkans von Santorin zum Untergang von Atlantis geführt hat. Er will wissen, welches Buch Susan als letztes gelesen hat.

Susans Englisch erinnert Sophie an Albert.

Sie bestellen Calamares und einen Hirtensalat und noch mehr Retsina, einen Scotch für den Herrn, ohne Eis.

Natürlich will er am Ende bezahlen, aber das kommt nicht in Frage. Zwei gegen einen, dagegen kommt er nicht an, dieser knallharte Unterhändler ...

Noch kurz in eine Bar. Noch irgendwo tanzen gehen. »Nein, ich will nicht mehr«, sagt Sophie, »ich will ins Bett.« (Sie will allein sein, aber das sagt sie nicht.)

»Ach, komm schon«, redet Susan ihr noch zu. (Sie will mit ihm allein sein, aber das sagt sie nicht.) Er steht dabei und schaut zu, amüsiert, routiniert. Wie oft hat er das schon mitgemacht? Sophie ist angewidert von ihm, sie ist angewidert von Susan, von der Gier, der Geilheit, der erschreckenden Vorhersehbarkeit.

Sie verabschiedet sich freundlich.

Wieder im Hotelzimmer, sieht sie fern, in Unterwäsche auf dem Bett. Sie trinkt eine Flasche Mineralwasser. Telly Savalas, der griechisch spricht – das heitert sie auf.

Mitten in der Nacht wird sie wach. Auf dem Bildschirm schneit es. Susan liegt neben ihr und schläft. Sie stellt den Fernseher aus, putzt sich die Zähne, betrachtet den schlafenden Körper von Susan.

Hat sie sich dem Camel-man hingegeben?

Sophie kriecht neben ihre Freundin ins Bett. Susan dreht sich zu ihr um. Ihre Wimperntusche ist ausgelaufen, sie hat einen Knutschfleck im Nacken. (Mein Gott, Suus!) Riecht sie nach ihm? Nein, sie riecht nach Alkohol und Zigarettenrauch. Sophie gibt ihr einen Kuß auf die Stirn. Susan spitzt die Lippen. Sophie gibt ihr einen Kuß auf den Mund. Susans Lippen geben nach, ihre Zunge stößt an Sophies Zähne. (Mein Gott, Suus!) Sophie will nicht, aber sie tut es doch, sie öffnet den Mund, läßt Susan gewähren. Deren Zunge fühlt sich hart und gummiartig an. Sophie versucht sich von ihrer Freundin zu lösen, doch Susan legt ihr eine Hand in den Nacken und zieht sie kräftiger an sich. Ihre andere Hand gleitet an Sophies Schulter entlang, an ihrer Seite, ihren Hüften.

Will sie das?

Nein, sie will das nicht.

Aber sie widersetzt sich nicht. Ihre Zunge weicht der anderen Zunge nicht aus, ihre Hände schieben die anderen Hände nicht weg, ihr Fuß tritt nicht nach dem Fuß, der ihr Knie auf die Matratze drückt.

Am Morgen scheint die Sonne. Das ist der Vorteil von Kreta.

»Was wir hätten tun müssen, Susan«, schrieb Sophie später in einem Brief, »war, darüber zu reden. Du und ich, die über alles sprachen, über unser Herzeleid, unseren Seelenschmerz, die Länge und Dicke des Geschlechts unserer Liebhaber, wir erwähnten diese Nacht mit keinem Wort. Es ist nicht, wie Du denkst: nicht, was damals geschah, läutete das Ende unserer Freundschaft ein, sondern daß wir nicht darüber reden konnten, das war das eigentliche Übel.«

Sophie hat den Brief nicht abgeschickt.

Der Camel-man hieß Daniel, seine Freunde nannten ihn Danny. Er war Danny für Susan, aber Daniel für Sophie. Manchmal aßen sie zu dritt auf der Terrasse mit Blick aufs Meer. Manchmal ging Daniel mit Susan in die Kneipe, während Sophie einen alten Tempel besuchte. Oder sich aufs Bett legte, die Augen schloß und versuchte darüber nachzudenken, was Lisa in diesem Moment wohl gerade tat. Sie war sich nicht sicher, ob sie Lisa genug vermißte.

Die Spannung des ersten Abends war verschwunden und mit ihr Sophies Verärgerung. Sie betrachtete die Urlaubsliebe zwischen ihrer Freundin und dem Amerikaner mit mütterlichen Gefühlen. Und Daniel beantwortete diese Mütterlichkeit mit beiläufigen Zärtlichkeitsbezeigungen, die sie nicht unberührt ließen. Ein Blick des Einverständnisses, eine Hand auf ihrem Arm, ganz flüchtig nur, ein Kompliment über irgendeine Belanglosigkeit.

Susan war nervös und verliebt und gereizt. Susan wollte nicht bemuttert werden.

»Ich bin durcheinander«, sagte sie abends im Bett.

»Wieso?«

Aber darauf antwortete sie nicht. Sie drehte sich um und tat, als ob sie schlafen wollte. Sophie hörte, wie sie sich noch stundenlang herumwälzte und seufzte. So lagen die Frauen wach, während der Mann den Schlaf der Unschuldigen schlief.

Susan durchschaute eher, was geschah, als Sophie. Natürlich durchschaute Susan es eher. Von dem Moment an, da Daniel Susan erobert und Sophie diese Tatsache großmütig akzeptiert hatte, fing er an, sein Interesse langsam, aber sicher von der Willigen auf die Unerreichbare zu verlagern, von Susan auf Sophie. Und je länger die Signale, die er aussandte, von Sophie unbemerkt blieben, desto größer wurde seine Faszination – und desto größer die Unruhe von Susan.

Am letzten Abend tauschten sie die Adressen aus. Und jetzt entging es auch Sophie nicht, daß Daniel sich mehr für ihre Adresse interessierte als für Susans. Als er sagte: »I'll look you up«, schaute er sie an und nicht ihre Freundin. Und sie genierte sich und ärgerte sich, aber sie dachte auch: Ich hoffe es.

Nachts im Bett schmiegte Susan sich an sie. Und Sophie überwand ihr Zögern und schlang die Arme um ihre Freundin, streichelte ihren Rücken und ihr Haar, und sie sagte sich, daß zu Hause alles wieder in Ordnung kommen würde.

Enttäuschend

»Laß uns erst ausmachen, worüber wir nicht reden werden. Wir reden nicht über Richard Nixon.«

»Abgemacht.«

»Nicht über Vietnam.«

»Nicht über Ajax.«

»Euer Fußball interessiert mich nicht. Ich bin Fan von den Greenbay Packers. American Football. Sagt hier niemandem etwas. Werden wir also nicht drüber reden. Sonst noch was?«

»Nein, ich glaube nicht. Oder doch: wir wollen nicht über Susan reden.«

Daniel sah sie forschend an. Ein dünnes Lächeln um die Lippen. »Right.«

Sie saßen in einem Lokal in einer engen Gasse nicht weit vom Dam. Sein Vorschlag. Sophie hatte die Adresse auf dem Stadtplan suchen müssen, und das in ihrer eigenen Stadt.

»Wie geht es Susan?« hatte er am Telefon gefragt.

»Gut«, hatte sie geantwortet. Das stimmte nicht, oder vielleicht doch, sie wußte es nicht genau: ihre Freundschaft steckte in einer Krise, und Sophie hatte keine Ahnung, wie sie das ändern könnte – oder besser gesagt: es mangelte ihr an Willen, es zu ändern, aber diese Feststellung war so schockierend und so widersinnig, daß sie sie sofort verdrängte.

»Freut mich zu hören«, hatte Daniel geantwortet. Und das war alles.

Er war geschäftlich in Amsterdam, und das war ihm anzuse- hen. Sein Gesicht war noch genauso sonnengebräunt wie auf Kreta, sonst war alles anders an ihm: der Anzug, den er trug, und der Schlips (Sophie wurde mit Schrecken bewußt, daß sie noch nie einen Mann mit Schlips geküßt hatte, und im nächsten Moment, daß sie offenbar ohne weiteres da- von ausging, daß sie und Daniel sich an diesem Abend küs- sen würden), die Art und Weise, wie er das Lokal betreten hatte, mit einer Gewichtigkeit, die Sophie bei jedem ande- ren Mann lächerlich gefunden hätte und eigentlich auch bei ihm lächerlich fand.

Was hätte ihr Vater von ihm gehalten, von diesem Kapi- talisten?

»Hast du Marx gelesen?« fragte Sophie.

»Das hatte ich noch vergessen«, sagte Daniel. »Laß uns nicht über den Marxismus, den Sozialismus, den Kommu- nismus oder welchen Ismus auch immer reden. Ich bin ein verfluchter Kapitalist, don't worry, I know. Marx habe ich übrigens gelesen, zumindest *Das Kommunistische Manifest* und *Das Kapital* bis fast zur Hälfte. Und Bakunin. Und ver- schiedene Werke von Lenin. Hast du mal was von Lenin ge- lesen?«

»Nein, aber mein Vater«, sagte Sophie. Sie merkte sofort, wie lächerlich diese Bemerkung war. Doch er sollte von ihr denken, was er wollte, wenn er sich ihr nur hingeben würde am Ende des Abends. So einfach war es. Sie wollte mit ihm ins Bett, sie wußte nicht genau warum, und es war ihr auch egal.

Lisa übernachtete bei Susan. Sophie hatte gelogen, daß sie ein Rendezvous mit einem neuen Mann habe, und zu ihrer Erleichterung hatte Susan nicht weiter gefragt – was sie zugleich schmerzlich getroffen hatte, denn wenn Freundin- nen sich nicht mehr für das Liebesleben der jeweils anderen interessierten, dann waren sie keine Freundinnen mehr, so- viel stand fest.

»Dein Vater?« sagte Daniel.

»Schon seit fünf Jahren tot.«

»Das tut mir leid für dich.«

»Mir auch.«

Daniel bestellte Bier statt Scotch, auch das war anders. Aus reinem Trotz nahm Sophie einen doppelten Wodka.

Sie konnte sich nicht erinnern, wann sie die Worte zum ersten Mal aneinandergekoppelt hatte: das Wort »Mann« und das Wort »enttäuschend«. Doch sie wußte, daß es sich seitdem für sie unendlich oft bestätigt hatte, daß die zwei Worte zueinander gehörten, wie »treu« zu »Hund« und »sparsam« zu »Holländer«. Männer konnten alles mögliche sein: erfolgreich, mächtig, gescheitert, kunstsinnig, selbstgefällig, bewegt, kräftig, grob, zärtlich, witzig – doch sie waren immer auch enttäuschend. Das durfte man ihnen natürlich nicht sagen, denn selbst der ausgeglichenste Mann wurde durch dieses eine Wörtchen aus der Fassung gebracht, was einmal mehr bewies, wie enttäuschend er war.

Was Sophie an Daniel enttäuschend fand, war, daß er sich selbst nachdrücklich als freier und unabhängiger Mann zu betrachten schien, während er so schmerzlich sichtbar in dem Netz von Codes und Absprachen gefangen war, die zu der Position, die er bekleidete, und den Kreisen, in denen er verkehrte, gehörten. Nicht nur die Kleidung, die er an diesem Abend trug, sondern auch seine khakifarbenen Urlaubshosen, seine Hawaiihemden und seine Sonnenbrille entsprachen den ungeschriebenen Gesetzen seiner sozialen Umgebung. Und mit seiner Konversation war es nicht anders.

Über Vincent van Gogh sagte er: »Es spricht so eine Wut, aber auch so eine Vitalität aus der Art und Weise, wie er die Farbe auf die Leinwand aufgetragen hat. Wenn man das sieht, scheint einem sein früher Tod unvermeidlich und unbegreiflich zugleich.«

Über Amsterdam: »Die Freiheit, die ihr hier geschaffen habt, ist interessant als Experiment, aber ich glaube nicht, daß dieses Experiment dem Rest der Welt als Vorbild dienen kann.«

Über seine Scheidung: »Wir waren an einem Punkt angelangt, wo wir nur noch für die Außenwelt ein ideales Paar waren. Doch hinter der Fassade war gähnende Leere. Und ich fürchte, ich habe länger gebraucht, dieser Tatsache ins Auge zu sehen, als sie.«

Über Robert Frost: »Two roads diverged in a wood, and I – I took the one less travelled by, and that has made all the difference. Solange ich diese Zeile zustimmend zitieren kann, bin ich ein glücklicher Mensch.«

Über die Liebe: »Love is a battlefield.«

Und trotzdem, Sophie langweilte sich nicht. Sie fand ihn amüsant und unterhaltsam, auf eine angenehm oberflächliche Art. Er hatte Humor, er war zuvorkommend, und er ließ sich von ihr überreden, nach der Kneipe noch in die Disko zu gehen, wo er in Schlips und Kragen mächtig aus dem Rahmen fiel. Aber er tanzte ungeniert und fing sie jedesmal auf, wenn sie durch den Wodka umzufallen drohte.

Später mußte sie sich eingestehen, daß er ihr etwas gegeben hatte, von dem sie glaubte, es nicht zu brauchen: Schutz – und sie hatte es genossen.

Sie war so betrunken gewesen, daß er sie auf der Straße stützen und in dem Hotel, wo er wohnte, die Treppe hinauftragen mußte. Er hatte sie aufs Bett gelegt, und sie war auf der Stelle eingeschlafen. Als sie am Morgen neben ihm aufgewacht war, hatte sie all ihre Sachen noch angehabt, nur die Schuhe hatte er ihr ausgezogen. Sie hatte sich an seinen warmen Körper geschmiegt – er trug, ganz keusch, ein T-Shirt und Boxershorts –, und so hatte sie noch eine Stunde geschlafen. Sie war wach geworden, als er aufgestanden war, doch sie hatte die Augen geschlossen gehalten und den Geräuschen gelauscht: seinem Räuspern, dem Plätschern seines Morgenurins, dem Rauschen der Dusche.

Da war sie aufgestanden, hatte sich ausgezogen und sich zu ihm gesellt.

Die nackte Wahrheit

Im Bauch der *Muammar El Gaddafi* sah das Mädchen sich um, mit einem Blick voller Staunen und Sehnsucht, dahinter Bangen und Bedenken – ein Kind in einem Märchenwald. Sie legte die Hand auf eine Sessellehne, ließ ihre Finger über den Bezug gleiten, schaute den Jungen an und dann ein Gemälde an der Wand, einen liegenden weiblichen Akt, eckige Linien, grelle Farben.

»Wo sind wir?«

Er zuckte mit den Schultern.

Sie drehte sich auf den Fersen langsam einmal um ihre eigene Achse.

»Hast du das gemalt?«

Sie zeigte auf das Bild mit dem abstoßenden Akt.

Er lachte. »Neehee!«

»Gott sei Dank.«

Er machte zwei Schritte nach vorn, nahm das Bild vom Haken und stellte es hinter einen Sessel.

»Danke.«

»Willst du was trinken?«

»Ja. Und ich will diese nasse Hose loswerden.«

Sie zog ihren Mantel aus und fing an, ihre Hose zu öffnen.

»Wein?«

»Ist gut.«

Sie zog ihre Schuhe aus.

»Roten?«

»Gern.«

Ihre Hose glitt auf den Boden.

Der Junge drehte sich zur Kombüse um und öffnete den Spülschrank, wo Budiman ihm den Weinvorrat gezeigt hatte. Der Vorrat war geschrumpft, doch es waren noch genügend Flaschen übrig. Der Maler würde nicht merken, daß er Besuch gehabt hatte.

Er schenkte die Gläser voll.

»Deine Hände zittern.« Ihr Atem kitzelte ihn in den Härchen an seinem Hals. Er drehte sich zu ihr um. Sie nahm ihm die Flasche ab und stellte sie auf die Anrichte oder das, was dafür gelten sollte.

»Erst küssen«, sagte sie. Sie schlang die Hände um seinen Hals, ließ ihre Finger durch sein Haar gleiten. Er umfaßte sie, spürte ihre nackte Haut; unabsichtlich waren zwei Finger unter den Gummirand ihres Slips gerutscht. Er wagte nicht mehr, die Hände zu bewegen.

Sie küßten sich. Er schmeckte Erdnußsauce.

Als er die Augen öffnete, sah er, daß sie ihn anblickte, die Augen leicht zusammengekniffen, so daß sich in den Winkeln kleine Fältchen bildeten. Ihre Fingerspitzen spielten mit seinem linken Ohr; ein Schauder überlief ihn. Die Fältchen vertieften sich, sie lachte, doch sie hörte nicht auf, ihn zu küssen.

Endlich wagte er, seine Hand zu bewegen. Ihr Hintern war eiskalt. Unwillkürlich mußte er kichern.

»Was ist?«

»Dein Po.«

»Was ist mit meinem Po?« Sie machte sich los, schaute über ihre Schulter nach unten.

»Er ist eiskalt.«

»Oh!«

»Komm.«

Er nahm die Gläser, sie die Flasche. Ganz vorn im Boot befand sich hinter einem Perlenvorhang der Schlafraum. Dort hatte Budiman beim letzten Mal nach der dritten Flasche Wein seinen Rausch ausgeschlafen, während der Junge in einer englischen Übersetzung von *Also sprach Zarathustra* gelesen hatte. Eine Stelle war ihm im Gedächtnis geblieben, trotz der Alkoholnebel oder vielleicht gerade deswegen: *How shall the river not find it's way to the sea at last.* Er ging nicht voraus in den vorderen Raum, sondern stellte die Gläser auf die Betttruhe, die als Couchtisch fungierte, und setzte sich auf das Cordsofa. Erst der Dreisitzer, dachte er, dann das Doppelbett.

Sie setzte sich in einen Sessel ihm gegenüber.

Er dachte an einen Artikel, den er unlängst in einer populärwissenschaftlichen Zeitschrift gelesen hatte: das Wasser des mächtigen Colorado erreicht nie mehr das Meer von Cortez. Er hätte nicht von ihrem Hintern anfangen sollen.

Er stand auf, um den Gasofen anzuschalten. Als er sich wieder hingesetzt hatte, nahm sie ihr Glas und prostete: »Auf das Leben.«

»Auf das Leben.«

Dann war sehr lange kein anderes Geräusch zu hören als das Summen des Ofens und das sachte Klatschen des Wassers gegen die stählerne Haut des Schiffes. Sie tranken sich Mut an.

»Was macht dein Vater?« Ihre Finger spielen mit einer Haarlocke.

»Busfahrer. Und deiner?«

Staunen, ein forschender Blick. »Der unterrichtet an der Universität, Anglistik. Oder hat da unterrichtet. Er ist äh … ins Gerede gekommen.«

»Ist das dein Vater? Der letztens so für Schlagzeilen gesorgt hat?«

»Ja.«

»Daß ich das nicht wußte!«

»Ich schätze, da bist du der einzige in der Schule.«

»Shit. Ja. Wie dumm.«

»Macht nichts. Oder findest du mich jetzt gleich nicht mehr so nett?«

»Nett?!«

Wieder dieser forschende Blick. »Was dann? Nicht nett, sondern …?«

»Mein Gott, Lisa. Muß ich das sagen?«

Sie schaut ihn an, sagt nichts. Er erwidert den Blick, er kann nicht denken, wenn er sie ansieht. »Nicht nett, sondern …« Ihm fällt nichts ein – diese Augen!

»Nun?«

»Nicht nett, sondern …« Er schaut in die Flammen des Gasofens. »… wunderbar … faszinierend … ich … du … was soll ich sagen?« Seine Augen suchen sie, suchen Hilfe, Erlösung, aber sie erlöst ihn nicht, noch nicht. Na los, sagen ihre Augen, sag's schon.

»Ich … ichbineinfachwahnsinnigdollverliebtindich.«

Er hat es gesagt. Mehr braucht heute nacht nicht zu passieren. Soll sie nur in dem Sessel auf der anderen Seite der Truhe sitzen bleiben, soll sie nur ab und zu eine Frage stellen, sie darf ihn fragen, was sie will, er wird alles so ehrlich wie möglich beantworten.

Stille. Feuer und Wasser, denkt er. Das Flüstern von Feuer und Wasser. Das muß er sich merken. Morgen wird er ihr einen Liebesbrief schreiben, einen Brief, wie sie noch … Er schreckt aus seinen Träumereien hoch. Seine Augen haben sie gesucht, doch jemand anders gefunden. Sie hängt zusammengesunken in ihrem Sessel, das Weinglas schief in der Hand, ihre Haut ist grau.

»Lisa?«

Sie rührt sich nicht.

Er steht auf.

»Lisa, was ist?«

Er beugt sich über sie, hockt sich neben sie, nimmt sie in den Arm.

»He, Lisa.«

Sie beugt sich zu ihm vor, legt den Kopf an seine Schulter. Er streichelt ihren Rücken, ihre Schultern, ihren Hals. Ihr Körper fühlt sich hart an, wie Stahl. Hat er das auf dem

Gewissen? Natürlich nicht! Oder doch? Aber wie denn? Und was? Oder wer sonst? Und was soll er jetzt machen?

Dann ist es, als ob unter seinen Fingerspitzen etwas zerknackt, als ob seine vorsichtige Berührung ihr zuviel geworden sei. Lisa zerbricht. Ihr Körper zuckt unter seinen Händen, sie fällt auf ihn, er hat Mühe, nicht das Gleichgewicht zu verlieren, er spürt ihre Tränen an seinem Hals, er spürt ihre Nägel in seinem Fleisch. Und noch immer ist da kein anderes Geräusch als das Summen des Ofens und das Klatschen des Wassers. Das Glas ist ihr aus der Hand gerutscht, der Wein macht einen Fleck auf dem Sesselbezug. Der Junge sieht es und denkt für einen Moment an Salz und an seine Mutter.

In seinen Armen weint lautlos das Mädchen.

»Warte. Ich hol noch schnell was.«

Sie sitzt auf der Bettkante. Er hat ihre Tränen getrocknet, ihr die Wimperntusche aus dem Gesicht gewischt. Sie haben eine Weile eng aneinandergeschmiegt auf dem Sofa gesessen. Dann hat sie vorgeschlagen, ins Bett zu gehen. Er geht in die Kombüse zurück, wo er Kästen und Schubladen aufzieht und wieder zuschiebt, bis er ein paar Kerzen und eine Schachtel Streichhölzer gefunden hat.

»Sehr gut«, sagt sie.

Sie kriecht ins Bett, und während er die Kerzen anzündet, riecht sie schnell an den Kissen, am Laken – er sieht es, und sie sieht, daß er es sieht, und lacht ertappt.

Er zieht sich die Schuhe aus.

»Den Rest auch.«

»Alles?«

»Alles.«

Er zieht sich Oberhemd und T-Shirt auf einmal über den Kopf. Dann dreht er sich von ihr weg und läßt seine Jeans fallen. Was tun? Er hat eine Erektion, und er geniert sich. Verräterischer Körper. Auf dem Sofa bei der Witwe Koning hatte er sein geschwollenes Glied durch unbeholfene Manöver vor ihren Blicken verbergen können. Aber jetzt? Warum hat er auch diese verdammten Kerzen angezündet? Es wird einen idiotischen Schatten an der Wand geben! Er legt umständlich seine Kleider zusammen, doch was er sich erhofft, geschieht nicht. Er zieht seine Unterhose aus und dreht sich um.

Es ist das erste, worauf sie schaut.

Sie lacht nicht.

Er kriecht zu ihr ins Bett. Sie hat noch immer ihre Bluse an, darunter das weinrote Top. Er fühlt sich verletzlich in seiner Nacktheit, er fühlt sich im Nachteil. Das Bettzeug ist genauso kalt wie ihr Hintern, ihre Beine, ihre Füße. Er begreift, daß sie vorläufig noch keine Anstalten machen wird, sich weiter auszuziehen. Er reicht ihr das Weinglas, das er wieder gefüllt hat.

»Auf die nackte Wahrheit«, sagt sie.

»Auf uns.«

Sie stoßen an und trinken.

Er spürt, wie er unter der Decke kleiner wird. Das wird immer so sein.

Er will sie fragen, warum sie weinen mußte, aber er traut sich nicht. Er will mit ihr schlafen, aber er kann nicht. Er will sie glücklich machen, aber er weiß nicht wie. Er denkt: Wenn die Teenagerzeit wirklich die schönste Zeit des Lebens ist, dann will ich nicht älter als neunzehn werden.

Sie liegen nebeneinander im Bett und schauen auf das Spiel des flackernden Lichts an der Holztäfelung über ihnen. Die Weingläser und die Flasche stehen neben dem Bett auf dem Boden. Sie haben die Decke bis zum Kinn hochgezogen. Zwei bleiche Gesichter von fahlem Bettzeug umrahmt.

Sie sagt: »Gestern habe ich ein Mädchen gesehen, ein etwa achtjähriges Kind. Es sang und führte Selbstgespräche. Es spielte ein kompliziertes Spiel mit der Bordsteinkante und einem Gullydeckel. Die Welt ging völlig an ihr vorbei –

oder besser gesagt: die Welt, das war sie. Ich dachte: Ich will dieses Mädchen sein. Das Gefühl war so stark, daß ich mir regelrecht ausmalte, wie ich das Mädchen umbringen würde und dann mich selbst und wie ich dann dafür sorgen würde, daß mein Geist von ihrem Körper Besitz ergreifen kann. Das war gar nicht so einfach, sich das vorzustellen, meine ich, das mit dem Geist und dem Körper.«

Er hebt den Kopf an und nimmt das Kissen doppelt, um sie besser sehen zu können.

»Ich dachte: Wenn ich jetzt springe, in dem Moment, wo sie unter meinem Fenster vorbeiläuft, mit dem Kopf nach unten, und wenn ich dann auf sie falle und mir das Genick breche, und ihr bleibt vor Schreck das Herz stehen, dann kann mein Geist einfach überspringen. Ich wußte nur nicht, wie ich ihr Herz dann wieder in Gang kriegen würde.«

So hat er sie noch nie reden hören. Er streichelt vorsichtig ihren Arm. Sie nimmt seine Hand und hebt sie an. Mit der anderen Hand zieht sie den Stoff ihrer Bluse und das Top hoch. Dann legt sie seine Hand wieder ab. Er spürt ihren weichen, nackten Bauch.

»Wie lange können wir hier bleiben?« fragt sie.

»Solange wir wollen.«

»Einen Tag, eine Woche, den Rest unseres Lebens?«

Er lächelt. »Solange wir wollen.«

Sie lächelt nicht zurück. Sie schaut. Er schaut. Und gerade als er denkt, daß er ihren Blick nicht mehr ertragen kann, gerade als er seine Hand von ihrem Bauch nehmen und sich von ihr abwenden will, da bricht ihr Gesicht auf zu einem Lächeln, da holt sie ihn an Bord, endlich, da schließt sie die Augen, und ihre Finger beginnen ein Spiel mit den Fingern seiner Hand auf ihrem Bauch. Und er spielt das Spiel vorsichtig mit, zögernd, da er die Regeln nicht kennt, aber nach und nach mit immer mehr Selbstvertrauen, weil ihre Finger die seinen führen, weil ihr Körper ihn ermuntert, mit Schauern und kleinen Lauten, die ihrem Mund entweichen wie Dampfwölkchen einem Topf.

Er will seinen linken Arm befreien, der unter ihrem Körper eingeklemmt ist und prickelt und brennt, aber er hat Angst, damit das Spiel zu zerstören. Er schließt die Augen und konzentriert sich auf ihre Finger, auf ihren Nabel, auf die Kontraktionen ihres Bauchs. Ihre Hand gleitet nach unten und nimmt seine Hand mit, führt sie unter dem Rand ihres Slips hindurch zu dem spröden, krausen Haar, das feucht ist, und er spürt den feuchten Stoff ihres Slips und das warme Fleisch. Sie läßt seine Hand los, und sofort wird er von einer Panikwelle überrollt: was soll er mit seinen Fingern machen?

Er befreit seinen linken Arm und dreht sich auf die Seite. Er fühlt, wie sein hartes Geschlecht, unbeabsichtigt, ihren weichen, nackten Schenkel berührt, und dann ist da auf einmal ihre Hand, die ihn umklammert, ganz fest, ganz sicher, ohne Zögern. Er hält die Luft an, und er vergißt seine ratlosen Finger, er vergißt alles um sich herum. Es ist, als ob er nur noch in ihrer Hand existieren würde, die sich nun auf und ab bewegt, auf und ab. Und er stöhnt und rollt sich wieder auf den Rücken. Seine Hand fährt aus ihrem Slip, doch sie holt sie sich resolut zurück und führt sie erneut, und sie schiebt ihre Hüften hoch, und er atmet auf, weil seine Finger nicht mehr herumirren und raten müssen. Doch die Erleichterung ist von kurzer Dauer, denn da ist schon wieder die nächste Panikwelle, als er spürt, daß sein Samen angestaut wird, als er merkt, daß er keine Kontrolle mehr hat! Er windet sich los aus ihrer Umklammerung, gerade noch rechtzeitig.

Sie öffnet die Augen, fragend. Und er beugt sich über sie und fängt an, ihre Bluse aufzuknöpfen. Sie schiebt ihn zur Seite, mit einer Kraft, die ihn erschreckt, aber es ist nicht, was er denkt, es ist kein Unwille, sondern Ungeduld: sie zieht ihre Bluse und ihr Top aus und gleich auch noch ihren Slip und wirft die Kleider neben das Bett. Er muß rasendschnell seinen Arm ausstrecken, um zu verhindern, daß die Bluse Feuer fängt. Sie lacht und zieht ihn auf sich, er spürt ihren nackten Körper unter sich, ihre Brüste unter seiner Brust, ihren Bauch an seinem Bauch, ihr Schambein an seinem Geschlecht. Doch er kann erst in sie eindringen, als sie ihn führt.

Ja, natürlich, hier ist er schon einmal gewesen, und ja, damals fand er den Weg von selbst, aus Versehen, er war drinnen, ehe er sich's versah, aber dann war da nichts, war da nur, was nicht geschah, was er nicht spürte. Jetzt ist da eine Umarmung – nein, mehr als eine Umarmung, eine Umklammerung, ein Griff, kräftiger als der ihrer Hand, eine Hand und ein Mund in einem, und so beweglich, wundersam beweglich.

Sie ist gekommen. Er hat sie dabei angesehen.

TEIL II

ZEICHENSPRACHE
FÜR BLINDE

Die Balz

Über das Wasser, im letzten Tageslicht, gleitet ein Kreuzfahrtschiff, ein schwimmendes Hochhaus, eine Hochzeitstorte mit tausend Kerzen. Die beiden Männer am Kai schauen und schweigen. Das Schiff beschäftigt sie. In Gedanken schweifen sie darauf umher – gehen in eine Kajüte hinein, überqueren die Tanzfläche, sitzen an langen Tafeln zwischen Gästen in Festkleidung, irren durch Maschinenräume, wo die warme Luft schwer ist von Ölen und Fetten, wo Männer in verschmierten Overalls über stampfende Kolben klettern, um Hebel zu betätigen, Ventile zu öffnen; sie steigen auf die Brücke, studieren Seekarten, werfen einen Blick auf die Instrumente, die Meßgeräte, den Radarschirm – und dann sind sie wieder an Deck und sehen die Stadt vom Wasser aus, sehen den Kai mit zwei winzigen Figuren, in ihre Wintermäntel geduckt.

Der ältere der beiden Männer, das Gesicht unter einer russischen Pelzmütze mit einem goldenen Stern verborgen, hält dem anderen eine Flasche hin, doch der, barhäuptig, die Ohren rot von der Kälte, lehnt mit einer Handbewegung ab.

»Wie du willst«, sagt der Mann mit der Pelzmütze und setzt die Flasche an den Mund. Er nimmt drei Schlucke. Sein Gesicht verzieht sich zu einer schmerzerfüllten Grimasse. Ein tiefer, tierischer Laut steigt aus seinem Zwerchfell auf. Dann dreht er den Verschluß auf die Flasche.

Wieder schweigen sie und schauen. Das Schiff gleitet weiter, auf den großen Bahnhof zu und daran vorbei zum Passagier-Terminal. Da sagt der Mann mit der Flasche in der Hand: »Gleich werden die Hühner losgelassen.«

»Gib mir doch mal einen Schluck«, sagt der andere.

Sie nennen ihn Sir Sebastiaan, den Mann mit der Pelzmütze und dem goldenen Stern. »Sebastiaan«, weil das sein Vorname ist, »Sir«, weil er sich so gewählt ausdrückt und weil er in seinem früheren Leben an der Universität englische Sprache und Literatur unterrichtet hat. Wenn Sir Sebastiaan gut gelaunt ist, trägt er Fragmente aus *Hamlet* oder *Macbeth*, *Julius Cäsar* oder *Der Sturm* vor, mit gewaltiger Stimme und ausladenden Gesten. Das bringt Schnaps umsonst. Und wenn er allein ist, nachts, irgendwo an den Faserrändern der Stadt, wo er einen Ort zum Unglücklichsein gefunden hat, dann murmelt er Verse aus *Venus und Adonis* vor sich hin, bis ihm die Tränen über die Wangen fließen und seine Stimme bricht.

> *Now doth she stroke his cheek, now doth he frown,*
> *And 'gins to chide, but soon she stops his lips;*
> *And kissing speaks, with lustful language broken,*
> *»If thou wilt chide, thy lips shall never open.«*

Der jüngere Mann, der Talm genannt wird, ist ein Neuling. Die beiden umkreisen einander schon seit Tagen, wie Vögel bei der Balz. Mal taucht der eine unter, mal flieht der andere, mal ziehen sie zusammen los, mal gehen sie wieder auseinander. Sie fragen nicht nach den Motiven des anderen. Das gefällt ihnen beiden.

»Schon mal mit einem Schiff gefahren?« fragt Sebastiaan.

»Zum anderen Ufer und zurück.«

»Weiter nicht?«

»Weiter nicht.«

»Mit einem Panamaer nach Westafrika«, sagt Sebastiaan. »Und über das Ägäische Meer mit einer Neunmeterjacht und einer schönen Frau, die ich geliebt habe wie mich selbst.«

Ein Kormoran fliegt tief über das Wasser nach Osten, gegen den Wind, mit schnellen, aber schweren Flügelschlägen. Die Männer frösteln, trotz des Alkohols.

»Laß uns gehn.«

Sie stehen auf, Sir Sebastiaan mit großer Mühe. Der Junge sieht es, hilft aber nicht. Der ältere Mann steckt die Flasche unter seinen Mantel, klopft sich den Schmutz vom Hinterteil, streckt den Rücken, schiebt die Hände in die Taschen, schaut noch einmal zu der Stelle, wo er gesessen hat, wie um sicherzugehen, daß er nichts zurückläßt. Dann setzt er sich in Bewegung, ein steifer Schritt nach dem anderen. Der Junge folgt ihm.

»Die Freien« nennen sie sich selbst, ihren Süchten zum Trotz. »Die Unfreien« sind die anderen, die Leute, die am Montagmorgen zur Arbeit gehen, mit einer Zeitung unter dem Arm, einer Aktentasche in der Hand oder einem Rucksack lässig über der Schulter. Die Unfreien drängen sich am Donnerstagabend durch die Geschäftsstraßen, als sei es ihre letzte Chance überhaupt, noch etwas zu kaufen, während die Freien auf ihren Bänken sitzen, mit ihren Flaschen und ihren Streitereien, in einem Dunst von Alkohol und Körpergerüchen. Sie verachten einander, wegen der unausgesprochenen Verzweiflung, die sie in ihren Gesichtern lesen, und sie beneiden einander, sprechen es aber nicht aus.

»Vom Meer aus ist die Küste Nigerias nachts ein feuerspeiendes Ungeheuer«, sagt Sebastiaan. »Unser Land blutet Feuer, sagen die Nigerianer.«

»Laß uns in die andere Richtung gehen«, sagt der Junge. Und sie kehren um und laufen nach Westen, dem ersterbenden Licht entgegen.

»Ich kannte dort eine Frau, eine Mutter von sechs Söhnen, von denen fünf im Bürgerkrieg umgekommen waren. Mother of Pearl wurde sie genannt, weil sie ihr einziges übriggebliebenes Kind beschützte wie eine Auster ihre Perle. Wir tranken Reiswein in ihrer Hütte, während der Junge schlief, mitunter unruhig redend, zitternd, zuckend. Ich rezitierte Shakespeare und Yeats, um die bösen Geister zu vertreiben. Und als am Morgen die ersten Hähne krähten, sang Mother of Pearl ein Lied in der Sprache ihrer Vorfahren, und dann erst durfte ich gehen, mußte ich gehen, denn die Morgenröte durfte uns nicht zusammen sehen.«

Sie haben den Wind im Rücken und laufen an alten Speicherhäusern und Lagerhallen vorbei, alle nicht mehr in Gebrauch, und als sie das Ende des Kais erreicht haben, biegen sie rechts ab und kommen auf eine lange Straße, auf der dann und wann ein Auto vorbeifährt oder ein Radfahrer gegen den Wind ankämpft. Schließlich gelangen sie zu einem Stück Brachland, wo in einem Winkel, halb versteckt unter einer Baumgruppe, ein alter Bedford steht, mit platten Reifen und zersprungenen Scheiben. Der Junge öffnet die hintere Tür, und sie steigen ein und schließen den Winterabend aus.

»Den kannte ich noch nicht.«

»Für die meisten ist es zu weit zu laufen.«

»Nicht für mich«, sagt Sebastiaan. »Und trotzdem kannte ich ihn nicht.«

Der Junge zuckt mit den Schultern.

»Was hast du in Nigeria gemacht?«

»Die Literatur erforscht. Was für Literatur entsteht, wenn man Menschen, die mit den Sagen ihrer afrikanischen Vorfahren aufgewachsen sind, in Oxford oder Cambridge zur Schule schickt? Das wollte ich wissen.«

»Und?«

»Das Thema war viel zu hoch gegriffen. Ich hatte mir die nigerianische Kultur viel zu eindeutig vorgestellt. Es gibt nicht *die* nigerianische Kultur, es gibt Dutzende, wenn nicht Hunderte Kulturen. Such da mal nach Spuren von Shakespeare oder Homer. Hab aber viele schöne Bücher gelesen und Manuskripte von Büchern, die nie erschienen sind, weil die Autoren spurlos verschwanden, und es dann niemand mehr gewagt hat, ihre Werke zu publizieren. Tolles Land, Nigeria. Und viel Öl. Nimm noch einen Schluck.«

Der Junge trinkt.

»Der schlechteste Wodka ist immer noch besser als Genever.«

Darauf geht der Junge nicht ein.

»Erzähl mir von der Frau auf der Neunmeterjacht in der Ägäis.«

»Ha! Was soll ich dir von ihr erzählen? Nein ...«

Der Wind zerrt an den kahlen Ästen der Bäume über dem Bedford, es fällt etwas aufs Autodach.

»Nein ...«, sagt der Mann noch einmal, während er langsam den Kopf schüttelt. Danach ist es wieder lange still.

Es ist der Junge, der die Stille schließlich unterbricht.

»Daß einem etwas versprochen wird«, sagt er, »und daß man jahrelang vergeblich auf die Einlösung dieses Versprechens wartet. Wider besseres Wissen.«

»Ja«, sagt der Mann. »Ja. Genau.«

Als das Tageslicht ihn geweckt hat, sieht der Junge, daß er allein ist. Er ist ganz steif, der Geschmack in seinem Mund erinnert ihn an tote Mäuse. Mit der flachen Hand tastet er die Stelle ab, wo Sebastiaan gesessen hat: der Bezug ist kalt und klamm. Er klettert mühsam hinaus, streckt sich und atmet die feuchtkühle Morgenluft ein. Unter den kahlen Bäumen pinkelt er ausgiebig, Dampf steigt auf.

Er sagt: »*Another day, another miracle.*«

In der Ferne ertönt eine Schiffssirene. Der klagende Ton erinnert ihn an den Passagierdampfer, der gestern abend in den Hafen eingelaufen ist. Nachher wird er dort vorbeischauen, sich in Tagträumen von Karibischen Inseln und Walen im Nördlichen Eismeer verlieren. Doch zuerst muß er etwas essen. Er greift in die Innentasche seines Mantels und findet, zwischen ein paar zerknüllten Zetteln, einen Zehnguldenschein.

Sieben Jahre sind vergangen, seit er seinem Geburtshaus entflohen ist.

Er ging zum Studium nach Nijmegen, seine Eltern zogen näher ans Meer. Er ist nur noch sporadisch wieder in der Stadt gewesen.

In den ersten Monaten gelang es ihm wunderbar, zu leben, als läge alles noch vor ihm, als wäre er nicht gefangen in einem würgenden Verlangen nach dem, was kommen würde. Doch das währte nicht lange. Erst erschien sie ihm nachts im Traum, wie ein flüchtiger Schatten, ein Atemhauch; fieberhaft suchte er die ganze Nacht, aber er fand sie nie. Und schon bald war sie auch tagsüber da, ein in sein Ohr geflüstertes Wort, eine Hand mit sanftem Druck auf seiner Schulter – schau dich um! schau dich um!

Er wußte, daß er langsam verrückt wurde; und wenn der Wahnsinn ihm vor kurzem noch als angenehme Zuflucht erschienen war, flößte er ihm nun Angst ein. Zum ersten Mal begriff er, daß er den Wahnsinn als etwas betrachtet hatte, das ihnen beiden gehörte, etwas, in das sie sich gemeinsam flüchten konnten. Dieser Gedanke machte den Verlust mit einem Mal unerträglich. Er blieb tagelang im Bett, die Vorhänge geschlossen und das Telefon herausgezogen, bis besorgte Kommilitonen seine Tür aufbrachen, an seinem Bett erschienen und ihm zuriefen: »Was ist mit dir los, um Gottes willen?«

Sie hatten ihn angezogen und ihn durch die Straßen geschoben, »Schau!«, »Leb!«, »Trink!«, in die erstbeste Kneipe. Er hatte mit ihnen getrunken, bis er vom Hocker gefallen war. Sie hatten ihn in ein Studentenwohnheim mitgenommen, und dort war er drei Tage geblieben, während sie auf ihn einredeten und ihm zu essen und zu trinken gaben. Er war gerührt gewesen über ihre Besorgtheit, und er hatte ihnen versprochen, sich nicht mehr einzuschließen, nicht von der Brücke zu springen, sich wieder zu fangen und auf sich aufzupassen, und er hatte sein Versprechen gehalten. Doch mit seinem Studium wurde es nichts mehr. Und er erzählte ihnen nichts von Lisa.

Es folgten Jahre mit halben Jobs, halben Freundschaften, halben Lieben, Jahre, in denen er lernte, mit sich und Lisas Atem zu leben – ohne verrückt zu werden. Er stellte mit Zufriedenheit fest, daß er niemanden brauchte. Er machte lange Spaziergänge durch die Flußauen und das Hügelland, so wie einst durch die Straßen von Amsterdam, und genau wie damals konnte er aus diesen Spaziergängen Kraft schöpfen, gaben sie ihm die Ruhe, die er nirgendwo sonst fand.

So verging die Zeit, während sein Leben stillstand. Bis er eines Tages den Fernseher anschaltete und von einem Bild aufgeschreckt wurde, das ihm den Atem verschlug. Es war ein Bild, das nur dazu diente, Atmosphäre zu schaffen: ein Mann sitzt an einem langen Tisch, allein, er ißt mit langsamen Bewegungen, vorsichtig kauend, mühsam schluckend, dann legt er das Besteck hin, schiebt seinen Stuhl zurück, kommt langsam hoch, nimmt seinen Teller und läuft mit steifen Schritten aus dem Bild.

Das war alles. Wie lange hatte es insgesamt gedauert? Fünfzehn Sekunden? Eine halbe Minute?

Der Junge saß vor dem Fernseher und bewegte sich nicht mehr. Er starrte auf den Bildschirm und wartete, ob der Mann noch einmal ins Bild kommen und seine Vermutung bestätigt würde. Doch er wußte, daß es keine Vermutung war, daß es gerade die Sicherheit war – mit der er augenblicklich gewußt hatte, was er sah, *wen* er sah –, die ihn wie ein Hammerschlag getroffen hatte. Er schaute, bis der Abspann über den Bildschirm lief. Doch der Name, den er suchte, tauchte nicht auf. Er schaltete den Fernseher aus und sackte in seinen Sessel zurück. Dort saß er, reglos, bis es Tag wurde. Da hatte er seinen Entschluß gefaßt: er würde zurückkehren. Er würde in den Schmutz eintauchen, sich unter den Abschaum mischen, unter die Ausgestoßenen und die Abhängigen. Und er würde ihn finden.

Er kündigte seinen halben Job, packte ein paar Sachen in eine Tasche und nahm den Zug nach Amsterdam. Er stellte die Tasche in ein Schließfach auf dem Hauptbahnhof und begann seine Reise in die Unterwelt.

In den ersten Nächten stand er tausend Ängste aus.

In den Jahren, die hinter ihm lagen, war er viel allein gewesen, doch nie so allein wie jetzt. Ihm wurde bewußt, daß er die ganze Zeit nur eine Illusion gehegt hatte, daß es die anderen gewesen waren, die es ihm ermöglicht hatten weiterzuleben – auch wenn er sie noch so auf Distanz hielt. Gerade durch ihre Anwesenheit an der Seitenlinie seines Lebens hatte er sagen können: Ich brauche euch nicht. Jetzt, da er ihnen den Rücken zugekehrt hatte, entdeckte er erst, was es bedeutete, wirklich allein zu sein. Er war ein paarmal drauf und dran, seine Tasche aus dem Schließfach zu holen und wieder in den Zug zu steigen, zurück in das Leben, das er kannte – das ihm vielleicht wenig Befriedigung brachte, aber unendlich viel sicherer war als die selbstgewählte Isolation, in der er sich jetzt befand. Die Stadt, entdeckte er, ist ein ganz anderes Tier, wenn man sich nicht in ihrem Herzen aufhält, sondern in ihrem Mastdarm.

»In der Gosse«, würde Sebastiaan später sagen, »kommt es wirklich auf den Willen zu überleben an. Es gibt nichts anderes, woran man sich klammern kann – es ist dieser Wille, und dieser Wille allein, der entscheidet, ob man es schafft oder nicht.« Und nach einer langen Pause fügte er hinzu: »Ich habe genügend gekannt, die es nicht geschafft haben. Letztendlich schaffen wir es alle nicht.«

Die Straßen und Häuser sind feucht vom Morgennebel, als ob es lange geregnet hätte. Selbst die Tauben sitzen verfroren und durchnäßt da. Der Junge ist froh, daß er wieder allein ist, daß er keine Rücksicht auf die steifen Gelenke von Sebastiaan zu nehmen braucht. Er läuft sich mit großen, stürmischen Schritten warm. In einem Café bestellt er ein Glas Milch, ein Käsebrötchen und einen Milchkaffee. Er behält noch fünfunddreißig Cent übrig. Das Fräulein, das ihm das Bestellte bringt, würdigt ihn keines Blickes. Er fragt sich, ob man sich je daran gewöhnen kann: an die Geringschätzung, mit der man behandelt wird, wenn man unrasiert ist, wenn man nach altem Schweiß und nach Schnaps riecht, wenn einem das Haar wild vom Kopf absteht und die Kleider schmutzig und zerknittert sind.

Der Alkohol, die Tabletten, die Drogen, die »die Freien« konsumieren, sollen nicht nur den alten Schmerz betäuben, sondern auch den neuen: den Schmerz des Ausgestoßenseins, des Nicht-Seins. Darum suchen sie einander immer wieder, auch die am meisten in sich Gekehrten, auch Sir Sebastiaan: sie müssen ab und zu in ihrer Existenz bestätigt werden, notfalls durch einen heftigen Streit über Geld, Dope oder Alkohol.

Er nennt mich Scheißkerl! Sie wünscht mir die galoppierende Schwindsucht an die linke Herzklappe! Er sagt, daß ich meine Mutter ficken soll! Ich existiere!

»Am Anfang«, hatte Sebastiaan erzählt, »erfüllen die anderen einen mit Abscheu. Man verachtet sie wegen der Belanglosigkeit ihrer Streitereien, wegen des Gestanks, den sie verbreiten, wegen ihres Schweigens, wegen ihrer Sprache, wegen ihres Lachens, wegen ihres Weinens. Man haßt sie, weil sie sind, was sie sind, weil man einer von ihnen ist. Und man ist sich sicher, daß dieser Haß nur noch wachsen, der Abscheu immer stärker werden wird. Aber so ist es nicht, so ist es bei niemandem. Mit der Zeit hängt man genauso an ihnen, wie man früher an seiner Familie, seinen Freunden, seinen Kollegen gehangen hat.«

Er hätte Fragen stellen wollen, damals, aber es war noch zu früh, sie hatten sich gerade erst kennengelernt, und er hatte sich zurückgehalten, seine Fragen heruntergeschluckt, den Schmerz mit Obstwein gelindert.

Er ißt sein Brötchen, trinkt seine Milch und seinen Kaffee, liest die Zeitung. »Nebel verursacht Chaos auf Brabanter Straßen«, »Spannungen im Mittleren Osten nehmen zu«, »Frauen wollen etwas anderes«. Die ewige Wiederkehr desselben. Kaum hat er seine Milch ausgetrunken, wird das Glas abgeräumt. Kaum hat er den letzten Bissen seines Brötchens in den Mund gesteckt, wird die Untertasse von seinem Tisch gegrapscht. Er beschließt, sich für den letzten Schluck Kaffee besonders viel Zeit zu lassen.

Ich wehre mich! Ich existiere! Fuck you!

Mit den Fingern knipst er eine Blüte des Usambaraveilchens auf dem Fensterbrett neben seinem Tisch ab und steckt sie sich ins Haar. Dann steht er auf.

»Einen schönen Tag noch, wünsche ich, und heitere Laune!«

Niemand erwidert den Gruß. Er schlägt die Tür mit einem lauten Knall hinter sich zu.

»Arschlöcher!« ruft er draußen. Aber es verschafft ihm keine Befriedigung.

Eine Frau überquert die Straße, sie zieht einen unwilligen Hund hinter sich her. Heute beginnt seine vierte Woche. Wie lange hält er das noch aus? Zum wiederholten Male gerät er in Versuchung, zum Bahnhof zu gehen, das Schließfach zu öffnen, seine Tasche zu nehmen und zurückzukehren.

Er wird sich das Kreuzfahrtschiff ansehen.

»Man braucht nicht leibhaftig an Bord eines Schiffes zu gehen, um die Welt zu bereisen.« Die Worte stammen von Sir Sebastiaan. Wie so viele der Worte in seinem Kopf.

Im Paradies

Der Junge und der Mann treffen sich bei den Karmeliterin-
nen wieder, bei lauwarmer Suppe und Hutspot mit Speck.

Sebastiaan sagt: »Wie stellen wir uns das Paradies vor?«
Talm hört zu.

»Wie einen friedlichen Garten, nicht wahr, mit plät-
schernden Wasserfällen und überreichem Vogelgesang, wie
einen Ort, wo das Lamm beim Löwen liegen kann.«

Der Junge nickt und kaut und beobachtet derweil, wie der
Kahle Kees am Nachbartisch sich mit einer Frau streitet, die
Greet heißt, aber von allen das Kraftweib genannt wird.

»Im Paradies«, fährt Sebastiaan fort, »droht dem Menschen keine Gefahr, denn der liebe Gott behütet seinen
Weg. Abenteuer gibt es schon, aber es geht immer gut aus.«

»Nimm deine dreckigen Pfoten weg!« schreit das Kraftweib.

»Das Paradies ist also eigentlich eine Art Disneyland mit
richtigen Tieren. Und wie wir alle wissen, träumen nur Kinder und Amerikaner davon, lebenslang in Disneyland zu
wohnen.«

Darüber muß der Junge lachen.

»Ich war heute morgen bei dem Kreuzfahrtschiff hinter
dem Bahnhof. Da wimmelte es von Amerikanern.«

»Kreuzfahrtschiffe. Auch so was«, sagt Sebastiaan.

Dies ist der Ort, an dem der Junge den Mann wiederfand,
erst im Fernsehen, dann in natura: ein Mann sitzt an einem
langen Tisch, allein.

Er war schon eine Woche durch die Stadt geirrt, hatte in

Hauseingängen geschlafen und einmal sogar in einem parkenden Auto, bei dem er zufällig gesehen hatte, daß die Tür nicht verriegelt war. Als er den Sitz zurückschob und die Rückenlehne verstellte, um es sich bequem zu machen, hatte ihn eine kindliche Erregung übermannt. Am Rückspiegel hing eine Plastikperlenkette mit einem Kruzifix, auf dem Handschuhfach prangte ein Foto von einer Mutter mit einem Kind.

»Gute Nacht, meine Lieben«, hatte er gesagt. »Der Herr hält auch in dieser Nacht über uns getreu die Wacht.« Er war sofort eingeschlafen, so müde war er gewesen.

Als er am Morgen wie gerädert aufgewacht war und die beschlagenen Scheiben gesehen hatte, war von Erregung keine Spur mehr gewesen; er hatte sich nur noch geschämt.

Auch körperlich war dieses neue Leben viel schwerer, als er gedacht hatte. Schon nach ein paar Tagen fühlte er sich schwach und krank. Ihm war morgens genauso elend wie abends und mittags genauso elend wie nachts. Wie ist es möglich, dachte er, daß Menschen das jahrelang aushalten? Und auf einmal hatte ihn die Angst überfallen, daß der Mann schon tot sein könnte. Daß er zwischen dem Moment der Aufnahme des Dokumentarfilms und der Ausstrahlung sein Leben gelassen hätte, einer kaputten Leber erlegen oder sternhagelvoll in die Gracht gefallen und ertrunken wäre, ohne daß jemand es gesehen hätte. Seine Ungeduld war noch größer geworden, sein Suchen noch fieberhafter.

Neben dem Mangel an Schlaf und vernünftigem Essen forderten auch der Obstwein, der Genever und das Bier schon bald ihren Tribut. In den letzten Jahren hatte er kaum getrunken, aus Angst, sich im Alkoholrausch zu verlieren. Aber es war ihm schnell klargeworden, daß in dieser neuen Welt Alkohol das weitaus beste Mittel war, Kontakte zu knüpfen. Am dritten Tag seiner Suche hatte er die erste Flasche Genever gekauft und sich auf eine Bank gesetzt. Tags zuvor hatte er dort vergeblich versucht, mit einem älteren Mann ins Gespräch zu kommen, der laut mit sich selbst sprach. Die Flasche steckte in einer Papiertüte, die er herunterschob, bis man gerade den oberen Rand des Etiketts sehen konnte. Er schraubte den Verschluß ab und nippte vorsichtig, und doch verschluckte er sich, so ungewohnt brannte ihm der Alkohol in der Kehle. Es würde schwierig werden, die Rolle glaubhaft zu spielen.

Aber das machte nichts, wie sich bald herausstellte.

Eine halbe Stunde später war er der Mittelpunkt einer angeregten Gruppe von Stadtstreichern. Noch eine halbe Stunde später war der Genever ausgetrunken und eine Flasche Cidre fast. Einer der fünf Stadtstreicher ging Bier holen. Vom Geld des Jungen – so gewann er die ersten neuen Freunde.

»Es ist kein Zufall«, sagt Sebastiaan, ehe er sich einen Löffel Hutspot in den Mund schiebt, »daß die Amerikaner genauso verrückt nach dem lieben Gott sind wie nach Mickey Mouse. Letzteres ist die logische Konsequenz des ersteren, jedenfalls wenn man die Geschichte mit dem Paradies wörtlich nimmt – was die meisten Amerikaner geneigt sind zu tun, fürchte ich.«

Der Mann sieht die Verwirrung im Gesicht des Jungen und fühlt sich ermuntert. Der Lehrer in ihm erwacht, der sich durch den Alkohol in einem nahezu permanenten Betäubungszustand befindet.

»Du mußt es so betrachten«, doziert er, »wer mit der Bibel groß wird, trägt, ob er will oder nicht, ein Bild der idealen Welt in sich. Das Streben nach Verwirklichung dieses Ideals – und das muß man den Amerikanern lassen: sie streben nach Verwirklichung ihrer Ideale –, dieses Streben drückt sich in der Neigung aus, die ganze Welt mit Vergnügungsparks vollzubauen. Der Vergnügungspark kommt nun mal dem biblischen Bild vom Paradies am nächsten. Wenn uns damit nicht gedient ist, werden wir uns also nach einem anderen Bild vom Paradies umsehen müssen.«

»Vorschläge?« fragt Talm.

»Ha! Du?«

Talm kaut und schweigt. Sagt dann: »Ich schlage vor, daß wir im Paradies auf jeden Fall dem Bösen einen Platz einräumen.«

»Sehr gut!«

Das Kraftweib und der Kahle Kees haben ihren Streit beigelegt. Die Frau drückt Kees einen Kuß auf den kahlen Schädel.

»Ohne das Böse kommen wir nicht aus«, sagt Sebastiaan.

»Ich würde fast sagen: Es lebe das Böse!«

»Aber was ist das?«

»Was? Was ist was?«

»Das Böse, was ist das?«

»Das Gegenteil des Guten.«

»Zu einfach«, sagt der Lehrer.

»Vorschläge?« fragt der Schüler wieder.

»Ist es in uns oder außerhalb von uns? Ist es der Teufel? Sind es Dämonen? Ist es eine Kraft, die ohne uns existiert, die nicht vom Menschen abhängig ist?«

»Existiert das Gute außerhalb von uns? Ist das Gute Gott und Gott das Gute?« kontert der Junge.

»Aha, jetzt kommen wir der Sache schon näher!« ruft Sebastiaan enthusiastisch. »Jahrhundertelang hatten alle Diskussionen über das Böse ihren Anfang und ihr Ende bei Gott. Er ist schließlich das Alpha und Omega. Das Böse ist also auch gottgegeben. Aber was geschieht nun, wenn wir Nietzsche folgen und Gott für tot erklären, für den Augenblick?«

»Dann stirbt damit auch der Teufel. Wir können nicht den Vater für tot erklären und das uneheliche Kind weiterleben lassen.«

»Einverstanden«, sagt Sebastiaan. »Und den Dämonen scheint mir dann auch keine Rolle mehr vorbehalten zu sein.«

»Hmm.«

»Doch?«

»Ich kann mir schon ein gottloses Universum vorstellen, das trotzdem Platz für Dämonen bietet, für Engel zur Not. Aber gut, laß uns auch die Dämonen für tot erklären.«

Für einen Moment sind seine Gedanken bei ihr gewesen. Daher die Engel, aber auch der Wunsch, die Dämonen für tot zu erklären. Wie oft mag der Mann, der ihm gegenübersitzt, an sie denken? Hat der Schnaps sie aus seinem Sinn verjagt? Oder ist sie gerade in den Nebeln des Alkoholrauschs permanent anwesend?

»Schön«, sagt Sebastiaan, »bleibt sowohl für das Gute als auch für das Böse die Möglichkeit, daß es eine Kraft ist, die außerhalb von uns existiert, aber durch uns wirkt, so wie die Schwerkraft durch die Himmelskörper wirkt, durch die Objekte, die sich in ihrem Kraftfeld befinden.«

»Einverstanden«, sagt Talm, der den Gedanken an das Mädchen abgeschüttelt hat. »Und die andere Möglichkeit, sowohl für das Gute als auch für das Böse, ist, daß es etwas in uns ist, das aus uns heraus wirkt.«

»Genau. Laß uns diese letzte Möglichkeit weiter untersuchen«, sagt der Mann. Er hat seinen Teller zur Seite geschoben und scheint ganz in dem Thema aufzugehen. So hat der Junge ihn noch nie erlebt. »Wenn das Böse und das Gute in uns wohnen, müssen wir sie uns dann als Kräfte vorstellen, die unser Handeln steuern, wobei mal die eine Kraft die Oberhand hat und mal die andere?«

»Schon möglich.«

»Aber wo müssen wir uns dann die Quelle dieser Kräfte denken, wenn sie nicht außerhalb von uns liegt? Vielleicht ist ›Kraft‹ ja das falsche Wort, sollten wir es ›Potential‹ nennen?«

»Seh ich auch so«, sagt Talm. »Der Mensch ist potentiell sowohl zum Guten als auch zum Bösen fähig, wie der Kahle Kees und das Kraftweib gerade bewiesen haben.«

»Aber reden wir jetzt über zwei verschiedene Potentiale, oder ist es *ein* Potential, das, wenn es sich äußert, erst *im nachhinein* als gut oder böse beurteilt werden kann? Mit anderen Worten: stellen wir erst nach der Handlung fest, ob diese gut oder schlecht ist? Und wenn es so sein sollte, bedeutet das dann nicht, daß das Gute und das Böse an sich nicht existieren?«

Der Junge denkt nach. »Du unterstellst also, daß auch unser Handeln als solches noch nicht gut oder schlecht ist.«

»Genau!«

»Aber nach welchen Kriterien stempeln wir dieses Handeln dann im nachhinein als gut oder böse ab?«

»Das ist die Frage, um die es geht: ist uns durch das Essen des Apfels die ewige, unveränderliche Erkenntnis offenbart worden, was gut und was böse ist, wie es die Bibel suggeriert? Oder ist diese Erkenntnis vielmehr die Summe unserer kulturellen Werte, die selbst wiederum die Summe der Entscheidungen sind, die das Fortbestehen unserer Art am besten garantieren?«

»Ich bin für letzteres.«

»Aber das würde bedeuten, daß unsere Moral, die ganze Ethik, nicht mehr ist als angewandte Überlebenskunst.«

»So ist es«, sagt Talm.

»So ist es nicht«, sagt Sebastiaan. Er zieht seinen Teller wieder zu sich heran und fängt an, den kalt gewordenen Hutspot aufzuessen.

Der Junge sieht ihn an. Eine plötzliche Veränderung hat sich in Sir Sebastiaan vollzogen, und doch sitzt er für den oberflächlichen Zuschauer noch genauso da wie zu Beginn ihres Gesprächs: leicht vornübergebeugt, alle Aufmerksamkeit auf seinen Löffel und den Teller gerichtet. Auf einmal erkennt der Junge, was er sieht, und sein Herz krampft sich zusammen, seine Hände fallen schwer und schlaff auf die Tischplatte.

»Guck mal«, sagte Lisa. »Da! Der Mann in dem langen Regenmantel, der Mann mit dem roten Schal, das ist mein Vater.«

Der Mann stand an der Straßenbahnhaltestelle und las ein Buch, das er in braunes Packpapier eingeschlagen hatte. Schlanke Gestalt, graumeliertes Haar. Sie beobachteten ihn eine Weile von der anderen Straßenseite aus, als ob er ihnen etwas Interessantes enthüllen könnte. Es regnete, sie standen unter ihrem Schirm.

»Schöner Mann«, sagte Talm. »Du hast es von keinem Fremden.«

Und sie wandte ihm ruckartig das Gesicht zu und sah ihn an, als wollte sie überprüfen, ob er das ernst gemeint hatte.

»Was ist?« fragte er verwirrt.

»Ich habe es nicht von einem Fremden, aber auch nicht von ihm.«

Man mußte jetzt besser hinschauen, man mußte durch den Verfall hindurchsehen, die Alkoholflecken und die tiefen Falten – aber dann konnte man noch immer feststellen, daß er ein schöner Mann war: Sebastiaan M., ehemaliger Universitätsdozent für Englische Sprache und Literatur, Ehemann von Sophie, Vater von Lisa – das heißt: Stiefvater, aber so sah er sich nicht, und so hatte sie nicht über ihn gesprochen. Dem Alkohol verfallen, in der Gosse gelandet. Sebastiaan.

O! if this were seen,
The happiest youth, viewing his progress through,
What perils past, what crosses to ensue,
Would shut the book, and sit him down and die.

So wie Lisa sich in sich selbst zurückziehen konnte, so hat Sebastiaan sich nun von dem Jungen abgewandt. Und Talm weiß, daß die Zeit gekommen ist, den Panzer zu durchbrechen und seine Fragen zu stellen. Was er jetzt noch suchen muß, ist ein ruhiger Ort, wo es angenehm warm ist und wo niemand sie stören wird.

Als Sebastiaan den letzten Hutspot von seinem Teller gekratzt und den letzten Speckwürfel zerkaut und hinuntergeschluckt hat, sagt er: »Das Böse hat ein Gesicht. Das einzige, was man braucht, um es zu sehen, ist ein Spiegel.«

Die Schönheit eines gezielten Schlags

Talm hatte sich an seine neuen Freunde gehängt, den Alkohol als Bindemittel genutzt. Nach einer Woche einsamen Herumstreifens machte er den ersten Schritt auf dem Weg – ja, auf welchem Weg eigentlich? Er hatte nicht die leiseste Spur einer Antwort auf diese Frage. Aber war nicht jeder immer wieder auf dem Weg zu einem Ziel, das sich nicht zu erkennen gab, sich nicht definieren ließ, genausowenig, wie es jemals erreicht werden konnte? Seine neuen Freunde hatten ihn mitgenommen ins Obdachlosenasyl der Heilsarmee und später zu den Nonnen. Er hatte den Speisesaal sofort erkannt: die Tische aus grauem Kunststoff, die grün getünchten Wände – Dekor jener stillen Aufnahme, die alles in Bewegung gebracht hatte. Aber es verging eine geschlagene Woche, bis er dort auch jenen Mann fand, der einsam an einem langen Tisch saß und aß.

»Wer ist das?« fragte der Junge den Kahlen Kees, so unauffällig wie möglich hinzeigend, doch mit vor Aufregung zitternder Stimme.

»Sir Sebastiaan«, sagte Kees. »Wieso? Kennst du ihn? Er ist Professor gewesen. Hast du studiert? Würde zu dir passen, studieren.«

Talm schüttelte den Kopf.

»Er ist gut in *Hamlet*«, sagte Kees.

»Er ist was?«

»Gut in *Hamlet*. Shakespeare. Kann er auswendig. Nicht alles natürlich, aber Teile. Ganze Passagen Shakespeare. Schön. Auch wenn man nicht schlau draus wird.«

»Würdest du mich ihm vorstellen?«

»Du lieber Gott, Junge, was ist denn jetzt los? Vorstellen? Vorstellen? Ich weiß nicht mal, wie du heißt!«

»Talm«, sagte er. Er bereute es sofort. Konnte es sein, daß Lisa irgendwann seinen Namen erwähnt hatte? Und würde der Mann sich daran erinnern?

»Nein, warte!« sagte er schnell.

Aber Kees hörte schon nicht mehr zu. »He, Sebastiaan! Sir Sebastiaan!« schallte seine Stimme durch den Speisesaal. »Dieser Junge hier, Talm, Talm heißt er, der will dir die Hand schütteln. Kennenlernen will er dich, hahaha! Komm mal her, Sir Sebastiaan, verdammter alter Shakespeare-Narr! Komm her!«

Neben ihm wäre der Junge am liebsten im Erdboden versunken. Der Mann schaute nicht von seinem Teller hoch, hob nur die Hand zu einer abwehrenden Gebärde.

»Alter Narr«, sagte Kees.

»Laß nur«, murmelte Talm.

Als er seinen Teller mit Essen bekommen und sich aus der Schlange gelöst hatte, war der Platz am Tisch, wo Sir Sebastiaan gesessen hatte, leer. Talm war danach lange still gewesen, hatte keinen Bissen herunterbekommen, obwohl ihm flau war vor Hunger. Er hätte doch wenigstens einen anderen Namen erfinden können! Das hätte er sich vorher überlegen müssen: jetzt gab es schon zu viele, die ihn als Talm kannten.

Was, dachte er, wenn Lisa mit ihrem Vater über ihn gesprochen hatte? Und hatte er den Mann nicht selbst einmal am Telefon gehabt? Bei dieser Erinnerung brach auf einmal ein heller Sonnenstrahl durch die Wolken. Warte mal! Am Telefon benutzte er immer seinen richtigen Namen! Und hatte Lisa ihn jemals Talm genannt? Nein, oder? Auch sie benutzte immer seinen richtigen Namen. Es war also noch nichts verloren!

Seine Erleichterung war so groß, daß er dem Kahlen Kees, der neben ihm saß und aß, als ob er von gierigen Hyänen umzingelt wäre, liebevoll über den glänzenden Schädel strich.

»Was reißt denn jetzt ein?« sagte der Kahle Kees. »Verpiß dich, aber ein bißchen plötzlich, zu deiner verfuckten Mutter, du dreckige, alte Schwuchtel, du!«

Talm hatte seinen Teller schließlich doch noch leergegessen. Und am Abend, auf dem Platz, im Schatten der Nationalbank, hatte er Kees einen Fünfundzwanzigguldenschein gegeben und gesagt: »Hol was Leckeres für uns alle.«

Kees war gegangen und nicht zurückgekehrt.

Danach gab es zwei Tage Streit in der Gruppe.

»Wie kleine Kinder sind sie«, würde Sebastiaan später sagen. »Ungezogene kleine Kinder.«

Das erste Mal, daß der Junge mit Sir Sebastiaan sprach, war nach einer Schlägerei.

Nachdem sie zwei Tage über das Geld gestritten hatten, mit dem der Kahle Kees durchgebrannt war, kehrte Talm seinen Freunden erschöpft den Rücken und lief wieder los. Es schien ihm, daß der Wind, der am Nachmittag nach Osten gedreht und noch zugenommen hatte, den Einbruch der Dunkelheit beschleunigte. Die Leute auf der Straße schlugen ihre Kragen hoch, banden ihre Schals fester. Türen wurden eilig geöffnet, eilig zugezogen.

Der Junge war froh über die Skijacke, die er tags zuvor auf dem Müll gefunden hatte. Im Nylon des rechten Ärmels war ein Dreiangel, und der Kragen war schmuddelig und fettig. Aber er hatte gedacht, daß das seiner Glaubwürdigkeit bei den neuen Freunden zugute kommen würde – er hatte noch immer nicht ganz begriffen, daß Glaubwürdigkeit in dieser Welt keine Rolle spielte, solange man nur regelmäßig für Alkohol sorgte. Die Jacke bot jedenfalls Schutz gegen die Kälte.

Er ging durch vertraute Straßen, vergessene Gassen, an Grachten entlang, wo der Wind das Wasser gegen die Kaimauer trieb. Bei einer weißen Holzkirche hielt er inne und schaute zu den farblosen Bleiglasfenstern hinauf, hinter denen ein schwaches Licht brannte. Mit zögernden Schritten ging er zur Tür und drückte die Klinke herunter. Die Tür gab nicht nach. Er legte ein Ohr an das kalte Holz und lauschte, aber er hörte nichts. Er ging zweimal um die Kirche herum, setzte dann seinen Weg fort.

Nicht lange danach kam er zu einem Platz, auf dem trotz Kälte und Wind ein reges Leben herrschte. Von verschiedenen Seiten erklang Musik, junge Leute zogen von Kneipe zu Kneipe, während der Wind aus den Gerüchen, die sie mit sich herumtrugen, einen erregenden Cocktail mixte. Er gab sich dem Gewühl hin, ließ sich auf der menschlichen Welle treiben, die aus einer Seitenstraße auf den Platz gespült wurde. Er löste sich daraus bei einem Lokal, wo der Türsteher gerade für zwei Mädchen in Kunstpelzmänteln die Tür aufhielt. In ihrem Kielwasser schlüpfte er mit hinein – und er wußte sofort, daß er nicht willkommen war. Doch die Wärme war wie ein angenehmes Bad, und außerdem: wo war er überhaupt noch willkommen, außer bei der Heilsarmee und den Nonnen? Er beschloß zu bleiben.

An einem Pfeiler, in der einzigen ruhigen Ecke des Lokals, fand er Schutz vor der ihn umgebenden Feindseligkeit – denn das war es, was Fremdheit an Orten wie diesem hervorrief: Feindseligkeit. Er zog seine Jacke aus, im vollen Bewußtsein, daß es nur wenig helfen würde. Ein Ober mit einem Tablett voller leerer Gläser sah ihm direkt ins Gesicht und bewegte sein Kinn mit einem kräftigen Ruck nach oben, als ob er sagen wollte: Was willst du hier? Dem Jungen fiel gerade noch rechtzeitig ein, daß er nach seiner Bestellung gefragt wurde, und er bestellte einen Whisky ohne Eis, wegen der Kälte draußen und der Menschen drinnen.

Mit dem Glas in der Hand lehnte er an dem Pfeiler und betrachtete die Gesichter, die Rücken, die Hände, die Haare, die von nervösen Fingern zu Locken gedreht wurden. Er lauschte der Musik und dem Geräusch von tausend Stimmen, sog den Geruch von Alkohol und Rauch und

Frauen ein. Es war unmöglich, nicht an Lisa zu denken. Wie er ihr zugesehen hatte, vor sieben Jahren, als sie auf dem Schulfest tanzte. Ihm war, als ob sie jeden Moment aus dem Gewimmel auftauchen könnte, ein spöttisches Lächeln auf den Lippen. Würde er sie überhaupt noch erkennen? Natürlich würde er sie erkennen! Oder?

Er hatte es in dem Moment gewußt, als er das Lokal betrat: Wenn man hier nicht dazugehörte, bekam man früher oder später Probleme. Nach seinem ersten Whisky hatte er lange überlegt, ob er nicht besser daran täte, wieder zu gehen, aber schließlich hatte er sich doch noch ein zweites Glas bestellt, obwohl der Ober sich alle Mühe gegeben hatte, ihn nicht zu sehen und nicht zu hören. In dem Glas war bedeutend weniger als im ersten, doch er hatte nicht den Mut gehabt, etwas zu sagen.

Er hatte sich wieder an den Pfeiler gestellt, Glas in der Hand, Blick auf neutral, mit keinem anderen Ziel, als die Zeit verrinnen zu lassen und warm zu bleiben, bis der Moment gekommen wäre, an dem die Fremdheit unerträglich würde.

Doch die Feindseligkeit war der Fremdheit zuvorgekommen.

»Wie heißt du?«

Er schaute flüchtig zur Seite, antwortete aber nicht. Das Gesicht, das er sah, lud nicht zum Antworten ein.

»He, bist du taub? Wie heißt du?!«

»Talm.«

»Was?«

»Talm.«

»Das ist kein Name.«

Er zuckte mit den Schultern.

»Ich hab dich gefragt, wie du heißt.«

Er blickte nochmals zur Seite. Kleine, blasse Augen, fahle Haut. Wieder antwortete er nicht.

»Talm«, sagte das Bleichauge. Es klang, als ob er einen verdorbenen Bissen ausspuckte. »Mir gefällt nicht, wie du mein Weib anstarrst, Talm.«

Mein Gott, er hatte gedacht, daß er das für immer hinter sich hätte.

Er sagte: »Ich weiß nicht, wovon du redest.« Und er dachte: Welches übermäßig angemalte Weibsbild in Kunstpelz mag er wohl meinen mit ›mein Weib‹?

»Du weißt nicht, wovon ich rede.«

Stille.

Auch das hatte sich also nicht geändert: man beschuldigt jemanden; dann läßt man eine Pause entstehen, genau so lange, bis der andere etwas sagt, um die Stille zu unterbrechen, um nur irgend etwas zu sagen, um nicht als Feigling dazustehen. Und in diesem Moment schlägt man zu, egal was gesagt wurde – man kann schließlich immer, in jedem mühsam gemurmelten Satz, wie nichtssagend er auch sein mag, einen Grund finden, wütend zu werden.

Talm beschloß, seinen Mund zu halten. Aber auch das half nicht. Der Junge schlug ihm den Whisky aus der Hand.

»He«, sagte Talm, »Arschloch!«

Peng! Da schnappte die Falle zu.

»Was hast du gesagt?!«

Stille.

»Ich hab dich was gefragt!«

Stille.

»Gerade hattest du noch ein großes Maul, und jetzt traust du dich auf einmal nicht mehr? He, Talm, Bubi.«

Bubi! Grundgütiger! *Dummi*, durchfuhr es ihn. Wo kam das nun wieder her? O Gott! Nicht jetzt! Zu spät! Er hatte schon den ersten Schlag abbekommen, nicht gut aufgepaßt. Er bückte sich, um seine Jacke aufzuheben, die er die ganze Zeit mit dem Knie am Pfeiler festgehalten hatte, die aber jetzt heruntergerutscht war wie eine Vorankündigung dessen, was kommen würde. Das Knie traf ihn voll ins Gesicht. Es blieb ihm nichts anderes übrig: er mußte zurückschlagen. Beim Hochkommen schnellte sein rechter Arm vor, er

113

zielte auf das Gesicht, auf die blassen Augen. Aber der Junge war besser vorbereitet als er, natürlich war er besser vorbereitet. Er wehrte den Schlag einfach ab.

»Schlagen?! Schlagen?!« schrie das Schwein.

O ja, jetzt sollte es aussehen, als habe er angefangen. Die Spielregeln hatten sich kein bißchen geändert. Und noch immer stand das Ergebnis von Anfang an fest: er würde verlieren. Den zweiten Schlag vermochte er noch mit einigem Erfolg abzuwehren, doch der dritte war wieder ein Volltreffer, auf sein Brustbein diesmal. Er schnappte nach Luft. Er ging zu Boden – schon wieder getroffen. Er wehrte einen Tritt ab, kassierte einen anderen …

Wann war er das letzte Mal zusammengeschlagen worden? Ein paar Tage bevor er zum Studium umziehen wollte. Ein paar Wochen nachdem Lisa verschwunden war. Auf sonderbare Weise hatte er damals noch einen gewissen Gefallen daran gefunden. Er hatte das Gefühl gehabt, daß es eine Besiegelung gewesen sei: geh nur, du hast hier nichts mehr zu suchen, du bist aus Versehen im falschen Film gelandet – so hatte er es empfunden. Und er war weggegangen, aus der Kneipe, aus Amsterdam, aus seinem Leben, mit ramponiertem Gesicht und schmerzenden Knochen, aber mit einer gewissen Leichtigkeit im Gemüt. Doch allzuviel Zeit, darüber nachzudenken, war ihm jetzt nicht vergönnt. Ob er wollte oder nicht, er mußte sich dem schweinsäugigen Jungen stellen, diesem hirnlosen Geschöpf, das ihn zum Kampf herausgefordert hatte, aus keinem anderen Grund als dem, daß er hier nicht hergehörte. (Schade, daß er immer viel zu sehr von seinen eigenen Gedanken in Beschlag genommen wurde, um ein guter Straßenkämpfer sein zu können. Er wußte die Schönheit eines gezielten Schlags wohl zu schätzen.)

Es war der Türsteher gewesen, der ihn schließlich rausgeschmissen hatte. Er bekam noch einen Tritt, als er auf dem eiskalten Pflaster lag – auch das änderte sich offenbar nie. Jemand warf ihm seine Jacke zu. Er blieb eine Weile liegen, um zu Atem zu kommen. Er hörte auf das Wummern in seinem Kopf, das Sausen seines Bluts. Und dann, durch die Geräusche hindurch, die keine Geräusche waren, hörte er eine Stimme.

»Talm, nicht wahr?«

Er erkannte die Stimme sofort, auch wenn er sich von dem einen Mal, als er den Mann am Telefon gesprochen hatte, nur an das erinnern konnte, was er selbst gesagt hatte, und nicht an das, was dieser geantwortet hatte.

»Sebastiaan.« Der Mann streckte ihm die Hand entgegen, half ihm auf. »Oder Sir Sebastiaan, wie die meisten meiner Freunde sagen. Angenehm.«

»Talm«, sagte der Junge, völlig überflüssigerweise.

»Womit hattest du das verdient?«

»Falsches Gesicht.«

Sir Sebastiaan kicherte.

»Wo kommst du her?«

»Nijmegen.«

»Nijmegen. Was führt dich hierher?«

Talm zuckte mit den Schultern. Was sollte er sagen?

Der Mann fragte nicht weiter. Er sagte: »Ich bin durch halb Europa gezogen, von Amsterdam bis Budapest, von Lissabon bis Helsinki. Ich war auf der Suche, ich hatte noch Geld. Aber was ich suchte, habe ich nicht gefunden, und als ich zurückkam, war mein Geld aufgebraucht.«

Sie saßen auf einer Steintreppe in einem dunklen Hauseingang, der ihnen Schutz bot vor dem Wind; doch die Kälte kroch in ihren Körpern hoch, und schon bald standen sie wieder auf der Straße.

»Wo schläfst du heute nacht?«

Wieder zuckte Talm mit den Schultern.

»Es wird zu kalt, als daß man das nicht planen müßte.« Es klang wie eine Zurechtweisung.

»Ich find schon was.«

»Komm nur mit.«

Sie schliefen in dieser Nacht in einem alten Speicherhaus, auf Matratzen aus Pappe, unter staubigen Vorhängen. Durch den Schmerz in seinen Knochen, seinen Muskeln, seinem Gesicht hatte der Junge Mühe einzuschlafen. Er lag auf der Seite, auf dem Bauch, auf der anderen Seite. Er drehte sich auf den Rücken und starrte an die Decke, die im bleichen Licht einer entfernten Straßenlaterne aussah wie die Karte eines fremden Planeten. Abblätternde Farbe und kahler Beton, Bergketten und trockene Meeresböden. Er dachte an Sir Sebastiaans Worte über Lissabon und Budapest, und er sagte sich: »Er also auch!« Eine Welle der Wut und des Neids fuhr durch seinen Körper. Er fragte sich, ob ihre Wege sich seinerzeit vielleicht gekreuzt hatten, ohne daß sie es wußten. Ob der eine vielleicht in einen Zug gestiegen war, den der andere gerade verlassen hatte, oder ob sie beide durch dieselbe Straße gelaufen waren, am selben Tag, zur selben Stunde, aber ohne sich zu sehen, weil jeder auf einer anderen Straßenseite ging oder jeder in eine andere Richtung schaute. Natürlich war das alles nicht sehr wahrscheinlich, aber was kümmerte das schon das Leben? Wie wahrscheinlich war es, daß ein siebzehnjähriges Mädchen verschwand, ohne die geringste Spur zu hinterlassen?

Er lag auf dem Rücken und starrte an die Decke – wie damals. Erst in seinem Zimmer zu Hause, dann in einem Hotelzimmer in Paris, einem Hotelzimmer in einem bretonischen Dorf, einem bretonischen Städtchen, einem bretonischen Nest. Schon bald hatte er aufgehört, sie zu suchen, suchte er nur noch nach Bildern, die sie gesehen haben könnte, nach Orten, wo sie vielleicht einmal gewesen war. Schon bald auch stellte er sich keine Fragen mehr. Er irrte nur noch umher.

Irgendwo im Gebäude schlug eine Stahltür zu. Er lauschte Schritten, die in seine Richtung kamen. Und er hatte plötzlich Angst, wenn er auch nicht wußte wovor.

Es war Sir Sebastiaan. Es war Morgen. Er hatte doch noch geschlafen.

Der Mann brachte Käse- und Rosinenbrötchen und zwei Pappbecher mit Kaffee. Aus der Innentasche seines Mantels zog er eine volle Flasche Wodka.

»Gestern Geld bekommen.«

Es erinnerte den Jungen daran, daß er sich immer noch eine glaubwürdige Geschichte über seine Einkünfte ausdenken mußte. Oder spielte auch das keine Rolle, solange er nur regelmäßig einen ausgab? Sicherheitshalber fing er schnell von etwas anderem an. Er sagte: »Ich war mal in einem Fischerdorf an der bretonischen Küste. Ich bin tagelang am Strand umhergestreift, an steilen Felsen hochgeklettert, habe am Kai gesessen und den Fischern zugesehen, die ihre Boote klarmachten, ihre Netze flickten. Und ich habe gedacht: Wie ist es möglich, daß wir das Meer so aus unserer Lebenswirklichkeit verbannen konnten, daß wir ebensogut ein Land ohne Küste sein könnten? Ich dachte damals, daß es mit dieser jahrhundertealten Feindschaft zu tun hat, daß wir so froh sind, das Meer endlich besiegt zu haben, daß wir am liebsten nie mehr daran erinnert werden. Ich dachte solche Dinge, um nicht an andere Dinge denken zu müssen. Inzwischen weiß ich, daß es doch komplexer ist; es hat nicht so sehr mit dem Meer zu tun als vielmehr mit allem, was uns an unsere Sterblichkeit erinnert.«

Sebastiaan nahm einen Bissen von seinem Brötchen und kaute. Danach nahm er einen Schluck Kaffee, dann wieder einen Bissen, wieder einen Schluck. Er verdünnte den restlichen Kaffee mit Wodka. Dann erst antwortete er: »Wer möchte nicht ewig jung sein?«

Und Talm sagte: »Ich nicht.«

Und Sebastiaan: »Er nicht. Er nicht.«

Er trank seinen Becher aus, schenkte sich noch etwas Wodka ein und sagte: »*Poison, I see, hath been his timeless end.*« Er kippte den Wodka hinunter.

Talm hatte sich wohler gefühlt, als er sich eingestehen wollte. Der Mann war zuvorkommend, hatte sogar etwas

Einnehmendes. Sie waren bis zum späten Nachmittag in dem Speicherhaus geblieben, wo sie ab und an Gesellschaft von einer Taube bekamen, die sie von einem Stahlträger aus neugierig musterte und zweimal leise gurrte, als wolle sie Abschied nehmen: beide Male war sie kurz darauf weggeflogen, mit dem ungewandten Flügelschlagen, das Tauben eigen ist.

Sebastiaan hatte mit einer Anatomiestunde über die Eingeweide der Stadt begonnen, die Gassen, die der Junge nachts meiden sollte, die Stellen, wo er schlafen konnte. Doch mitten im Satz hatte er von etwas anderem angefangen, von der Farbe der Wolken über dem Meer kurz vor Sonnenaufgang und dann von dem Ort, wo er aufgewachsen war, irgendwo im Norden, irgendwo im Kleigebiet.

Der Mann sagte: »Über allem hing in meiner Jugend der Schatten von Verboten; nie wußte man genau, ob das, was man dachte oder fühlte, erlaubt war, ob man nicht unbeabsichtigt einen Verstoß beging. Erst in den letzten Jahren bin ich zu der Erkenntnis gekommen, daß es diesem Umstand zu danken ist, daß ich aus dieser Zeit noch so viel weiß. Was ein Segen ist und auch ein Fluch.«

Er lachte dabei, wie er an diesem Tag so oft über seine eigenen Worte lachen sollte. Und dann wieder tagelang nicht.

Er sagte: »Ein nacktes Mädchenknie in einer Kirchenbank. Ein Kleid auf einer Wäscheleine im Wind.«

Und dann, ganz unvermittelt: »Es gibt ein chinesisches Restaurant, wo man in der Stunde vor Lokalschluß fast umsonst essen kann. Erinnere mich daran, daß ich dich da mal mit hinnehme. Denn das Angebot gilt nicht für alle. Ohne die richtige Einführung bezahlt man den vollen Preis. Wußtest du, daß die Chinesen hier in der Stadt regelmäßig Hund auf dem Küchenzettel haben, auch wenn das natürlich nicht so auf der Karte steht?«

Der Junge wußte es nicht und hätte es lieber dabei belassen. Aber er sagte: »Was macht das auch für einen Unterschied, eine tote Kuh oder ein toter Hund.«

Und Sebastiaan: »Genau. So ist es. Aber so empfindet man es nicht.«

Am Nachmittag brach die Sonne durch, und sie gingen hinaus, die Augen wegen des grellen Lichts zusammenkneifend. Sie liefen einfach drauflos und sprachen nicht mehr viel. An der Ecke einer belebten Verkehrsstraße sagte Sebastiaan: »Hier trennen sich unsere Wege.« Er streckte Talm die Hand entgegen, und der drückte sie und sagte: »Danke, wir sehn uns.«

Der Mann antwortete: »Sicher, sicher. *Don't know where, don't know when, but we will meet again.*«

»*Some sunny day.*«

Sie gingen lachend auseinander.

Nach ein paar Schritten drehte Talm sich um und sah Sebastiaan hinterher, bis eine Straßenbahn ihm die Sicht nahm. Da wich das Lachen aus seinem Gesicht. Er würde in dieser Nacht einen Schlafsaal der Heilsarmee aufsuchen, um nicht mit sich allein sein zu müssen.

Mein Leben, sagte Moos

Wo war Budiman?

In den ersten Tagen hatte Talm Ausschau nach ihm gehalten, so wie ein Hochzeitsgast, der nur die Braut kennt, Ausschau nach einem bekannten Gesicht hält. Budiman hätte ihm Halt geben können, ihn einführen können in die Welt der Freien. Vielleicht hätte er ihm sogar helfen können, den Mann zu finden, den er suchte; seinerzeit kannte Budiman den Namen und die Lebensgeschichte jedes Obdachlosen in der Stadt, so hatte es zumindest den Anschein gehabt, wenn sie zusammen loszogen und Budiman ihre Tour kommentierte.

Später hatte er den Kahlen Kees und das Kraftweib und seine anderen Freunde gefragt, ob sie ihn kennen würden: einen Indonesier, etwa fünfzig, langes Haar, oder vielleicht auch nicht, es konnte natürlich sein, daß er es sich hatte schneiden lassen, auch wenn das nicht sehr wahrscheinlich war; Budiman glaubte, langes Haar sei ein Zeichen geistiger Kraft. Doch niemand hatte gewußt, wen der Junge meinte.

»Die Obdachlosen einer Stadt sind wie die Wellen eines Flusses: immer dieselben, aber immer wieder andere.« Worte von Sebastiaan.

Nach dem Gespräch über das Paradies und das wahre Gesicht des Bösen hatte Sebastiaan sich in sich zurückgezogen. Und Talm hatte sich auf den Weg gemacht. Er ging zum östlichen Hafengebiet, durch das alte Arbeiterviertel, wo die

Wohnhäuser jetzt für Neubauten abgerissen, die Speicher-
häuser für Wohlhabende umgebaut wurden. Er war, wider
besseres Wissen, auf dem Weg zur *Muammar El Gaddafi*.

Sobald er das Schiff erblickte, wurde seine bange Vermutung bestätigt: es war mit Wohnbootbewohnern genau so
wie mit Obdachlosen. Auf dem Vorderdeck der *Muammar
El Gaddafi* stand ein unbekannter Mann in einem schmutzi-
gen Overall, Schleifmaschine in der Hand, Ohrenschützer
über kurzem, silbergrauem Haar. Als er näher kam, sah er,
daß der Name des Schiffes noch derselbe war. Vielleicht,
dachte er, ist der Mann mit der Schleifmaschine ja doch der
Maler. Aber nein, der war viel jünger gewesen – Budiman
hatte ihm mal ein Foto des Malers in einer Kunstzeitschrift
gezeigt. Niemand konnte in sieben Jahren so altern.

Talm sah eine Weile zu, wie der neue Eigner der *Muammar El Gaddafi* den alten Lack von einer Planke abschliff.
Als der Mann damit fertig war, schaltete er die Schleifmaschine aus und schaute sich um. Ihre Blicke kreuzten sich.

»Schönes Schiff!« rief der Junge. Da erst erkannte er ihn.

»Budiman!«

»Talm?«

»Du? Ein Obdachloser?! Hahahaha! Und, gefällt's dir?«

Sie saßen im Schiffsraum, wo es warm und gemütlich war,
auf eine weibliche Art. Gerahmte Schwarzweißfotos hingen
an der Wand, von Brautpaaren aus früheren Zeiten, von
kleinen Kindern und alten Leuten, von Budiman und einer
blonden Frau – auch das konnte ein Hochzeitsfoto sein.

»Nein, du erst! Verheiratet?!«

»Jahaa!«

»Und, gefällt's dir?«

Eine Teekanne stand auf dem Ofen. Über dem Sofa und
den Sesseln lagen bunte Grands-foulards.

»Wo ist sie?«

»Nicht hier, nicht hier. Das ist mein Reich.«

»Das hier, deins?!« Der Junge machte eine weit ausholende Armbewegung, mit der er auf alles zu zeigen schien, was sich in seinem Blickfeld befand.

»Na ja«, sagte Budiman, »sie hat es eingerichtet, natürlich, hahaha!«

Sie schauten sich eine Weile schweigend an, zu erstaunt über das, was sie gerade voneinander erfahren hatten, um sofort die nächste Frage parat zu haben. Schließlich sagte Budiman: »Ich weiß, was du brauchst: eine lange, heiße Dusche! Allah in einer karierten Hose! Talm! Ein Obdachloser! Hahahaha!«

Genuß und Schmerz. Es gibt Menschen, die eines Tages entdecken, daß Schmerz eine Quelle des Genusses sein kann. Und es gibt Menschen, die eines Tages feststellen müssen, daß jeder Genuß ihnen Schmerzen bereitet.

Das warme Wasser der Dusche, der Duft milder Seife, das Geräusch des Wasserstrahls auf dem Duschvorhang, der Seifenschaum, der in den Abfluß schwimmt, ein Haar, das einen Moment im Duschbecken hängenbleibt, dann vom Wasser mitgeführt wird. Die Decke und das Holz sind frisch gestrichen, in zarten Gelbtönen. Neues Linoleum liegt auf dem Boden. Aber die Fliesen sind unverändert: azurblau und orange, mit einem dunkelblauen Rand abgesetzt. Die Kugellampe, halb in der niedrigen Decke versenkt. Die Hähne mit großen altmodischen Griffen, die leise quietschen, wenn man daran dreht. Der Ventilator. Die Seifenschale. Die Marmorierung auf dem Schränkchen unter dem Waschbecken. Die hölzerne Toilettenbrille. Es ist alles noch da.

Der Morgen nach dem letzten Mal – auch wenn er das damals nicht wissen konnte. Er erwachte durch ihre Abwesenheit, den leeren Platz neben sich. Er hörte das Wasser fließen, kroch aus dem Bett, besann sich, drehte sich um, preßte seinen Kopf in das Kissen, auf dem sie geschlafen hatte, sog ihren Geruch ein. Er konnte seine Unterhose nicht finden, zog seine Jeans an, ging zum Badezimmer, zögerte, klopfte.

»Ja?« Ein fröhlich ansteigendes Glissando, einladend.

Er ging hinein. Sie steckte den Kopf hinter dem Duschvorhang hervor, spitzte die Lippen, drückte einen Kuß in die Luft. Er beugte sich zu ihr vor, ihr nasses Gesicht berührte seines, Tropfen fielen auf seine Schulter, rollten herunter, sie küßte ihn auf den Mund. Er machte einen Schritt zurück, lehnte sich an die Tür, sie schob den Vorhang ein Stück zur Seite. Er betrachtete ihren nackten, nassen Körper und wußte, daß er nie etwas Schöneres gesehen hatte. Ihr Schamhaar lief nach unten spitz zu, ein Wasserstrahl rann an der Innenseite ihres Schenkels entlang.

»Es gibt Dinge, die ich wissen muß. Dinge von früher.«

Budiman schaut den Jungen an, sagt aber nichts. Er läßt ihn reden.

»Mich verfolgen immer wieder dieselben Fragen. Es gelingt mir einfach nicht, sie abzuschütteln.«

Talm stützt seine Ellenbogen auf die Tischplatte, faltet die Hände unter dem Kinn.

»Daß du morgens aufwachst und denkst: Ich will, daß mein Leben heute von vorn beginnt. Dies ist Tag eins. Und daß du im nächsten Moment schon weißt, daß es nicht so sein wird. Weil deine Beine nicht wollen und deine Arme zu schwer sind und dein Kopf zu voll ist und zu leer zugleich … Bist du glücklich, Budiman?«

»Ja.«

»Warum warst du auf der Straße, damals?«

»Ich hatte nie gelernt zu lieben.«

»Und darum warst du auf der Straße?«

»Ich war auf der Suche. Da war eine Wut. Wie soll ich das sagen? Diese Wut war in mir, und die mußte raus.«

Talm nimmt sein Besteck, fängt wieder an zu essen.

»Was du sagst, über den Tag eins …«, fährt Budiman fort.

»Für mich war jeder Tag der erste. Es war ganz egal, was ich tat. Am nächsten Tag begann mein Leben von vorn. Schwamm drüber. Das macht einen waghalsig. Und gefährlich. Hast du mal jemandem etwas Schreckliches angetan? Nein, wahrscheinlich nicht, nicht wirklich. Hast du mal jemanden getötet? Nein, natürlich nicht. Du würdest nicht damit leben können. Du blickst zurück und denkst: Warum? Wieso? Wie konnte das passieren? Ich nicht. Damals nicht. Mein Leben begann am nächsten Tag von vorn. Wie sagt man? Tabula rasa?«

»Hast du jemanden … *umgebracht?*«

»Schau«, sagt Budiman. Er faßt sich an den Kragen seines Pullovers, fischt mit seinen kurzen, dicken Fingern ein Schmuckstück hervor, das an einer Kette um seinen Hals hängt. Ein silbernes Kruzifix.

»Mein Gott, Budiman!«

»Genau. Wie ist das möglich? Wie ist es dazu gekommen? Budiman, der Muselman, mit einem Kreuz um den Hals. Oh, ich weiß schon, was du denkst! Du denkst: Er hat jemanden umgebracht, er konnte mit dem Schuldgefühl nicht leben, deshalb. Oder du denkst: Diese Frau, er hat es für diese Frau getan. Aber so ist es nicht.«

Er ißt ein paar Happen von seinem Nasi-goreng. »Nicht zu scharf?« fragt er.

»Nein, nicht zu scharf. Es ist köstlich.«

»Ich will dir einen Witz erzählen«, fährt Budiman fort. »Sam und Moos laufen durch die Kalverstraat. Es ist Nacht, die Straße ist verlassen. Plötzlich springt aus dem Dunkel ein Marokkaner mit einem sehr großen Messer hervor. Geld oder Leben, schreit der Marokkaner. Leben, sagt Moos. Geld oder Leben! schreit der Marokkaner noch einmal. Leben, sagt Moos wieder. Shit, sagt der Marokkaner und macht sich davon. Sagt Sam: Warum hast du das getan, wir hätten tot sein können! Sagt Moos: Stell dir vor, dein ganzes Geld wäre weg! Das ist doch kein Leben?«

Talm lacht gequält.

»Was bedeutet dieser Witz?« sagt Budiman. »Daß man, um zu leben, bereit sein muß, sein Leben aufs Spiel zu setzen.«

124

Seine Finger suchen wieder das Kruzifix.

»Jesus von Nazareth ist nicht für unsere Sünden gestorben, wie die braven Nonnen auf Sulawesi mir als Kind weismachen wollten. Das wäre viel zu leicht, findest du nicht auch? Den Karren vom rechtschaffenen Sohn eines einfachen jüdischen Zimmermanns aus dem Dreck ziehen lassen – das können sich nur Nicht-Juden ausgedacht haben. Das hätte *ich* mir ausdenken können, hahaha! Nein, die Geschichte von der Kreuzigung ist der Sam-und-Moos-Witz in einer etwas längeren Ausführung: Man muß bereit sein, dem Leben zu entsagen. Wenn man dazu den Mut hat, wird man reich belohnt. Natürlich nicht mit dem *ewigen* Leben, das ist auch wieder so ein Irrtum dieser braven Nonnen, sondern mit dem *wahren* Leben, dem *vollen* Leben.«

Er läßt das Kruzifix los und macht die Gebärde, die Talm zuvor gemacht hatte – er zeigt mit einer einzigen Armbewegung auf alles, was ihn umgibt: das Sofa und die Sessel mit den Grands-foulards, die Fotos an der Wand, das Essen vor ihnen auf dem Tisch, das späte Nachmittagslicht, das durch die Bullaugen hereinfällt.

Nach einer langen Pause fragt der Junge: »Wie hast du dem Leben, das du führtest, entsagt?«

Und Budiman grinst und fragt: »Tee?«

Er steht auf und geht in die Küche, setzt Teewasser auf. Er sagt: »Willst du wissen, wie ich sie kennengelernt habe?«

»Das auch«, sagt der Junge.

»Auf der Fähre.«

»Wirklich?«

»Wirklich.«

»Hat sie dich angesprochen oder du sie?«

»Sie mich. Sie hätte mich schon öfter gesehen, sagte sie. Ihr gefielen meine Haare. Sie haben schönes Haar, sagte sie.«

»War es damals schon so grau?«

»Ja.«

»Aber noch nicht so kurz.«

125

»Nein.«

»Wann ist es so grau geworden?«

»Keine Ahnung. Ich habe nie in den Spiegel gesehen. Ich habe erst durch sie wieder angefangen, in den Spiegel zu sehen.«

»Sie sagte: Sie haben schönes Haar. Und dann?«

»Ich sagte: Sie haben schöne Augen. Sie hat schöne Augen. Wundervolle Augen. Sie fragte, ob sie mich zu Kaffee und Kuchen einladen dürfe. Sie durfte. Ich wollte gern noch eine Weile in diese Augen sehen. Wir gingen in ein Café auf der anderen Seite des Bahnhofs. Sie fragte, was ich mache, und ich sagte: Ich fahre mit der Fähre hin und her. Sie fragte, wo ich herkomme, und sie sagte: Da bin ich gewesen, vor zwei Jahren, im Urlaub! Sie sagte: Wenn ich morgen Fotos mitbringe, trinken wir dann wieder zusammen Kaffee? So hat es angefangen.«

Das Wasser kocht. Budiman stellt das Gas ab, gießt den Tee auf.

»Was ist eigentlich aus unserem Künstler geworden?« fragt Talm. Und auf einmal schießt ihm eine Möglichkeit durch den Kopf, und er muß unwillkürlich lachen.

»Was ist?«

»Oder ist das vielleicht der, den du …«

»Hahaha! Nee, neenee! Ach Gott, der arme Mann! Stell dir vor! Nein, der Künstler lebt. Er hat mich eines Nachts erwischt. Ich war gerade dabei, seinen Weinvorrat auszutrinken, mit einem Kumpel, Johan – kennst du Johan?«

Der Junge schüttelt den Kopf.

»Er war nicht mal böse, der Künstler. Er hätte schon länger gemerkt, daß sein Boot benutzt wird, sagte er. Es war einmal geduscht worden. Und er hatte zwischen den Sofakissen einen Ohrring gefunden.« Budiman macht eine lange Pause, dann grinst er übers ganze Gesicht. Ihm fehlen ein paar Zähne, sieht der Junge jetzt, es muß ihm eine Zeitlang wirklich schlecht gegangen sein.

»Was ist?« fragt der Junge. »Warum lachst du?«

»Ein Ohrring! Von wem war der, Talm? Nicht von mir! Nicht von meinem Kumpel Johan!«

»Oh … Ähm … Ja. Das könnte sein.«

»Komm, wir setzen uns rüber«, sagt Budiman. »Hast du genug gegessen?«

»Ja«, sagt Talm. »Danke.«

Er steht vom Tisch auf und setzt sich aufs Sofa, und jetzt erst wird ihm bewußt, daß es noch immer dasselbe Sofa ist. Seine Augen haben die Form unter der bunten Decke nicht erkannt, sein Körper erkennt sie sofort: so hat er schon einmal gesessen. Sie saß in dem Sessel, in dem Budiman jetzt Platz nimmt.

»Du wolltest mir erzählen«, sagt der Junge schnell, »wie du dem Obdachlosendasein entsagt hast.«

»Ich habe es nicht vergessen«, sagt Budiman und schenkt Tee ein. »Ich hatte diese Wut«, sagt er dann. »Und die richtete sich gegen andere. Du hast mich nie so erlebt, weil ich dich mochte. Weil du keine Fragen stelltest. Aber ich konnte furchtbar wüten. Und ich kultivierte diesen Haß. Wenn ich nicht haßte, ging ich kaputt. Verstehst du? Bis ich dieser Frau begegnete. Bei ihr brauchte ich mich nirgends festzuklammern. Ich spürte eine enorme Erleichterung. Aber ich bekam auch Angst. Ich war schließlich der, der ich war: ich fuhr mit der Fähre hin und her, ich streunte durch die Straßen, ich soff, ich beschiß meine Freunde, ich machte Sachen … Vergiß es. Jeden Tag begann mein Leben von vorn. Und auf einmal war sie da, und das alles war nicht mehr nötig. Und auch nicht mehr möglich. Sie schloß das aus – es vertrug sich nicht. Entweder: sie, sie und ich, wir beide zusammen, oder: ich, so wie ich war, ich allein, mit meiner Wut. Aber nicht beides gleichzeitig. Verstehst du, was ich meine? Mann, ich dachte, ich werd verrückt!«

Sie trinken Tee. Budiman schenkt nach.

»Eines Morgens bin ich in eine Kirche gegangen. Ich! Budiman Abdallah Suparman! So eine katholische Kirche

127

mit Heiligenbildern und Jesus am Kreuz und Maria und dem ganzen Kram und mit diesen bescheuerten Holzbänken und Kissen zum Draufknien. Ich hab mich da hingesetzt und die Augen geschlossen. Ich dachte: Jetzt ist es um dich geschehen, Budiman! Du bist gebrochen, sie haben dich kleingekriegt. Ich wollte weglaufen. Ich wollte die Heiligenbilder zerschlagen. Ich wollte Jesus vom Kreuz holen und ihn nackt und blutend in die Gracht schmeißen. Du kannst doch über das Wasser laufen? Nun, dann laß mal sehen, Zimmermannssohn! Märtyrer!

Ich weiß nicht, wie lange ich da gesessen habe, aber als ich wieder rauskam, war es dunkel. Ich bin losgelaufen. Zur Fähre. Wir waren mitten auf dem Wasser, und ich dachte: Jetzt! Jetzt springen! Aber ich habe es nicht getan.«

Er starrt auf einen Punkt irgendwo weit hinter der Schiffswand. Er hat die Hände im Schoß gefaltet.

»Ich bin zu dieser Frau gegangen und habe sie gebeten, mir zu helfen. Ich habe gesagt: Du mußt mich eine Woche lang hier im Haus halten. Wenn ich weg will, hindere mich daran. Wenn du selbst weggehst, schließ die Tür hinter dir zu. Sorg dafür, daß ich nicht entwischen kann. Sorg dafür, daß ich zu essen habe, daß ich esse. Aber sprich nicht mit mir. Geh nicht ein auf das, was ich sage. Hör nicht auf mein Flehen. Keine Diskussion. Nichts. Und sie hat mir ein Zimmer zurechtgemacht, das Gästebett bezogen. Das ist deine Zelle, hat sie gesagt. Tu nun, was du tun mußt.«

Nach diesen Worten bleibt es sehr lange still auf dem Boot. Der Tee in den Tassen wird kalt.

»Duschen!« sagt Budiman auf einmal. »Ihr habt euch ganz schön was getraut.«

»Ja«, sagt Talm. »Ja, wir haben uns ganz schön was getraut, glaube ich. Oder sie zumindest.«

Sie stehen an Deck, den Wind im Haar.

»Komm morgen wieder«, sagt Budiman, »dann kannst du sie kennenlernen.«

»Ich weiß nicht.« Er zögert. Sagt dann: »Darf ich dich um einen Gefallen bitten?«

»Du immer.«

»Ich würde gern das Boot benutzen.«

»Doch nicht, um damit zu fahren?«

»Nein, um …«

»Kleiner Scherz.«

»Oh. Ja. Äh … Um mit jemandem zu reden. Ich meine: ungestört.«

»Wann?« fragt Budiman.

»Äh, ja … das läßt sich schwer voraussagen.«

»Na hör mal, Talm …« Er lacht wieder, und der Junge denkt: So viel habe ich ihn noch nie lachen sehen.

»Sagen wir nächste Woche Dienstag. Oder eventuell Mittwoch. Oder vielleicht beides.«

»Nur zu, nur zu! Du hast ja ziemlich viel vor. Aber es ist gut, Junge. Wenn es dir hilft, werde ich dafür sorgen, daß ich weg bin. Ich hinterlege dir den Schlüssel.«

Er schaut sich um. Es steht keine Öltonne auf dem Deck wie damals. Aber es gibt Blumentöpfe. »Ich lege ihn unter diesen Topf«, sagt Budiman.

»Ich danke dir. Wirklich. Danke. Es ist wichtig für mich.«

»Na geh schon. Penner!«

Die sanfte Maschinerie

Der Junge liegt im Schlafsaal der Heilsarmee und lauscht. Er erfindet Worte zu den Geräuschen, die er hört, damit er nicht an andere Dinge zu denken braucht.

Knurrzen. Keusteln. Gerachel und fuselfaseln.

Hör auf zu kruppen!

Du flästerst im Schlaf.

Das Bauchbesänftigen und Darmverlasten.

Der Spuckeschluck. Der Scheuerwind.

Es gehören Düfte mit vornehmen französischen Namen dazu: *Fraternité, Eau de toilette publique, Poisson.* Kormorane in einer Kolonie, der strenge Geruch von Vogelkot, vermischt mit dem von faulem Fisch. Flußauen nach dem Fallen des Wassers, tote Fische im toten Gras. Das Wasser des Flusses, das ihn umschließt und mitreißt. Stolpernde Gedanken, taumelnde Bilder.

Wenn er nur schlafen könnte.

Jenes letzte Mal im Bauch der *Muammar El Gaddafi.*

Sie waren essen gewesen, in einem griechischen Restaurant mit Fischnetzen an der Decke und verblichenen Fotos von Tempeln und Sonnenuntergängen an der Wand. Sie hatten sich in die Augen geschaut, länger denn je.

Lisa fragte: »Was war deine weiteste Reise?«

Und er hatte sagen wollen: »Zu dir.« Aber er sagte: »Nach Barcelona.«

Sie fragte: »Was war das Schönste, das du in Barcelona gesehen hast?«

Er sagte: »Die Sagrada Familia.« Und er hatte ihr von Gaudí und der Kathedrale erzählt, an der schon hundert Jahre gebaut wurde.

Er sagte: »Eigentlich sollte sie nie fertig werden, diese Kathedrale. Ewig im Bau bleiben. Vollendetes Symbol der menschlichen Beziehung zu Gott.«

Sie: »Glaubst du an Gott?«

Er: »Ich versuche es zu vermeiden, aber es gelingt nicht immer. Und du?«

»Ja ... doch ...«

Die Witwe Koning war aus dem Urlaub zurückgekommen, und das Mädchen hatte gefragt: »Was ist mit diesem Wohnboot?«

Kerzenlicht und Rotwein, keine Tränen.

Er hatte gesagt: »*Si le parler et le silence, nuit a notre heur également, parlons donc ma chère espérance, du cœur et des yeux seulement.*« Es waren Verse aus einem Gedicht, das er einmal auswendig gelernt hatte, um seiner Französischlehrerin zu imponieren, aber das hatte er nicht gesagt. Er hatte gesagt: »*Amour, ce petit dieu volage, nous apprend ce muet langage.*«

Und sie hatten nicht gesprochen, bis zum nächsten Morgen unter der Dusche.

Die wortlose Sprache junger Körper.

Der Knick in ihrem kleinen Zeh. Der Geschmack von Nagel. Die Linie ihrer Wade, der er mit dem Finger folgt, mit der Zungenspitze. Die Kuhlen an der Innenseite ihrer Knie, wo es nach warmem Wasser riecht. Das schimmernde Violett einer Ader.

Er legt den Kopf auf ihren Schenkel, ihre Finger drehen Locken in sein Haar. Er lauscht, wie sein Herz sich beruhigt.

Ihre Finger, die sein Gesicht erkunden: über seine Stirn laufen, an den Wangen heruntergleiten, das Kinn erklettern, auf seinen Lippen tanzen.

Er legt den Kopf auf ihren Bauch und hört das Blubbern und Klopfen der sanften Maschinerie.

Sie küßt seine Brust mit trockenen Lippen.

Er trinkt Wein aus ihrem Bauchnabel.

Sie läßt zu, daß er ihr beim Pinkeln zusieht. Später sieht sie ihm zu und wird ganz fröhlich davon.

Sie necken sich mit Berührungen, die zu zart sind, um sie ertragen zu können. Sie dreht ihn auf den Rücken, schließt mit vorsichtigen Fingern seine Augen und macht sich von ihm los. So liegt er am Boden: verletzlich, nackt, unsicher. Er hört die Geräusche des Bootes, das Knarren eines Bretts, das Scheuern eines Taus. Er liegt und wartet. Er hört ihre Atemzüge, oder ist es der Wind, oder ist er es selbst. Als er die Augen öffnet, sieht er sie zu seinen Füßen sitzen, die Arme um die Knie geschlungen, den Blick auf seinen Körper gerichtet. Er schließt die Augen und spürt, wie sein Glied unter ihrem Blick wächst. Er will sich bedecken, doch die Berührung seiner Hand jagt das Blut weiter hoch. Und er umfaßt sich und denkt an sie und an den süßen Duft, den er gerochen hat, als er ihre Schenkel küßte. Jetzt ist er sich sicher, daß er ihren Atem hört, und er bewegt seine Hand auf und ab, und seinem Brustkorb entweicht ein Geräusch, das er aus Filmen kennt.

Der Kuß.

Der Kuß, den er nie vergessen wird, wegen des Ausdrucks ihrer Augen.

Der Kuß, den er noch jahrelang auf der Zunge schmecken wird, wenn er nicht an sie denken will, es aber nicht lassen kann.

Der gierige Kuß.

Der verbotene Kuß.

Der Kuß, der ein Härchen in seinem Mund hinterläßt, das er nicht ausspucken will.

Der Kuß, bei dem er nicht hinzuschauen wagt und den er später auf ihren Lippen wiederschmeckt.

Der Kuß der Scham und des Genusses.

So schläft er doch noch ein. Zum ersten Mal seit Wochen hat er wieder Farbe im Gesicht, aber niemand sieht es.

Am Morgen sagt der Kahle Kees: »Ich habe heute nacht geträumt, daß ein Flugzeug über der Stadt abstürzt. Es brach ein gewaltiges Feuer aus. Alles und jeder brannte, nur ich nicht. Ich ging hindurch, mir konnte nichts passieren. Schon ein tolles Gefühl.«

Jemand sagt: »Oh, warst du das, der so geschnarcht hat?«

Und der Kahle Kees sagt: »Hier stinkts nach toten Ratten.«

»Du riechst dich selbst.«

»Halt's Maul, deine Fresse zieht Fliegen an.«

Der Junge ist froh, als er wieder auf der Straße steht. Außerdem scheint die Sonne. Er geht zum Bahnhof, schaut sich um, betritt die Halle, schaut noch einmal, öffnet dann das Schließfach, in dem er seine Tasche aufbewahrt. Er holt einen abgegriffenen Umschlag hervor und nimmt dreihundert Gulden heraus. Es bleiben noch fünf Hundertguldenscheine übrig. Er ist mit sich zufrieden.

Er wird ein Brötchen essen gehen, mit Kaffee und einem Glas Milch dazu. Er wird die Zeitung lesen und sich nicht durch Blicke vertreiben lassen. Und dann wird er sich auf die Suche nach Sebastiaan machen, um ihn in den Bauch der *Muammar El Gaddafi* einzuladen. Der Gedanke, daß er in vertrauter Umgebung sein wird, erfüllt ihn mit großer Zuversicht. Er läuft leichtfüßig, ein Hüpfer bei jedem Schritt.

»Warst du in sie verliebt?«

»In wen?«

»In wen.«

»Ja, in wen?«

»In Lisa.«

»*Was?!*«

»Ich frage, ob du in Lisa verliebt warst.«

Der Junge und der Mann sitzen auf einem feuchten Holzstapel am Kai, nicht weit vom Bahnhof entfernt. Der Wind treibt weiße Schaumkronen auf das Wasser, aber sie befinden sich im Windschatten eines Schuppens, so daß es ist, als ob sie drinnen wären und der Wind draußen. Von ihrem Platz auf dem gestapelten Holz können sie das riesige Kreuzfahrtschiff sehen, das noch immer am Passagier-Terminal liegt.

»Die Hühner haben sich sicher verirrt«, hatte Sebastiaan begonnen.

»Jetzt, wo sie aus dem schwimmenden Paradies entkommen sind, wollen sie nicht mehr zurück«, hatte Talm geantwortet. »Die Verlockungen des Bösen.«

»Das griechische Wort, das in der Bibel mit Sünde übersetzt ist«, sagte Sebastiaan, »lautet *hamartia*. Hamartia bedeutet: das Ziel verfehlen. Die Griechen gebrauchten das Wort für einen Bogenschützen, der danebenschoß. *Hamartia*. Sünde ist also nichts anderes als: schlecht zielen. Stell dir vor, ein Bogenschütze schießt daneben und sucht die Ursache dafür außerhalb seiner selbst – dann wird es nie was mit ihm, dann wird es immer schlimmer. Wir dürfen das Böse also nicht außerhalb unserer selbst suchen. Wir Menschen sind guten Willens: das Baby in der Wiege. Nix Erbsünde! Ein Baby strebt nach Harmonie, was ein anderes Wort für das Gute ist. Pünktlich die Brust und kacken, wenn es kacken muß. Perfektes natürliches Gleichgewicht. Aber nach und nach wird das heranwachsende Kind durcheinandergebracht. Was ist Harmonie, was ist das Gute? Unsere Fähigkeit, darüber nachzudenken, bewirkt, daß wir verunsichert werden. Und dann geht es schief. Wir schießen, aber verfehlen das Ziel – hamartia! So wird das Böse geboren. Nicht außerhalb unserer selbst, sondern in uns. Wir tun unser Bestes. Wir versagen. Wir sind frustriert. Wir suchen die Ursache außerhalb unserer selbst. Es ist der andere! Es ist der Teufel! Es ist Gottes Wille! Aber die ganze Zeit sind wir es selbst: wir schießen daneben, aber wir wissen nicht, was wir falsch machen. Das einzige, was wir wissen, ist, *daß* wir etwas falsch machen, daß wir danebenschießen. Wir entfernen uns immer weiter von der Harmonie, dem Guten.«

Und dann, ganz unvermittelt: »Warst du in sie verliebt?«

Angst und Wut – ein zweifarbiger Lederball.

Hat Sir Sebastiaan die ganze Zeit gewußt, wer er ist? Und was weiß er noch? Warum hat er so lange geschwiegen? Und was hat ihn veranlaßt, das Schweigen gerade jetzt zu brechen?

Der Junge versucht verzweifelt, eine klare Linie in seine Gedanken zu bringen, doch er wird von Fragen überflutet – als ob er über eine Brücke gelaufen wäre und jemand plötzlich eine Luke unter seinen Füßen aufgezogen hätte: der kalte, dunkle Fluß, die Strömung, die ihn mitreißt. Wie konnte er? Was will er? Wer ist er, dieser Herr von Stand, getarnt als Penner, dieser unberechenbare Irre, Kenner von Shakespeare und Yeats?

Er schaut ihn an, aber der Mann starrt über das Wasser, als hätte er nie etwas gefragt. Der Junge beschließt, vorläufig nicht zu antworten. Er wüßte im übrigen auch nicht, was er sagen sollte – außer »ja«.

Hat Sebastiaan die ganze Zeit gewußt, weshalb er wirklich gekommen ist? Es könnte sein.

Sie beobachten die Schiffe. Er wird letztendlich doch etwas sagen müssen. Aber was?

Verliebt. Er konzentriert sich auf das Wort »verliebt«. Es ist viel zu schwach für das, was er damals empfand. Er sagt: »Kohlensäurebläschen im Blut. *Sang champagnoise.*«

Der Mann wendet ihm das Gesicht zu. Aber der Junge wagt nicht, ihn anzusehen, er sagt: »Die Metamorphose des Herzens, eine Raupe, die zum Schmetterling wird, eine Larve zur Mücke.«

»Also ja«, sagt der Mann. Und dann, verärgert: »Warum kannst du nicht einfach sagen, was Sache ist? Eine simple Frage simpel beantworten!«

Der Junge fühlt sich zurechtgewiesen, verkannt. Wieder

flammt Wut in ihm auf. Er schaut aufs Wasser hinaus. Binnenschiffe fahren vorbei. Eine Möwe schaukelt zwischen dem Abfall, pickt an einer Plastiktüte.

»Talm!« sagt Sebastiaan. »Dachtest du, daß ich so einen Namen vergessen würde?«

»Ich wußte nicht ...«, sagt Talm. »Ich dachte ... Es ist nicht mein richtiger Name ...«

»Jaja.« Er ist noch immer ungeduldig, verärgert.

Der Junge will aufstehen und weglaufen und nie mehr zurückkommen. Laß nur. Ich will es gar nicht mehr wissen. Aber er sagt: »Sie hat dich mir mal gezeigt, auf der Straße, du hast an einer Bushaltestelle gestanden und ein Buch in braunem Einschlagpapier gelesen. Ich bin bei euch zu Hause gewesen, damals. Warum habt ihr nicht aufgemacht? Ihr wart da, ihr habt mich gesehen, die Gardinen haben sich bewegt! Warum habt ihr nicht aufgemacht?! Ihr hättet mir doch wenigstens sagen können, was passiert ist? So habe ich nur über sieben Ecken etwas erfahren, den Rest habe ich mir dazudenken müssen. Weißt du, was für abscheuliche Phantasien einem in so einem Moment durch den Kopf gehen, ohne daß man es will, ohne daß man etwas dagegen tun kann?«

»Ob ich das weiß?!« unterbricht ihn Sebastiaan. »Ob ich das weiß?«

Im Wind das Johlen von Kindern, das Kreischen einer Möwe.

»Dann habe ich dich im Fernsehen gesehen, dieser Dokumentarfilm, in dem auch der Kahle Kees vorkommt. Ich habe dich sofort erkannt und gedacht: Ich suche ihn, ich werde ihn doch noch fragen. Was passiert ist. Und ...«

»Er hat mich im Fernsehen gesehen.«

»Laß doch«, sagt der Junge.

»Nichts laß doch!« schreit der Mann. »*To be or not to be, that is the question.*«

Und er springt auf und beugt sich über den Jungen, so daß dieser Speichel im Gesicht spürt, als der Mann fortfährt: »*Whether 'tis nobler in the mind to suffer the slings and arrows of outrageous fortune, or to take arms against a sea of troubles, and by opposing end them? To die; to sleep; no more!*«

Dann schlägt er den Jungen mit der flachen Hand ins Gesicht. »Zeichensprache für Blinde.«

So hat ihr Gespräch dann endlich begonnen.

»Ja! Ja! Ja! Ich war in sie verliebt! Und mehr als das, viel mehr!«

Wie hatte es angefangen? Seltsame, unergründliche Wege der Liebe: es hatte mit einer anderen angefangen.

»Es fing nicht einmal mit ihr an! Es fing mit jemand anderem an.« Er speit die Worte aus, so wie der Mann ihm gerade ins Gesicht gespuckt hat. Sebastiaan hat sich wieder hingesetzt, schaut über das Wasser. Die Möwe ist verschwunden.

»Ich war im Urlaub, in Dänemark, auf einem Campingplatz. Hab mich da in ein deutsches Mädchen verliebt. Das Mädchen verliebte sich nicht in mich. Als ich zurückkam und wieder in die Schule ging, sah ich Lisa. Ich muß sie schon früher gesehen haben, aber da war sie mir nicht aufgefallen. Sie hatte Ähnlichkeit mit dem deutschen Mädchen. So hat es angefangen.«

Er erinnert sich, wie er Ausschau nach ihr gehalten hat, im Foyer, in den Fluren, in der Kantine, auf den Treppen. An das erste Mal, daß er ihre Stimme gehört hat. Sie sprach mit einer Freundin. Sie sagte: »Ja, das kann sein. Das haben sie vorige Woche auch gesagt.« Er weiß es noch genau. Und auch, daß er enttäuscht war: ihre Stimme war schriller, als er gedacht hatte, sie redete platter. Die Enttäuschung verging, die Verliebtheit blieb. Er unternahm nichts – er hatte keine Ahnung, was er hätte unternehmen sollen. Er konnte sie doch nicht einfach so ansprechen, auf dem Flur, in der Kantine: Hallo, ich bin Talm. Und wer bist du? Er hörte ihre Stimme öfter, suchte ihre Nähe, in den Pausen, nach der

Schule. Er fand heraus, daß er sie donnerstagnachmittags sehen konnte, wenn sie nach Hause ging, das Fahrrad schiebend, die Freundin nicht weit. Er stand vor dem Fenster des Chemieraumes in der ersten Etage. Und schaute ihr nach.

Eines Tages hatte sie auf einmal hochgesehen, direkt in sein Gesicht. Er war zu erschrocken gewesen, um reagieren zu können. Sie kniff die Augen zusammen, wie um ihn besser sehen zu können, dann schaute sie wieder vor sich hin – und lächelte. Er war sich ganz sicher, er hatte es genau gesehen!

Das gab ihm den Mut, sie anzusprechen. Zwei Wochen später. Er stellte sich mit seinem richtigen Namen vor, einem Namen, den niemand in der Schule benutzte. Sie allein sollte ihn fortan so nennen.

Er sagt: »Es gab Tage, an denen sie unerreichbar war, unnahbar. Und es gab Tage, an denen sie sich öffnete – ich konnte es schon von weitem sehen. Ich traf sie bei den Fahrradstellplätzen, sie fummelte an ihrem Schloß herum. Ich stellte mein Rad in den Ständer, nicht weit von ihrem entfernt. Sie schaute hoch. Sie lachte nicht, sagte nichts, aber ich sah es sofort: sie wies mich nicht ab, schloß mich nicht aus. Ich sagte: Geht's? Und sie sagte: Nein. Ich ging zu ihr, und sie machte einen Schritt zurück, um mich an ihr Rad zu lassen. Ich öffnete das Schloß. Es muß aber zu, sagte sie. Ich machte das Schloß zu. Sie fragte, wie ich heiße.«

Der Junge schaut kurz zur Seite, doch der Mann blickt unbeirrt vor sich hin.

Talm fährt fort: »In der Pause sah ich sie wieder, in der Kantine. Ich stand halb verdeckt hinter einem Pfeiler, zwischen ein paar Klassenkameraden. Ihre Augen suchten den Raum ab. Sie beobachtete die Leute, die aus dem Foyer in die Kantine strömten. Die Freundin, mit der sie donnerstagnachmittags immer mitging, stellte sich zu ihr. Sie unterhielten sich. Ihre Augen suchten weiter. Ich stellte mich etwas sichtbarer hin. Als sie mich sah, lachte sie. Ich spürte es im Bauch.«

»Sie hat nie von dir gesprochen«, unterbricht ihn der Mann.

Der Junge kommt sich vor wie eine Trickfilmfigur, die in eine Schlucht hineinrennt. Er hängt in der Luft, seine Beine schlenkern machtlos hin und her, er stürzt noch nicht ab, er stürzt noch nicht ab – bis er nach unten schaut. Dann doch.

Was will der Mann mit diesen Worten erreichen? Er hat sie so dahingesagt, wie jemand sagt, daß es ihm gut geht, obwohl es nicht so ist. Wie geht es dir? Schlechten Menschen geht es immer gut. Sie hat nie von dir gesprochen.

Oh.

»Woher wußtest du dann, daß ich Talm heiße?«

»Das hast du mir selbst gesagt. Am Telefon. Du hattest angerufen. Lisa war nicht da. Ich fragte, ob ich ihr ausrichten soll, daß du angerufen hast. Du sagtest: Ja. Ich sagte: Es wäre vielleicht nicht schlecht, wenn ich einen Namen nennen könnte. O ja, sagtest du. Entschuldigung. Du hast gestottert. Du warst nervös. Talm, sagtest du. Oder nein … Und dann hast du wieder herumgestottert und mir einen anderen Namen genannt, den ich sofort vergessen habe. Talm war leichter zu merken.«

»Daran erinnere ich mich nicht«, sagt der Junge.

»Und das mit den Gardinen«, sagt Sebastiaan, »und daß nicht aufgemacht wurde, davon weiß ich nichts.«

»Ich hatte noch vergessen zu sagen, daß ich dich liebe.«

Das schrieb Lisa auf die Ansichtskarte, die sie ihm aus der Bretagne schickte. Sie war dort mit ihren Eltern im Urlaub. Auf der Karte war ein Fischer mit einer Mütze auf dem Kopf und einer Pfeife im Mund zu sehen. Der Junge zählte die Tage, bis sie zurückkommen würde, und versuchte, nicht an Alain-Philippe-Gérard-Pascal-Michel zu denken. Und noch weniger an das, was sie ihm erzählt hatte, kurz vor ihrer Abreise. Die Karte half – ein bißchen.

Würde sie ihn anrufen?

Sollte er sie anrufen?

Und wann?

Gleich am Tag ihrer Rückkehr?

Nein, er wartete einen Tag und rief an. Niemand nahm ab. Er wartete noch einen Tag. Rief abermals an. Wieder nahm niemand ab. Am Abend fuhr er mit dem Fahrrad durch die Straße, in der sie wohnte, es brannte kein Licht im Haus. Er wußte nicht, was für ein Auto ihre Eltern hatten, trotzdem suchte er die Straßen in der Gegend ab. Da waren keine Autos, die Anlaß zu der Vermutung gaben, daß es ihres sein könnte, wenngleich er keine Ahnung hatte, welche Hinweise er dafür hätte finden sollen.

Am nächsten Tag war er wieder da. Alles war unverändert. Er mußte sich geirrt haben, sie blieb noch eine Woche länger weg. Als er wiederkam, genau eine Woche nach dem Tag, an dem er sie erwartet hatte, war am Haus etwas anders. Die Gardinen waren zu! Sie war also zurück! Es war nur noch eine Frage von Stunden!

Er ging nach Hause. Wartete. Er lief durch die Stadt, eine halbe Stunde, eine Stunde, drei Stunden, kehrte zurück. Hatte jemand für ihn angerufen? Nein, es hatte niemand angerufen. Seid ihr sicher? Sie seien sich sicher, sagten seine Eltern.

Warten. Anrufen. Keine Reaktion. Aufs Rad springen. Zu ihrem Haus fahren. Klingeln. Nichts.

Was war in Gottes Namen los?

Am nächsten Tag sah er jemanden aus der Haustür kommen, eine junge Frau mit einem Kind auf dem Arm. Er sprach sie an, fragte, ob sie die Leute aus dem ersten Stock kenne und ob die schon aus dem Urlaub zurück seien.

Sie war mißtrauisch. »Ja, sie sind zurück«, sagte sie. »Wieso?«

»Nein nichts«, sagte er. »Nur so. Ich meine: ich kenne das Mädchen, und jetzt …«

»Das Mädchen habe ich noch nicht gesehen«, sagte die Frau. Das Kind wurde unruhig. Sie drehte sich um und lief weiter, ohne noch etwas zu sagen. Er klingelte wieder. Es machte niemand auf. Als er auf die andere Straßenseite ging und noch einmal hinaufschaute, glaubte er zu sehen, daß sich die Gardine bewegte – aber sicher war er sich nicht.

Er hörte Platten in seinem Zimmer. Er holte die Ansichtskarte hervor und starrte auf die Buchstaben, die sie geschrieben hatte, auf die Tinte, die aus ihrem Füller geflossen war, die Briefmarke, an der sie geleckt hatte, das Foto, das sie ausgesucht hatte – für ihn. Weil sie ihn liebte, wie sie schrieb. Das hätte sie noch vergessen zu sagen.

Was hatte das zu bedeuten?

Sebastiaan sagt: »Ich muß was trinken.«

»Ich habe Geld«, sagt der Junge.

»Natürlich.«

Sie stehen auf und gehen vom Wasser weg. Der Wind erlegt ihnen ein langes Schweigen auf.

Doris

Sie sitzen in einem Lokal mit Perserteppichen auf den Tischen und Wolkenstores vor den Fenstern. Der Junge rührt mit einem Löffel seinen Kaffee um. Und um und um und um. Der Mann trinkt Wodka und Bier. Das Radio meldet Staus.

»In Nigeria habe ich eine Zeitlang in einem Provinzstädtchen gewohnt. Da gab es jeden Freitag nachmittag einen Stau: ins Hurenviertel.«

Der Junge nimmt einen Schluck Kaffee. Er stellt die Tasse auf die Untertasse zurück, schiebt sie von sich weg. Der Kaffee ist kalt geworden.

Der Mann sagt: »Es gab dort eine ganze Kultur von Hurengeschichten. Von einer Hure, die so große Brüste hatte, daß Männer zu ihr kamen, um Selbstmord zu begehen. Und von zwei Huren, die sich ein Zimmer teilten und ihre Kunden so aufgeilten, daß die noch tagelang mit einem Steifen herumliefen, ohne etwas dagegen tun zu können. Es gab auch Geschichten über Mother of Pearl. Daß sie die Männer in den Schlaf singen und sie träumen lassen konnte, daß sie mit ihr die Nacht ihres Lebens hätten. Wenn sie aufwachten, bezahlten sie ihr prompt das Doppelte.«

Der Junge denkt: Ich will deine Geschichten nicht mehr hören. Aber er sagt: »Ich war in Paris, auf dem Heimweg, mein Geld war fast alle. Ein Mädchen sprach mich auf der Straße an, in einer seltsamen Mischung aus Französisch und Deutsch. Sie sagte: Ich schlafe mit dir, für hundert Francs. Ich sagte: So viel Geld habe ich nicht mehr. Wieviel ich denn hätte, fragte sie. Ich hatte noch achtundvierzig Francs. Ist gut, sagte sie. Wir gingen in mein Hotel. Mein Zimmer hatte ich im voraus bezahlen müssen, und eine Fahrkarte hatte ich auch schon. Ich sagte: Aber dann habe ich morgen früh kein Geld mehr für eine Tasse Kaffee. Da wurde sie böse, weil mir Kaffee wichtiger war als eine Nacht mit ihr. Ich wollte es wieder gutmachen. In meiner Tasche bewahrte ich ein Holzkästchen mit einem silbernen Armband auf. Hatte ich in der Bretagne am Strand gekauft, von so einem Schwarzen, der Wollpullover und Mütze trug, obwohl es dreißig Grad waren. Ich hatte es für Lisa gekauft, für den Fall, daß ich sie finden würde oder sie zurückkäme. Ich schenkte es dem Mädchen, das Sonja hieß. Sie kam aus Polen.«

Die Bedienung bringt frischen Kaffee, sieht, daß der Junge seine Tasse nicht ausgetrunken hat.

»Stimmt was nicht mit meinem Kaffee?«

»Nein, ich habe ihn bloß kalt werden lassen.«

Als er einen neuen Kaffee bekommen und sich die Lippen verbrannt hat, sagt er: »Sie zog all ihre Kleider aus und legte sich dann das Armband um. Sie hatte einen traurigen Körper, aber das Armband stand ihr gut.«

»Hast du mit ihr geschlafen?« fragt der Mann.

»Am nächsten Morgen«, sagt der Junge, »habe ich den Zug nach Hause genommen. Ich war mir sicher, daß ich Lisa nie mehr wiedersehen würde.«

Er hatte sich auf die Reise gemacht, nachdem er mit der Witwe Koning gesprochen hatte.

Als er in die breite Allee einbog, in der die Witwe wohnte, dachte er: die Bäume sind in Trauer. Die Platanen hatten bereits ihre ersten Blätter verloren – es war erst August. Er sprang die Treppe hinauf, nahm drei Stufen auf einmal. Die Frau hatte ihn wohl schon kommen sehen, denn sie öffnete die Tür, noch ehe er klingeln konnte. Zuerst sah er den Kater. Das Tier steckte den Kopf durch den Spalt, während die Witwe Koning sich noch an der Kette zu schaffen machte, mit der die Tür gesichert war. Der Kater miaute lautlos, als hätte er seine Stimme verloren. Dann ging die Tür weiter auf.

Die Witwe war eine stattliche Frau. Er gab ihr die Hand, und sie drückte so fest zu, daß es ihn die größte Mühe kostete, nicht das Gesicht zu verziehen.

»Doris«, sagte sie mit tiefer, rauher Stimme.

»Talm«, sagte er.

Er fragte sich, warum er alles erwartet hatte, nur das nicht – nicht diese männliche Frau, die ihn an lange Nächte mit schwerem Shag und Whisky ohne Eis erinnerte. Doch er bekam nicht die Zeit, seinen Gedanken zu Ende zu führen, denn sie nahm ihm den Mantel ab, bat ihn herein, ließ ihn vorausgehen in das Zimmer, das ihm so vertraut war, daß er sich schämte; er fühlte sich nachträglich als Eindringling.

Mußte er sich nicht zuerst bei ihr entschuldigen?

Aber das war ein idiotischer Gedanke. Er konnte ihr doch nicht sagen, daß er hier, mit Lisa, auf ihrem Sofa …

»Nimm Platz«, sagte die Witwe.

Er entschied sich für einen Sessel. Der Kater sprang sofort auf seinen Schoß. Auch darum genierte er sich. Aber die Witwe sagte: »Er kennt dich noch. Bist du öfter mit Lisa hier gewesen?«

Und er: »Ja, ein paarmal.«

Und sie: »Sie hat oft von dir erzählt.«

»Was, um Himmels willen, ist geschehen?«

»Ich weiß es nicht, Talm. Ich weiß es auch nicht. Niemand weiß es.«

Als seine Anrufe unbeantwortet blieben, als niemand ihm öffnete, als seine Verzweiflung so groß wurde, daß er sich nicht mehr aus dem Haus traute, weil er Angst hatte, daß er mitten auf der Straße zerbrechen könnte – aber auch Angst, daß sie anrufen würde, während er weg wäre –, da hatte er die Nummer der Witwe Koning aus dem Telefonbuch herausgesucht. Und er hatte sie angerufen und gesagt: »Ich bin ein Freund von Lisa. Ich …, sie …, ich verstehe nicht, wo sie

ist. Was los ist. Ihre Katze. Sie hat sich um Ihre Katze ge-
kümmert. Ich bin manchmal mitgewesen. Daher. Und da
dachte ich. Ich habe mich gefragt, ob Sie ...?«

Und die Witwe hatte gesagt: »Ich fürchte, daß ich nicht
viel mehr weiß als du. Aber warum kommst du nicht vorbei?«

»Ich komme«, hatte er gesagt.

Er hatte sich aufs Rad geschwungen und an gar nichts gedacht und zugleich an alles.

Die Witwe sagte: »Hast du mit ihren Eltern gesprochen?«

»Nein«, sagte er. »Das ist es ja gerade. Sie gehen nicht ans
Telefon. Sie machen die Tür nicht auf. Sie ...«

»Talm«, unterbrach ihn die Witwe. »Komisch, Lisa nennt
dich nie so.«

»Nein«, sagt er, aus dem Konzept gebracht. »Nein.«

»Sie ist morgens an den Strand gegangen«, sagte die
Witwe. »Allein. Am späten Nachmittag wollte sie sich mit
ihren Eltern in einem Straßencafé im Dorf treffen, wo sie öfter gesessen haben. Sie war nicht da. Ihre Eltern dachten,
daß sie sicher jemanden getroffen hätte, den sie kannte, daß
sie die Zeit vergessen hätte oder eingeschlafen wäre. Sie fingen erst an, sich Sorgen zu machen, als sie auch nicht zum
Abendessen erschien. Sie fragten andere Zeltplatzgäste, die
an diesem Tag am Strand gewesen waren. Niemand hatte
Lisa gesehen. Aber vielleicht habe sie an dem kleinen Strand
gelegen, hinter den Felsen, das mache sie öfter, sagte jemand. Sie waren ans Meer gegangen. Es war Hochflut, der
kleine Strand war schon überschwemmt. Von Lisa keine
Spur. Auch nicht von ihren Sachen. Sie gingen zum Zelt-
platz zurück. Schalteten Freunde ein und den Zeltplatzverwalter. Sie gingen ins Dorf, suchten in Kneipen, Restaurants, Diskos. Sie riefen in anderen Dörfern, anderen
Kneipen an. Sie gingen zur Polizei. Die meldet sich heute
nacht schon wieder, sagte man ihnen. Das käme so oft vor
bei Kindern in diesem Alter. Du kannst es dir vorstellen: Sophie und Sebastiaan, total in Panik, und diese Polizisten, die
nur gleichgültig gucken.«

Sie blieb eine Weile still. Der Junge streichelte den Kater auf seinem Schoß und starrte auf den Boden.

Die Witwe sagte: »Sie ist nicht gekommen. In dieser Nacht nicht, und am nächsten Tag nicht, und am übernächsten auch nicht. Es paßt nicht zu Lisa …«

Sie sah ihn an, er sah sie an, dann schaute er schnell wieder zu Boden.

Er sagte: »Sie hat mir eine Karte geschickt.«

»Ich habe einen Brief. Den mußt du mal lesen. Lisa und ich … Ich glaube, daß ich für sie …«

Weiter kam sie nicht.

Der Junge dachte: Ich muß etwas tun!

Er sagte: »Ich muß da hin. Ich muß sie suchen.«

Er stand ruckartig auf. Die Katze fiel von seinem Schoß. Er merkte es nicht. Er ging zum Fenster. Drehte sich um.

»Was steht in dem Brief?«

Die Witwe zeigte auf ein Tischchen in einer Ecke des Zimmers. Ihre Augen waren feucht, ihre Wangen, ihre Hände. Sie weinte lautlos. Auf dem Tischchen lag ein Umschlag. Der Junge erkannte die Handschrift, die Briefmarken, den Poststempel. Es steckten zwei dünne, dichtbeschriebene Blatt Papier darin. Seine Hände zitterten. Er ging zum Fenster zurück und setzte sich auf die Fensterbank, an die Stelle, wo Lisa gesessen hatte, nachdem sie …

»Liebe Doris«, las er.

»Daß einem etwas versprochen worden ist«, sagt Sebastiaan, »und daß man jahrelang wider besseres Wissen auf die Einlösung dieses Versprechens wartet. Das hattest du schön gesagt.«

»Was?« sagt der Junge.

»Du kannst die Dinge manchmal schön formulieren, das muß ich dir lassen.« Und dann: »Warum um alles in der Welt hast du so lange gewartet?«

»Das könnte ich dich auch fragen: wenn du die ganze Zeit gewußt hast, wer ich bin …«

»*Du* bist doch zu mir gekommen, *du* willst etwas von mir wissen. Ich hab Zeit.«

»Und doch hast du jetzt davon angefangen. Übrigens wollte ich dich diese Woche danach fragen. Dienstag, um genau zu sein. Ich wollte dich mitnehmen auf das Wohnboot eines alten Freundes. Damit wir in Ruhe reden können.«

»Das Wohnboot eines alten Freundes?«

»Ja.«

»Ich weiß nichts, Talm. Ich weiß genauso wenig wie du und alle anderen. Sie ist verschwunden. Punkt aus.«

Talm sagt: »Ich will nicht darüber reden. Nicht jetzt.«

»Er will nicht darüber reden. Nicht jetzt.«

Dieser Sarkasmus, diese Bitterkeit. Wo kommen die auf einmal her? Provoziert er ihn? Ist es Bluff?

»Warum hast du dann heute morgen davon angefangen«, fragt der Junge, »wenn du so viel Zeit hast?«

Aber der Mann bestellt noch ein Bier und zwei Wodka. Als das Gewünschte gebracht worden ist, schiebt er dem Jungen das eine Glas Wodka zu und sagt: »Trink. Vergiß.«

Als Talm getrunken hat, fragt Sebastiaan: »Und dieser Freund mit dem Boot, hat der auch genügend Schnaps an Bord?«

Er hätte den Brief nicht lesen sollen.

Die Worte waren nicht für ihn bestimmt gewesen. Sie waren von einer anderen Lisa geschrieben worden, einer Lisa, die er nicht kannte, die während eines Urlaubs in der Bretagne einfach so verschwinden konnte. Es stand so vieles in dem Brief, was er nicht wußte. Unwichtige Dinge, alltägliche Dinge, aber das war es ja gerade – er kannte diese Alltags-Lisa nicht. Und wenn er die nicht kannte, wen kannte er dann eigentlich?

»Sind Sie mit ihr verwandt?« fragte er, als er den Brief gelesen hatte.

Sie weinte nicht mehr, hatte sich die Tränen mit einem Taschentuch aus dem Gesicht gewischt.

»Sag ruhig ›du‹, sag Doris«, antwortete sie. »Eine Freundin der Familie, doch in den letzten Jahren vor allem eine Freundin von ihr. Ich habe zwei Söhne, die schon lange aus dem Haus sind. Lisa ist ein bißchen die Tochter, die ich nie gehabt habe.«

»Ist sie weggelaufen, was meinen Sie?«

»Ich weiß es nicht. Dann hätte sie mich doch … und ihre Mutter! Sie würde doch ihre Mutter nicht so lange im ungewissen lassen? Aber ich weiß es nicht. Es gab etwas, das sie bedrückte, in der letzten Zeit. Was sie auch schreibt in dem Brief.«

Er hielt noch immer die beiden dünnen Bogen in der Hand. Er steckte sie in den Umschlag zurück, legte ihn wieder auf den Tisch.

»Ich glaube nicht, daß ich verstehe, was sie meint«, sagte er vorsichtig. Die Wahrheit war, daß er wissen wollte, ob sie wußte, was Lisa meinte. Er sagte: »Oder glauben Sie, daß sie den Skandal mit ihrem Vater meint?«

»Nein, das ist es nicht. Da war noch etwas anderes.«

»Hatte sie Streit mit ihrem Vater?«

»Haben nicht alle Mädchen in diesem Alter Streit mit ihrem Vater? Noch dazu wenn sie verliebt sind?«

Sie tat ihm leid – trotz des Sturms von Emotionen, der in ihm wütete, war in seinem Herzen noch Platz für Mitgefühl. Die Frau hatte geglaubt, daß sie Lisas Vertraute war. Daß Lisa keine Geheimnisse vor ihr hatte, keine Geheimnisse zu haben brauchte. Sie hatte mehr verloren als die Tochter, die sie nie gehabt hatte: ihr war die Illusion der Unentbehrlichkeit genommen worden.

Aber so scharf wie seine Intuition in bezug auf die Frau war, so blind war er für seinen Selbstbetrug. Er sagte: »Ich muß da hin. In die Bretagne. Ich muß sie suchen.«

»Es ist nach ihr gesucht worden. Es wird immer noch gesucht. Ich glaube nicht, daß es viel Sinn hat, Talm.«

»Gibt es …«, sagte er, »gibt es Hinweise, daß sie … für ein Verbrechen?«

»Nein. Aber die Polizei schließt inzwischen nichts mehr aus.«

»Kann es sein, daß sie selbst …?«

Die Katze rollte sich in der Sonne auf den Rücken.

»Es ist wie mit Schorf auf dem Knie eines Kindes«, sagt Sebastiaan. »Daß das Kind seine kleinen Finger nicht davon lassen kann.« Die Langsamkeit, mit der er spricht, und der Mangel an Intonation verraten, daß der Wodka seine Wirkung nicht verfehlt hat. Örtlich betäubt.

Talm schaut ihn an, das Zittern seiner Hände, das Zucken seiner Mundwinkel. Tragischer, trauriger Mann. Nicht zu rettender Mann. Abgeschriebener Mann.

Sebastiaan lallt: »Laß die Finger davon!« Es klingt wie: *Laffingafn.* »Nicht anfassen! …« *(Nich anffann)* »So! Da haben wir Talm. Extra die ganze Strecke mit dem Zug hergefahren. Und jetzt weiß er nicht, was er fragen soll.« *(Fnagn oll)*

Talm sagt: »Laß uns hier weggehen.« Und als der Mann nicht reagiert: »Ich gehe. Ich lasse mir die Rechnung geben, alles Weitere mußt du selbst bezahlen.«

»*Schels bezahlen.*«

Der Junge verspürt den Drang, ihm ins Gesicht zu schlagen. Das hat er schließlich noch gut. Aber er steht auf, geht zum Tresen und bezahlt. An der Tür dreht er sich noch einmal um: »Dienstag.«

»*Dinschtag.*«

Er hebt die Hand und geht in die Winterkälte hinaus.

In den ersten Tagen hatte er sie überall gesehen. In einem Zug, der in die entgegengesetzte Richtung fuhr. Auf einem Bahnsteig in Paris. Am Strand in der Bretagne. Auf einer Luftmatratze schaukelnd im Meer. Nach ein paar Tagen war das vorbei.

Er kaufte das Armband, wider besseres Wissen. Er sprach mit dem Zeltplatzverwalter. Er fragte einen Jungen aus, der in einer Kneipe hinter dem Tresen stand. Er redete mit einer Frau beim Bäcker. Jeder kannte die Geschichte. *La belle Hollandaise. La fille disparue.* Aber niemand hatte auch nur die kleinste brauchbare Information. Die Witwe Koning behielt recht: Es hatte keinen Sinn.

Aber darum ging es nicht.

Er lief barfuß am Strand entlang, kletterte barfuß über die Felsen, saß barfuß in einem Straßencafé – er wollte den Boden spüren, der sie getragen hatte. Er stand früh auf, um den Sonnenaufgang zu sehen, er lief abends an den Strand und beobachtete den Sonnenuntergang. Er stieg auf einen kahlen Hügel und wartete, bis der Mond sich zeigte. Er versuchte vorherzusagen, wo er am nächsten Tag aufgehen würde. Er tippte falsch.

Es gab Tage, an denen es ihn kaum Mühe kostete zu akzeptieren, daß sie für immer aus seinem Leben verschwunden war. Daß es etwas Unvermeidliches hatte, als ob die erste Liebe immer so enden müsse: plötzlich, unerklärlich, mit einem heftigen Knall. Und es gab Tage, an denen er dachte: Mit diesem Verlust kann ich nicht leben. Ich gehe ins Wasser, ich lasse mich von den Wellen forttragen, ich verschwinde. Das ist die einzige Möglichkeit, sie wiederzufinden.

Es gab Tage, an denen er sich sicher war, daß sie längst wieder zu Hause sei. Es gab Tage, an denen er dachte: Ich muß zur Polizei gehen, sagen, was ich weiß. Aber was hätte das an der Situation ändern können. Und außerdem, warum sollten sie ihm glauben?

In Paris war die Polin Sonja nachts auf ihn gekrochen, und er hatte sie gewähren lassen. Früh am Morgen wurde er durch den Verkehr geweckt. Er ging ohne Abschied.

Das Armband nahm er mit.

Ganz und gar kein guter Anfang

Auf einer Brücke, die von einer dünnen Eisschicht bedeckt ist, zieht der Mann die Luft ein wie ein Hund, wenn er Gefahr wittert. Der Junge geht voran, in jeder Hand eine Plastiktüte, dann und wann ist leises Flaschenklirren zu hören. Der Mann folgt ihm. Es hat etwas Feierliches, wie sie am Kai entlangschreiten, etwas von einem Ritual aus alten Zeiten: der Henker, der den zum Tode Verurteilten an den Ort der Hinrichtung führt, der Missionar, der einem Bekehrten ein Gebet vorspricht.

Herr, in Deine Hände legen wir unser Schicksal. Sei gnädig, aber tu mit uns, was gut ist in Deinen Augen.

»Muammar El Gaddafi?« fragt der Mann, als sie beim Boot angekommen sind.

»Der vorige Besitzer war ein mittelmäßiger Künstler. Mittelmäßige Künstler sind ganz wild auf Revolutionsführer.«

Der Schlüssel liegt unter dem Blumentopf, wie Budiman versprochen hatte. Der Bauch des Bootes kommt dem Jungen auf einmal viel kleiner vor als bei seinen früheren Besuchen. Den ganzen Vormittag hat er Sebastiaan auf Sicherheitsabstand gehalten, doch nun gelingt das nicht mehr. Er fühlt, wie sich sein Magen zusammenzieht.

Sie legen ihre Mäntel ab. Der Junge schaltet den Ofen an, setzt Kaffeewasser auf. Sebastiaan betrachtet die Fotos an den Wänden. Der Junge sagt: »Budiman hat jahrelang auf der Straße gelebt.« Small talk – Sprache der Ängstlichen.

»Budiman?«

»Der Freund von mir. Der jetzige Besitzer.«

»Ist das der mit den langen Haaren?«

»Ja, und auch der mit den kurzen Haaren. Der Indonesier.«

»Und jetzt hast du ihn von seinem Schiff gejagt, wieder auf die Straße, um mich verhören zu können. Schöner Freund bist du.«

Es entgeht Talm nicht, daß der Ton, trotz der Schärfe der Worte, freundlich ist. Diesmal schwingt keine Bitterkeit oder verhaltene Wut mit. Er hatte fast erwartet, daß Sir Sebastiaan heute morgen unauffindbar sein würde. Was hatte der schließlich für ein Interesse daran, mit ihm mitzugehen? Aber Sebastiaan war zu ihm gekommen. Er hatte ihm freundlich auf die Schulter geklopft und gesagt: »Wir sind für heute verabredet.«

Talm sagt, mit derselben Freundlichkeit, obwohl es ihn Mühe kostet: »Du brauchst kein Mitleid mit Budiman zu haben. Der sitzt gemütlich zu Hause bei Muttern. Dieses Boot ist sein Zufluchtsort, wenn die Ehebande zu eng werden.«

»Aha, ein Liebesnest.«

»Na … Das glaube ich nun auch wieder nicht, bei all den Familienfotos an der Wand.«

Aber das Wort summt noch lange in seinem Kopf nach: Liebesnest. Wie eine Fliege, die sich nicht verjagen läßt.

Die erste Frage. Er hat wochenlang Zeit gehabt, über die erste Frage nachzudenken, doch jetzt, da der Moment endlich gekommen ist, sie zu stellen, weiß er noch immer nicht, welche es sein soll.

Er sagt: »Lisa hat mir mal erzählt …«

Aber Sebastiaan sagt: »Dieser Budiman hat Glück gehabt. Es kommt nicht oft vor, daß es jemandem gelingt, aus der Gosse wieder ins andere Leben zurückzukehren.«

»Die meisten würden das nicht einmal wollen«, antwortet Talm, mehr aus Verärgerung, weil der Mann ihn nicht hat ausreden lassen, als daß er glauben würde, was er sagt, oder auch nur darüber nachgedacht hätte.

»Das habe ich mir schon gedacht«, sagt Sebastiaan, und seine Stimme klingt nicht mehr so freundlich. »Du hast also nichts verstanden.«

Der Junge brüht Kaffee.

Sebastiaan sagt: »Das ist eben der Unterschied: du hast so getan, als ob du einer von uns wärst, aber du bist es nicht. Du hast zugeschaut, aber nichts gesehen, du hast gelauscht, aber nichts gehört.«

Das ist kein guter Anfang, denkt Talm. Das ist ganz und gar kein guter Anfang.

»Glaubst du«, fährt der Mann fort, »daß auch nur einer von uns nicht in dieses Leben zurückkehren wollte?« Und jetzt ist er es, der mit einer ausholenden Armbewegung auf alles zeigt, was sie umgibt und was sich vielleicht am besten zusammenfassen läßt mit: die Frau in Budimans Leben.

»Der ganze Alkohol, die Pillen«, sagt Sebastiaan, »das Schreien und Streiten – es sind alles Versuche, diese innere Stimme zum Schweigen zu bringen, die Stimme, die sagt: das Leben ist woanders. Denn das Leben *ist* woanders. Ein Leben auf der Straße ist kein Leben. Es ist Überleben, und das ist etwas ganz anderes. Ich hätte gedacht, daß du das nach all den Wochen begriffen hast. Ich hätte gedacht, daß Lisa sich einen intelligenteren Jungen ausgesucht hat.«

Die erste Flasche Wodka steht auf dem Tisch. Der Junge stellt eine Tasse heißen Kaffee daneben. Er will sagen, daß der Mann den Mund halten soll, daß er der letzte sei, der über die Entscheidungen, die Lisa in ihrem Leben getroffen hat, urteilen dürfe. Aber gleichzeitig will er nichts lieber, als hören, was der Mann über sie zu sagen hat: nicht nur über ihr Verschwinden, sondern vor allem über das, was zuvor passiert ist. Also unterdrückt er seinen Zorn und tut, als ob die Worte des Mannes ihn nicht treffen würden. Er denkt: Ich habe nichts zu verlieren. Aber ihm kommen sofort Zweifel, ob das wahr ist.

Sebastiaan hat sich auf dem Sofa niedergelassen. Talm setzt sich in einen Sessel. Er rührt mit dem Löffel in seinem Kaffee, versucht seine Gedanken zu ordnen. Er sagt: »Was ich meine, ist ... Ihr nennt euch die Freien, oder etwa nicht, und die anderen die Unfreien, und jetzt weiß ich auch, daß ...«

»*Words, my young friend! Nothing but delusions.*«

Warum soll er noch länger Zeit verschwenden? Er sagt: »Lisa hat mir erzählt ...«

»Es gibt Menschen, die Mitleid mit uns haben: die Nonnen, die Heilsarmisten, ein Passant mitunter, der ein Schwätzchen hält, der einem unaufgefordert ein Fünfguldenstück in die Hand drückt. Das ist schön, das ist nobel, vor allem, weil wir selbst nicht zu Mitleid imstande sind. Genauso wenig wie zu Liebe.«

»Das gilt vielleicht für dich, aber sicher nicht für Kees und Greet.« Wieder ist es vor allem Verärgerung, die ihm die Worte eingibt. Und wieder beißt der Mann sich an diesen Worten fest.

»Ha! Nennst du das Liebe? Das ist keine Liebe, das ist eine verzweifelte Suche nach Liebe!«

»Liebe ist immer eine verzweifelte Suche nach Liebe – das ist auf der Straße nicht anders als im ... normalen Leben.«

Ihm ist so schnell kein anderes Wort eingefallen. Er befürchtet, daß Sebastiaan ihm nun darüber einen Vortrag halten wird: über dieses »normal«. Doch der Mann ist auf einmal still geworden. Er beugt sich vor, greift nach der Wodkaflasche, schraubt den Verschluß ab, besinnt sich dann aber und stellt die Flasche wieder auf den Tisch.

Jetzt! denkt der Junge. Er sagt: »Lisa hat mir mal erzählt, daß ihr ...«

»Früher war ich eifersüchtig auf Obdachlose, weißt du das? Wenn ich zur Arbeit ging, wenn ich wieder mal den ganzen Nachmittag Sitzung gehabt hatte, wenn ich allein in meiner tadellos gepflegten Tipptopp-Obergeschoßwohnung saß, dann dachte ich: Das ist doch kein Leben? Warum habe ich nicht den Mut, die Freiheit zu wählen? Ich fühlte mich wie ein Feigling.«

Der Junge trinkt von seinem Kaffee. Er denkt: Ich muß mir Zeit lassen, ich muß ihm Zeit lassen – der ganze Tag liegt noch vor uns. Warum soll ich ihn antreiben, es gibt für ihn keinen Ausweg mehr.

Er sagt: »In diesem Film, der über euch gedreht wurde, meinte jemand, es gehört Mut dazu, sich totzusaufen.«

»Ha! Jaja! Jaja! Aber es gehört auch Mut dazu, es nicht zu tun. Und was ist nun mutiger? Das bürgerliche Leben ist voller Hypokrisie – natürlich, das ist so. Und es ist ein einziger Kompromiß, erzähl mir doch nichts. Es ist eine Übung in Selbstverstümmelung. Bringt Ihre Hand Sie in Versuchung? Hacken Sie sie ab! Bringt Ihr Auge Sie in Versuchung? Reißen Sie es aus! Jahaaa! Ich habe vor ihrem Tribunal gestanden, mein lieber Junge, dem Tribunal der Bürgermoral. Und ich habe das Haupt gesenkt! Jawohl! Ich habe mich in den Staub geworfen, mich im Schlamm gewälzt, einzig und allein, um ihnen zu gefallen, oder nein, nicht einzig und allein – ich tat es auch, um mir selbst zu gefallen, oder einem Teil von mir, dem Spießbürger in mir.«

Der Junge sagt: »Lisa hat mir mal erzählt, daß der ganze Skandal auf einem Mißverständnis beruhte. Oder besser gesagt: daß du die Schuld auf dich genommen hattest, um diesen Studenten zu schützen.« Er hatte nicht vorgehabt, das zu sagen, doch da er es nun getan hat, denkt er: Es ist gut. Es ist gut, ihn zu beruhigen.

Sebastiaan trinkt von seinem Kaffee, er sieht den Jungen nicht an. Er sagt: »Aber die Frage ist: hat sie es auch geglaubt?«

»Die Frage scheint mir eher: Ist es wahr?«

Jetzt schaut der Mann ihn an, oder vielmehr: er schaut durch ihn hindurch. Er sagt: »Ob es wahr ist, spielt keine Rolle – überhaupt keine! Wenn nicht einmal der Student und ich uns darüber einig werden konnten, was zwischen ihm und mir vorgefallen ist, wer was tat und in welcher Absicht, was hat es dann für einen Sinn zu fragen, was wahr ist? Ich habe Lisa meine Wahrheit erzählt – nein, nicht einmal das: ich habe ihr einen Teil meiner Wahrheit erzählt. Und die Frage ist nun: hat sie mir geglaubt?«

»Ich denke schon«, sagt Talm.

»Er denkt schon.«

Sie sind wieder da: die Wut, der Argwohn, das Mißtrauen. Aber der Junge läßt sich davon nicht aus dem Feld schlagen. Er trinkt seinen Kaffee und wartet ab.

Sebastiaan: »Du glaubst, daß es einen Zusammenhang gibt zwischen Lisas Verschwinden und dem Skandal, in den ich kurz davor verwickelt war.«

Talm sagt: »Nein. Aber es gab Dinge, die sie bedrückten, Dinge, die ihr weh taten ...«

»Natürlich tat es ihr weh! Was denkst du denn?!« Er ist aufgestanden und bückt sich, um nach der Wodkaflasche zu greifen, doch wieder überlegt er es sich anders. Er sagt: »Es war eine idiotische Anschuldigung, und der wirkliche Skandal war, daß die Sache innerhalb einer Woche publik war, mit allen appetitlichen und weniger appetitlichen Details. Ich bin reingelegt worden, so einfach ist es. Es war noch eine alte Rechnung zu begleichen, jemand witterte seine Chance. Die Alma mater ist eine Schlangengrube – immer gewesen, und so weiter. Aber was spielt das für eine Rolle? Fakt ist, daß Lisa in der Zeitung lesen durfte, ihr Vater habe sexuellen Kontakt mit einem Studenten gehabt, einem *männlichen* Studenten. Daß dieser Junge schwer verwirrt war, daß dieser Junge in mich verliebt war und daß ich die Signale falsch verstanden habe – oder nein, nicht falsch verstanden habe, sondern falsch damit umgegangen bin, das stand natürlich nicht in der Zeitung. Das durfte ich ihr erzählen. In der Hoffnung, daß sie mir glauben würde und nicht der Zeitung. Und jetzt sagst du, daß sie mir tatsächlich geglaubt hat, oder zumindest denkst du das. Aber wer bist du, daß du das wissen könntest? Ha! Du warst doch in sie verliebt? Du mit deinem Champagnerblut und deiner Raupe, die sich zum Schmetterling entpuppt! Schönredner! Kitschdichter! Er denkt, daß sie mir geglaubt hat. Aber gleichzeitig bleibt die Frage: Ist es auch wahr, nicht? Nun, dann laß mich meinen geliebten Shakespeare um Hilfe anrufen, der geschrieben hat: *Most true it is that I have looked on truth askance and strangely*. Und laß mich die rhetorische Frage hinzufügen: *Haven't we all?*«

Jetzt nimmt er doch die Wodkaflasche und schraubt den Verschluß ab. Er geht zur Spüle und leert sie in den Ausguß.

»So! Ende des ersten Akts.«

Das sagte Lisa, auf der Kaimauer, mit dem Schulgebäude im Rücken und dem dunklen Wasser zu ihren Füßen: »Wir haben ihn rundheraus gefragt, meine Mutter und ich. Du mußt dir mal vorstellen, was das für sie bedeutet. Er ist … nun ja, vielleicht gerade noch kein Gott für sie, aber viel fehlt nicht. Sie betet diesen Mann an.«

Schwang da Spott mit in ihrer Stimme? Ja, schon. Aber es war ein milder Spott, ein Spott, der nicht verurteilte, der Verständnis zeigte. Lisa sagte: »Es war wie ein Verhör, aber was sollten wir machen? Wir haben ihn alles gefragt: Wer dieser Junge war, was dieser Junge getan hat, was er selbst getan hat, was er gesagt hat, was er glaube, warum der Junge diese Anschuldigungen vorgebracht hat, wie es jetzt weitergehen soll. Er ist ganz ruhig und würdevoll geblieben. Er hat alles erklärt.«

Sie schwieg eine Weile. Seine Finger streichelten ihre Hand, die in seiner lag. Er versuchte sich vorzustellen, wie es sein würde, wenn seinem Vater so etwas passierte. Würde er ihn dann zusammen mit seiner Mutter zur Rede stellen? Nein. Er würde schweigen und sich sein Teil denken. Er bewunderte Lisa für ihren Mut, und er dachte: Liebe ich sie deshalb, weil sie mutiger ist als ich? Ist sie mein besseres Ich? Und er wußte sofort, daß er diese Frage unmöglich beantworten konnte. Daß es ihm an Einsicht fehlte, um über ihre Liebe auch nur irgend etwas mit einiger Gewißheit sagen zu können. Wie war es möglich, daß sie gleichzeitig so viel älter wirkte als er, so viel vernünftiger und mutiger, aber auch so viel verletzlicher – so … verletzt? Was war es, das ihn an ihr so anzog: ihre Kraft oder ihre Schwäche? Und was suchte sie bei ihm?

Sie sagte: »Sebastiaan meint, es wäre ein Mißverständnis, ein großes, tragisches Mißverständnis.«

Und er dachte: Wie alle Liebe. Aber er sagte: »Es muß ein Alptraum für deine Mutter sein.«

Es sollte noch ein paar Wochen dauern, bis er verstehen würde, welch ein Alptraum es für *sie* gewesen sein mußte.

Das schrieb Lisa in dem Brief an die Witwe Koning: »Ich habe für mich selbst immer eine Erklärung für das gehabt, was zwischen Sebastiaan und meiner Mutter war, ich habe immer gedacht, daß ich es verstehe – soweit man als Mädchen von neun, zehn, siebzehn Jahren etwas von der Liebe seiner Eltern verstehen kann. Aber jetzt bin ich zu der Erkenntnis gelangt, daß mit dieser Erklärung irgend etwas nicht stimmt. Jetzt schaue ich zu, wenn sie zusammen den Strand entlanglaufen, wenn er ihr morgens Kaffee bringt, wenn sie mit ihren Händen durch sein Haar fährt, und ich weiß nicht, was ich sehe. Alles ist, wie es die ganzen Jahre gewesen ist, und doch ist jetzt alles anders.«

Lisa schrieb: »Es ist in den letzten Monaten so viel passiert, so viel durcheinandergeraten.«

Lisa schrieb: »Es gibt Dinge, die ich dir nicht erzählt habe und die ich dir nie erzählen werde.«

Lisa schrieb: »Wer bin ich? Was will ich? Was habe ich getan?«

Der Mann stellt die leere Flasche auf die Spüle, dreht sich zu dem Jungen um und sagt: »Sie war wie eine Tochter für mich, aber sie war nicht meine Tochter.«

Der Junge schnappt nach Luft, als wolle er etwas zurückschreien, besinnt sich dann aber. Er atmet geräuschlos aus. Sagt: »Wie alt war Lisa, als du ihre Mutter kennengelernt hast?«

»Acht ... Acht.«

Talm wartet, was noch kommen würde, aber es kommt nichts mehr. Sebastiaan lehnt an der Spüle und starrt schweigend vor sich hin.

»Was war sie damals für ein Mädchen?«

Er versucht sie sich vorzustellen, mit einem Pferdeschwanz. Mit Zöpfen. In einem rosa Trägerrock mit Schleifen. In einer Strumpfhose mit einem Loch am Knie.

»Sie war aufgeweckt. Altklug. Sie konnte einen ansehen ... als ob ihr das Gute ebenso vertraut wäre wie das Böse. Als ob sie die Welt ergründet hätte und alles durchschauen würde. Sie war ein besonderes Kind. Es war eine Ehre, ihr Vater sein zu dürfen. Ich fühlte mich privilegiert.«

Und wieder kostet es Talm die größte Mühe, nicht zu schreien. Sebastiaan schaut ihn einen Moment forschend an. »Kennst du ihre Mutter, Sophie?«

»Nein.«

Wieder bleibt es sehr lange still.

»Warum hast du sie verlassen, Sophie?« Er braucht Zeit. Nicht wegen des Mannes, sondern wegen seiner selbst, wegen der Wut.

Sebastiaan antwortet nicht.

»Sah sie ihrer Mutter ähnlich?«

»Ja.«

»Und ihr Vater – ich meine, ihr richtiger Vater? Sah sie den noch manchmal? Kennst du ihn?«

»Nein. Ich glaube, den hat sie zum letzten Mal gesehen, als sie ungefähr drei oder vier war. Sie hatte nicht viele Erinnerungen an diesen Mann. Und wie ich Sophie verstanden habe, war das auch besser so.«

Stille. Und in der Stille das Summen des Ofens, die Geräusche von Wind und Wasser.

Talm sagt: »Sie hat hier in diesem Sessel gesessen. Und furchtbar geweint.«

Sebastiaan reagiert nicht.

»Was war mit ihr? Was ist mit ihr *passiert*?«

Stille.

Der Mann hat nicht vor, sich auf das Spiel einzulassen. Oder vielleicht weiß er wirklich nicht, welches Spiel der Junge mit ihm spielt. Talm wird die Mauer selbst einreißen müssen. Mit schwerem Geschütz.

Sebastiaan sagt: »Laß uns ein Stück laufen.«

Und Talm denkt: Warum nicht?

Sie sind hinausgegangen und unter dem grauen Winterhimmel gelaufen. Sie haben Wasservögel beobachtet und einen Schwarm Gänse hoch oben über der Stadt. Sie haben geschwiegen, und das hat ihnen beiden gutgetan. Der Junge denkt: Vielleicht fühlt der Mann sich bestärkt durch die Unveränderlichkeit der Welt. Vielleicht glaubt er, daß morgen alles noch so sein wird wie heute. Daß er dem Jungen die Hand schütteln und ihm einen weisen Rat mit auf den Weg geben wird, bezüglich der Vergangenheit, die er ruhen lassen solle, und der Zukunft, die noch vor ihm liege.

Als sie über die Laufplanke gehen und wieder vor der Tür der Kajüte stehen, dreht sich der Mann zum Wasser um und ruft den erschrockenen Vögeln zu: »*Wake up, you lazy waterfowl! Today is Judgement Day!*«

Und Talm denkt: Morgen wird alles anders sein.

Pretty little girl from Omagh

An einem sonnigen Herbstmorgen, drei Monate, drei Wochen und drei Tage nachdem er Lisa zum letzten Mal gesehen hatte, war er zu der hohen Brücke gegangen, die das nördliche und das südliche Ufer des Flusses miteinander verbindet. Er hatte nicht gezögert, hatte niemandem die Zeit gegeben einzugreifen. Er war über das Geländer geklettert und hinuntergesprungen.

Er hätte die Beine besser zusammenhalten sollen.

Der Schmerz, den er in dem Moment verspürte, als er auf das Wasser aufschlug, weckte Erinnerungen an ein Schwimmbad aus seiner Kindheit, als er den größeren Jungen nicht nachstehen wollte und vom hohen Sprungbrett gesprungen war, Todesangst in seinem mageren Leib.

Das Wasser ist schwarz. Es dauert beängstigend lange, bis er wieder auftaucht. Die Strömung reißt ihn in viel höherem Tempo mit, als er erwartet hat. Aber als er endlich oben ist, als er seine Lunge mit der kühlen Luft gefüllt hat, die über dem Fluß hängt, da überkommt ihn ein seltsames Wohlbehagen, und für einen Moment scheint es ihm, er könne sich problemlos bis ans Meer treiben lassen – an Dörfern und Städten und Jachthäfen und Fährbooten vorbei, an Flußauen mit Kühen, an Deichen mit Radfahrern und Kais voller Autos, unter Brücken hindurch, quer durch das ohrenbetäubende Rattern von Intercity- und Güterzügen.

Aber dann ist da auf einmal der schwarze Rumpf eines Binnenschiffes!

Aufspritzendes Wasser. Das Dröhnen der Schiffsmotoren.

Die Angst, die ihm die Kehle zuschnürt, ihn hinunterzu-
ziehen droht, zurück ins Dunkel. Das Wasser, das an seinen
Schuhen und an seinen Kleidern zerrt. Die Kälte! Die Kälte,
die seine Muskeln lähmt, seine Lunge zerreißt.

Kämpf nicht gegen die Strömung an! Laß das Wasser arbeiten!

Ganz langsam kommt das rechte Ufer näher. Das Schiff
fährt in sicherem Abstand vorbei. Er sieht den Schiffer in
seinem Steuerhaus, aber der Schiffer sieht ihn nicht. Nur
ein Hund auf dem Achterdeck hebt kurz den Kopf und
schaut ihm nach. Mit letzter Kraft erreicht er das ruhigere
Wasser zwischen zwei Buhnen, dann läßt er sich langsam
ans Ufer treiben. Er kriecht an Land. Erschöpft, verfroren,
aber heiter.

Wieder im Bauch der *Muammar El Gaddafi*, fragt Talm: »Wo
hast du sie gesucht?«

Und Sebastiaan sagt: »In Frankreich, in Spanien, in Por-
tugal, in Italien und der Schweiz, in Ungarn und Deutschland, Dänemark und Irland.«

»Irland?«

»Ich erinnerte mich an ein Lied, das Lisa früher oft gesungen hat: *Pretty little girl from Omagh*. Ich dachte: Vielleicht ist
sie da ja hingefahren. Aber ich habe sie dort nicht gefunden.
Natürlich.«

»Am Anfang«, fährt er fort, »habe ich jeden Tag mit ihrer
Mutter telefoniert, aber je länger ich unterwegs war, desto
seltener rief ich an. Bis ich zuletzt überhaupt keinen Kontakt mehr mit ihr hatte. Ich bin gereist, bis mein ganzes
Geld aufgebraucht war.«

Und da sagt der Junge: »Wie konntest du nur?«

»Wie konnte ich was?«

»Mit ihr.«

»Mit ihr?!«

»Ja.«

Sie hatte ihm eine Flasche Duschgel gereicht und einen Waschhandschuh.

»Komm.«

Er hatte seine Jeans ausgezogen und war zu ihr gekommen, unter das strömende, dampfende Wasser, und sie hatte ihm den Rücken zugewandt und gesagt: »Wasch mich. Schrubb mich.«

Er ließ die milde weiße Creme aus der Flasche auf seine Handfläche laufen. Die Glätte von Seife und Wasser, und die Haut eines siebzehnjährigen Mädchens. Er zog den Waschhandschuh auf die andere Hand und fing an, ihr den Rücken abzureiben, erst ganz vorsichtig, dann immer kraftvoller, so daß die Haut unter seinen Händen rot wurde. Er hörte sie leise stöhnen. Er kniete nieder, das Wasser spritzte auf seinen Kopf, lief über sein Gesicht. Mit der freien Hand verschmierte er die Seife auf ihren Waden, ihren Schenkeln, ihrem Hintern. Er schrubbte sie mit dem Waschhandschuh. Sie drehte sich um, und er legte seinen Kopf an das dunkle Dreieck aus nassem Kraushaar, doch sie stieß ihn weg und sagte: »Waschen! Schrubben!«

Als er sich aufrichtete, hob sie die Arme hoch, und er wusch ihre Achseln, er schrubbte vorsichtig ihre Brüste, aber nicht so vorsichtig, daß es kein Schrubben mehr gewesen wäre, sondern etwas anderes. Dann ließ sie die Arme wieder sinken, und er gab mehr Seife auf seine Hand und wusch ihre Hände, ihre Handgelenke, ihre Unterarme, ihre Ellenbogen, ihre Oberarme, die weich waren und doch hart, ihre Schultern, ihren Hals, ihr Gesicht. Und sie schloß die Augen und zog ihn an sich, und sie schlangen die Arme umeinander, und sie flüsterte ihm ins Ohr: »Danke.«

Und dann: »Sag, daß du mir verzeihst.«

Und er: »Was?«

»Sag, daß du mir verzeihst.«

»Was soll ich dir verzeihen?«

»Sag es.«

»Wie kann ich …«

»Sag es! Bitte, sag es sagessages!«

Er machte sich von ihr los, schaute sie an. Er sah, wie ihr das Wasser aus dem Haar tropfte, über das Gesicht lief, über die roten Flecken auf ihrer Haut.

Er sagte: »Ich will dir alles verzeihen, liebe Lisa, aber wie kann ich dir verzeihen, wenn ich nicht weiß was?«

Sie preßte die Lippen aufeinander. Alle Farbe war aus ihrem Gesicht gewichen. Ihre Unterlippe zitterte. Er zog sie wieder an sich, und sie flüsterte: »Sag es, bitte, sag es.« Und er antwortete: »Ich verzeihe dir. Ich verzeihe dir alles. Alles, hörst du?«

Aber er war sich nicht sicher, ob er auch meinte, was er sagte. Und sie mußte den Zweifel in seiner Stimme gehört haben.

Sebastiaan steht mitten im Raum, neben einem Sessel, vor dem Couchtisch, das Gesicht den gerahmten Fotos zugekehrt, mit dem Rücken zum Jungen.

Er bewegt sich nicht.

Er antwortet nicht.

Der Junge wartet.

Kann ein Herz fallen?

Sie klammerte sich an ihn und sagte: »Nicht böse werden.«

Sie sagte: »Es kommt nicht mehr vor, jetzt nicht mehr. Mein Vater … nicht mein richtiger Vater … der Mann an der Bushaltestelle … Er hat mich … O Gott, o Gott!«

Sie ließ ihn los, sie mußte an der Wand Halt suchen, um nicht umzufallen, zusammenzubrechen. Er sah sie an, sie erwiderte seinen Blick, sie schlug die Augen nicht nieder, wandte ihr Gesicht nicht ab. Das Wasser strömte über ihren nackten Körper. Ihr Atem war schnell und unregelmäßig, wie bei einem aufgescheuchten Tier. Er legte seine Hände auf ihre Schultern. Er sagte: »Paß auf. Paß gut auf dich auf.«

TEIL III
TOSACH FREGRA

Und sie lebten glücklich und zufrieden, bis an ihr Ende

Sie sagt: »Er hatte eine Ente, einen Deux-chevaux, mit solchen Gittern unter der Windschutzscheibe, die für die Ventilation sorgten. Wenn man auf dem Sitz ganz tief herunterrutschte, konnte man durch die Gitter auf die Straße gucken, während man selbst für andere Verkehrsteilnehmer unsichtbar wurde. Das war sein Lieblingsschabernack: daß wir uns alle drei unsichtbar machten, so daß es aussah, als ob ein fahrerloses Auto auf der Straße fuhr. Eine Geisterente.«

Er sagt: »Eines Nachmittags gab es auf dem Bahnhofsvorplatz einen Menschenauflauf. Leute, die nach einem Krankenwagen riefen, jemand, der sich rüde einen Weg nach vorn bahnte: Ich bin Arzt! Verschwindet! Das war der Kahle Kees, einer unserer Freunde, würde ich mal sagen. Ich ging hinter ihm her. Ein Mann lag auf dem Boden, heftig zuckend, Schaum vor dem Mund. Es war Sir Sebas... Es war Sebastiaan.«

Sie lacht über seinen Versprecher. »Sir Sebastiaan! Ich kann mich nicht daran gewöhnen.«

Ist auch nicht mehr nötig, denkt er. Aber er sagt: »Es war sein Geusenname, ein Ehrentitel. Obwohl hinter seinem Rücken natürlich auch Witze über ihn gemacht wurden. Weil er bei jeder passenden und unpassenden Gelegenheit Shakespeare rezitierte.«

Auch darüber muß Sophie lachen. Sie sagt: »Was war los mit ihm?«

»Ich dachte, daß er einen Anfall hätte, einen epileptischen Anfall oder so was. Das dachten alle. Der Kahle Kees rief: Sebastiaan! He, Sir Sebastiaan! Alter Shakespeare-Narr! Und ich sagte: Er stirbt! Er muß ins Krankenhaus! Und auf einmal macht er die Augen auf und sagt: Könnt ihr mich denn nie in Ruhe lassen? Ich übe meine Sterbeszene! Er macht die Augen wieder zu, und sein Körper wird schlaff, und er liegt da auf den kalten Platten vor dem Bahnhof, zwischen Kaugummiresten und Vogelkacke, mit einem spöttischen Lächeln auf den Lippen, und ich sage zum Kahlen Kees: Komm, wir gehen. Am Abend haben wir das Glas auf seine Auferstehung erhoben.«

»Typisch Sebastiaan.«

»Ja, so war er.«

»So ist er immer gewesen.«

Er hatte sofort gewußt, wer sie war – schon an der Tür der Trauerhalle. Ihr Gesicht war das einzige, das er weder von der Straße noch von den Nonnen oder der Heilsarmee kannte. Aber es war kein Zweifel möglich: die Frau in dem langen lila Mantel, mit dem schwarzen Schlapphut, den schwarzen Samthandschuhen und der Nase, die in einer rechteckigen Spitze endete, das war Lisas Mutter.

Sie suchte sich einen Platz und schien die anderen Anwesenden nicht wahrzunehmen. Sie achtete nicht auf den Kahlen Kees und das Kraftweib, die sich im Flüsterton stritten. Sie sah nicht, wie ein älterer Mann, der Jochemsen hieß und mit dem Sir Sebastiaan oft Schach gespielt hatte, nach vorn lief und minutenlang reglos vor dem Sarg stehenblieb. Sie bemerkte nicht, daß sich vier Stühle weiter Harry und Herman hinsetzten, zwei Brüder aus dem Norden des Landes, von denen niemand wußte, wie sie obdachlos geworden noch wie sie in der Hauptstadt gelandet waren, und über die daher die wildesten Geschichten kursierten.

Als alle einen Platz gefunden hatten, ging eine der Heilsarmistinnen nach vorn, eine Frau, die der Junge als Naadje van de Kous kannte, weil der Kahle Kees sie so nannte. Die Heilsarmistin hielt eine kurze Rede, in der sie sich auf »den großen Verlust, den der Verstorbene nie verwunden hat« bezog. Und der Junge sah, wie Lisas Mutter aufblickte. Bei dem Gebet, mit dem die Heilsarmistin Sir Sebastiaan der Gnade Gottes anbefahl, hielt sie die Augen offen. Sie schaute zum ersten Mal um sich, auf die Fremden, mit denen der Mann, den sie über alles geliebt hatte, in den letzten Jahren seines Lebens umgegangen war. Und ihre suchenden Augen fanden die Augen des Jungen, und ihre Blicke lösten sich nicht voneinander, bis das Gebet zu Ende war.

Dann erklang Musik, ein trauriges Streichquartett, das der Junge nicht zuordnen konnte, das ihm aber sofort die Kehle zuschnürte, oder vielleicht war es nicht die Musik, die ihn ergriff, sondern die Tatsache, daß der Sarg in diesem Moment langsam versank, als ob der Tod mit unsichtbarer Hand seine Beute einholte. Der Junge senkte den Kopf. Jemand fing an zu schluchzen. Er wagte nicht nachzuschauen, wer es war.

Er hat ihr Blumen mitgebracht. Sie stehen in einer alten Zwiebackbüchse auf dem Eßtisch, in Ermangelung einer passenden Vase. Sophie atmet den Duft ein, den der Strauß verströmt. Sie sagt: »Es ist lange her, daß ich frische Blumen gerochen habe.«

Sie geht aus dem Zimmer, kommt mit Kaffee zurück. Sie stellt die Kanne auf den Tisch, schiebt die Blumen etwas zur Seite, geht zu einem Bücherschrank und nimmt zwei Fotoalben heraus.

Es kostet den Jungen die größte Mühe, aufzustehen und sich zu ihr zu setzen. Er hat diesen Moment herbeigesehnt und sich zugleich entsetzlich davor gefürchtet. Die Fotos! Sieben Jahre lang hat er kein Bild von ihr gesehen, hatte nur die Erinnerungen, die er in sich trug. Jetzt werden sich die Bilder aus den Familienalben dazugesellen. Das Mädchen aus seinen Träumen, das Mädchen aus seinen schlimmsten Alpträumen: nie mehr wird es dasselbe sein.

Die Frau schlägt das erste Album auf.

Zum fünften Geburtstag wünschte sich Lisa von ihrer Mutter ein Brüderchen oder ein Schwesterchen.

»Da muß ich doch aber erst einen Papa für das Kind finden«, sagte Sophie.

Da wurde Lisa böse: »Warum? Ich habe doch auch keinen Papa?!«

Lisa wußte, daß ihr Vater Albert hieß, sie hatte ein Foto von ihm in einem Einklebbuch, in dem sie ihre erste Zeichnung aufbewahrte, ihr erstes Schulfoto, ihre ersten Schreibübungen.

»Warum habe ich keinen Papa?« hatte Lisa eines Tages gefragt.

»Du hast einen Papa, aber der wohnt woanders.«

»Warum?«

»Weil er nicht lieb zu Mama war.«

»Warum nicht?«

»Weil er Mama nicht so geliebt hat.«

»Warum nicht?«

»Weil er sich selbst mehr geliebt hat.«

»Warum?«

Sophie hatte ihr das Foto gegeben. »So sieht dein Papa aus.«

Der Albert auf dem Foto war der Mann, in den sich Sophie verliebt hatte: ein jungenhaftes Gesicht, aber gewiß kein Junge mehr; ein Körper, der Kraft ausstrahlte, ohne übertrieben muskulös zu sein; ein Blick, den man fröhlich nennen konnte, in dem aber auch etwas Boshaftes lag. Es war nicht schwer, sich vorzustellen, daß ein sechzehnjähriges Mädchen sofort spürte, daß dieser Mann es in unbekannte Gebiete führen konnte, daß er ihr Dinge zeigen und sie Dinge erleben lassen konnte, deren Existenz sie nur erahnte. Der Albert auf dem Foto war der Schrecken jeder Mutter, die ihre Tochter vor all dem Bösen behüten wollte, das in den späten sechziger Jahren für das Gute gehalten wurde.

Sophie betrachtete dieses Foto nicht mehr so oft, weil sie

gemerkt hatte, daß sie es immer noch gern betrachtete – trotz allem.

Wenn Lisa mit Susans Janis Vater und Mutter spielte und Janis sie fragte, wo ihr Vater sei, dann antwortete sie: »Den habe ich weggetan.«

»Warum?«

»Er war nicht lieb zu mir.«

Auf den Fotos der beiden spielenden Mädchen erkennt der Junge sofort ihre Haltung: schon damals war sie in der Lage, die Welt auszuschließen.

Als Lisa etwas älter war, schrieb sie Geschichten, die sie ihrer Mutter abends im Bett vorlas, als ob nicht sie, sondern Sophie beruhigt werden müßte, ehe sie sich dem Schlaf hingeben konnte – und vielleicht war das ja auch so.

Lisa schrieb: »In einem Land am anderen Ende der Welt wohnt eine Prinzessin in einem großen Palast. Die Prinzessin ist sehr schön. Sie hat goldenes Haar. Jeden Morgen, wenn die Prinzessin aufwacht, scheint die Sonne. Dann ist sie sehr glücklich. Aber das hält nie lange an, denn schon bald schieben sich Wolken vor die Sonne. Und wenn die Prinzessin durch den Palast läuft, ist da niemand, der mit ihr spielen will. Eines Tages sieht die Prinzessin im Garten des Palastes ein großes schwarzes Pferd. Wo kommst du her? fragt die Prinzessin. Aus den Wolken, sagt das Pferd. Spring nur auf meinen Rücken, dann zeige ich sie dir. Die Prinzessin hat zwar ein bißchen Angst, aber sie steigt trotzdem auf den Rücken des Pferdes. Da fliegt das Pferd zu den Wolken. In den Wolken ist es naß und kalt. Brrr, sagt die Prinzessin. Wie scheußlich muß es doch sein, hier zu wohnen. Genau, sagt das Pferd. Deshalb bin ich auch zu deinem Palast gekommen. Möchtest du bei mir wohnen? fragt die Prinzessin das Pferd. Gern, sagt das Pferd. Und sie lebten glücklich und zufrieden, bis an ihr Ende.«

Lisa schrieb: »Ein Vogel saß laut singend auf einem Zweig. Da kam eine Katze und fraß den Vogel auf. Da verwandelte sich die Katze in einen ganz unheimlichen Mann mit einem Buckel und Haaren, die ihm aus der Nase wuchsen und aus den Ohren und sogar aus dem Mund.«

Lisa schrieb: »Wenn ich fünf Brüder hätte und fünf Schwestern, dann wären wir eine Fußballmannschaft und würden den Europapokal gewinnen. Und ich würde in der letzten Minute einen *Elwer* halten, denn ich stünde im Tor.«

Lisa schrieb: »Meine Mama geht in die Stadt, in den Papaladen. Sie kommt mit einem ganz großen Paket mit einer Schleife nach Hause. In dem Paket ist ein neuer Papa. Ich finde ihn blöd. Ich sage: Du mußt ihn umtauschen.«

Lisa schrieb: »Wenn ein Mann keine Frau hat, die das Essen für ihn macht, dann stirbt er. Dumm, was?«

Lisa schrieb: »Meine Mutter ist lieb. Mein Opa ist tot. Und mein Vater ist spazierengegangen.«

Im letzten Brief, den Sophie ihrer Freundin Susan schrieb, einem Brief, den sie nie abgeschickt hat, sagte sie es so: »Ich weiß, daß Lisa eine Vaterfigur in ihrem Leben vermißt. Daß ich mir mehr Mühe geben müßte, einen zu finden – zu ihrem Besten, wenn nicht zu meinem. Aber die Dinge sind, wie sie sind, und wir können zwar versuchen, uns zu ändern, doch viel Aussicht auf Erfolg haben wir dabei nicht. Ich habe lange gedacht, daß unsere Freundschaft eine Freundschaft fürs Leben sei, aber Freundschaften fürs Leben scheinen mir genausowenig beschieden zu sein wie Lieben fürs Leben. Das einzige, was ich fürs Leben bin, ist Mutter. Und gerade darin bin ich nicht besonders gut.«

Talm betrachtet ein Foto von Mutter und Tochter. Sophie trägt ein schwarzes Kleid mit weißen Punkten, Lisa ein weißes Kleid mit schwarzen Punkten.

»Wie alt ist sie da?«

»Ungefähr acht.«

Der Junge denkt: So hat er sie also zum ersten Mal gesehen.

Li Sula

Er sitzt am selben Tisch wie am Tag zuvor und am Tag davor. Er liest dasselbe Buch. Oder zumindest ein Buch, das mit demselben Papier eingeschlagen ist. Er trinkt Milchkaffee und ißt einen Toast. Er ist der einzige Gast. Sophie beobachtet ihn, während sie Gläser und Tassen abtrocknet, den Tresen abwischt, sich einen Orangensaft einschenkt. Dunkles Haar, leicht gewellt, zu wenig, um von Locken sprechen zu können. An den Schläfen angegraut. Schöne gerade Nase. Keine besonderen Augen – grüngraubraun oder braungrüngrau oder so was. Ein wenig müde. Leichte Augenringe. Angenehmer Mund, sehr wichtig.

Intellektueller, denkt Sophie. Irgendwas an der Universität. Davon kommen viele hierher, Leute von der Universität. Nicht die Studenten, sondern die Mitarbeiter, Gott sei Dank. Sophie kann Studenten nicht ausstehen, ohne genau sagen zu können warum.

Sie bringt ihm noch einen Milchkaffee.

»Geht aufs Haus«, sagt sie.

»Oh, das ist nett.« Er hat ein freundliches Gesicht, und er ist nicht bemüht, noch freundlicher zu wirken, als er eigentlich ist – das ist auch wichtig.

»Schönes Buch?« fragt sie.

Er schaut auf das Buch, als müsse er es erst noch einmal richtig in sich aufnehmen, ehe er ihr nach bestem Wissen und Gewissen antworten kann.

»Schön ist nicht das richtige Wort«, sagt er dann.

Sophie fragt nicht weiter. Das schätzen viele Gäste an ihr:

daß sie einen nicht mit impertinenten Fragen belästigt, auch nicht, wenn man der einzige Gast ist. Sie will schon wieder an den Tresen zurückgehen, als der Mann plötzlich mit lauter Stimme zu deklamieren beginnt: »*Cúaille feda i feilm arguit*«, sagt er. »*Athaba i fothracht, fer mna druithe. Druthlach la féne foircthi, is fraoch for hualann limm Luigne.*«

Er spuckt ein bißchen dabei, aber er hat eine wunderbare, wohlklingende Stimme, findet Sophie. Vielleicht ist er Schauspieler.

»Meine Aussprache ist zweifellos katastrophal«, sagt er entschuldigend und legt das Buch auf den Tisch.

»Was für eine Sprache war das?«

»Ogam.«

»Ogam.«

»Oder nein, das sage ich verkehrt: Gaelic, aber aufgezeichnet in Ogam.«

»Aufgezeichnet in Ogam.«

»Ja. So um vierhundert nach Christus, in Irland. Ogam ist eine Schrift, eine Art Geheimschrift. Ich hatte auch noch nie davon gehört.«

»Oh, Gott sei Dank, ich fing schon an, mich sehr dumm zu fühlen.«

»Danke für den Kaffee.«

»Nichts zu danken. Aber was bedeutet das nun, was Sie da gerade gesagt haben?«

»*An alder stake in a pale of silver*«, liest der Mann. »*Deadly nightshade* … Es scheint eine Art kryptisch formulierte Botschaft zu sein, um einen Mann zu warnen, daß seine Frau ihn betrügt. *A husband of a lewd woman is a fool among the well-taught Fiann.*«

»Aha!« lacht Sophie.

»Genau«, sagt der Mann. »Untreue ist zeitlos.«

Eine Woche vergeht, bis sie ihn wiedersieht. Vielleicht ist er auch eher vorbeigekommen, an einem Tag, an dem sie nicht da war. Seit einem Jahr ist sie nun offiziell Geschäftsführerin, weil Dimitrios in sein Vaterland zurückging. Sie verdient jetzt doppelt soviel und hat neues Personal eingestellt, so daß sie selbst weniger zu arbeiten braucht. Sie hat sich ein altes Klavier gekauft. Drei Freunde von Dimitrios schleppten es für sie nach oben. Sie hatte Angst, daß alle drei dabei draufgehen würden. Aber sowohl das Klavier als auch die Männer überlebten den Umzug.

»Kannst du denn Klavier spielen?« fragte Lisa.

»Nein, aber ich werde es lernen.«

Sie nahmen zusammen Unterricht, sie kamen fast gleich schnell voran. Nur brauchte Lisa dafür kaum zu üben. Das Klavierspiel munterte Sophie auf. Sie hatte das Gefühl, etwas nachzuholen, etwas, wozu sie früher nie gekommen war. Es fiel ihr schwer, sich das einzugestehen, aber dadurch, daß sie so jung Mutter geworden war, hatte sie viel verpaßt. Und jetzt schien endlich die Zeit gekommen zu sein, etwas von diesem Versäumten wettzumachen. Wenn sie holpernd ihre Tonleitern übte, fühlte sie sich fünfzehn Jahre jünger. Manchmal sang sie sogar Liedchen mit selbstgedichteten Nonsenstexten dazu – aber nur, wenn Lisa nicht zu Hause war.

Er sitzt wieder am selben Tisch, doch diesmal ohne Buch. Er bestellt Milchkaffee und einen Toast, und Sophie fragt: »Wie geht es mit Ihrem Ogam voran? Ogam, so hieß es doch?«

»Ja, ogam. Gut, danke.«

Als sie mit dem Kaffee zurückkommt, sagt er: »Es ist eigentlich eine Notenschrift, dieses Ogam. Jedenfalls meint das der Autor des Buches.«

Und als sie seinen Toast bringt: »Verstehen Sie was von Musik? Spielen Sie ein Instrument?«

»Ein kleines bißchen. Klavier. Ich nehme seit ein paar Monaten Unterricht. Und in der Schule habe ich Blockflöte gelernt.«

»Es ist meine feste Überzeugung«, sagt der Mann plötzlich gewichtig, als spräche er vor einem vollen Saal und nicht in einem fast leeren Café, »daß der Mangel an wirklichem Interesse für Musik bei der heutigen Jugend auf den obligatorischen Blockflötenunterricht in den ersten Grundschuljahren zurückzuführen ist. Daß Sie trotz dieser zweifellos traumatischen Erfahrung in Ihrer frühen Jugend jetzt mit Klavierstunden angefangen haben, ehrt Sie.«

Sophie macht eine leichte Verbeugung.

Sie sagt: »Es schien mir vor allem gut für meine Tochter.«

Und er: »Und? Geht sie brav zum Unterricht, Ihre Tochter?«

»Wir gehen zusammen. Sie übt nicht einmal halb soviel wie ich, aber sie kommt mindestens genauso schnell voran.«

»Wie alt ist sie, wenn ich fragen darf?«

»Acht.«

»Tja, in diesem Alter macht das Lernen kaum Mühe. Da werden Sie sicher neidisch sein.«

»Ha!« lacht Sophie. »Das sehen Sie richtig.«

Beim Bezahlen duzen sie sich.

Lisa sagt: »Wie fröhlich du bist?«

Lisa sagt: »Hast du dir schon wieder ein neues Kleid gekauft?«

Lisa sagt: »Ich dachte, wir wollten dieses Wochenende in den Efteling gehen.«

»Das heben wir uns für nächste Woche auf«, sagt Sophie. »Der Efteling läuft uns nicht weg.«

»Du bist blöd!« sagt Lisa wütend.

»Wir gehen essen. Wir sind eingeladen, in ein sehr teures Restaurant. Das können wir doch nicht ausschlagen?«

»*Du* bist eingeladen.«

»Nein, Lisa. *Wir* sind eingeladen.«

»Er kennt mich doch gar nicht.«

»Nein, darum hat er dich ja auch eingeladen. Weil er dich kennenlernen will.«

Das war Sophie noch nie zuvor passiert: daß ein Mann sie bei der ersten Verabredung bat, Lisa mitzubringen.

Sie hatten sich vorsichtig abgetastet. Seine Bemerkung über Ehebruch bei ihrem ersten Gespräch war keine Doppeldeutigkeit gewesen, die auf seine eigene Situation verwies, wie sie anfangs routiniert angenommen hatte. Er war nicht verheiratet – *no strings attached*, mit seinen Worten. Er unterrichtete tatsächlich an der Universität: Englische Sprache und Literatur. Er hieß Sebastiaan. »Sebastian«, sagte Sophie auf englisch. »*How very British.*«

An dem Tag, an dem er sie zum Essen eingeladen hatte, war er sichtlich nervös gewesen. Er hatte die Hälfte seines Toasts stehenlassen und drei Tassen Kaffee getrunken, den dritten schwarz. Dann hatte er sie endlich gefragt. »Ich würde«, sagte er. »Ich meine, wenn du Lust hast ... Naja, ich wollte mit dir und deiner Tochter eigentlich essen gehen. Irgendwann einmal. Zum Beispiel Sonnabend. Oder ein andermal.«

»Mit mir und meiner Tochter?«

»Ja. Ja. Es sei denn, du denkst, daß sie da absolut keinen Wert drauf legt, natürlich. Oder vielleicht ist es dir ja selbst unangenehm. Ich meine ... Ich dachte. Ich fänd es schön zu dritt. Du hast schon so oft von ihr erzählt. Und sonst mußt du natürlich einen Babysitter organisieren ... oder so.«

Unbeholfen. Rührend.

»Wie lieb von dir«, hatte sie gesagt. »Daß du an sie denkst.«

Lisa sagt: »Was soll ich sagen?«

Lisa sagt: »Ich verstehe sowieso nicht, worüber ihr redet.«

Lisa sagt: »Was soll ich anziehen?«

Lisa sagt: »Ich kleckere bestimmt mit der Suppe.«

Sie verpassen die Straßenbahn. Sie kommen eine Viertelstunde zu spät. Sie sind beide stumm vor Nervosität. Mutter und Tochter.

Sophie denkt: Vielleicht mache ich es ja gar nicht so schlecht.

Er sitzt an einem quadratischen Tisch, der für drei gedeckt ist, eine Kerze in der Mitte, das Kerzenlicht spiegelt sich in den Gläsern. Er steht auf, um sie zu begrüßen, ihnen die Mäntel abzunehmen.

»Entschuldige die Verspätung.«

»Ihr seid da. Das ist die Hauptsache.«

Er ist freundlich zu Lisa, aber läßt ihr den Freiraum, verlegen zu sein. Er fragt nach der Fahrt, und ob sie etwas trinken wollen. Er hilft ihnen über die ersten Minuten hinweg. Nie zuvor hat Sophie einen Mann kennengelernt, bei dem gute Manieren so selbstverständlich waren. Sie hat ihn nie gefragt, wie alt er ist, aber auf einmal kommt es ihr vor, als ob er aus einem früheren Jahrhundert stamme, einem Jahrhundert, in dem der andere und nicht das Ich im Vordergrund gestanden hat. Sie wundert sich, daß diese Feststellung sie nicht abschreckt, ja daß sie ihr gar ein Gefühl der Beruhigung gibt. (Wenn Sophie auch denkt, daß es ein solches Jahrhundert nie gegeben hat.) Sie sagt zu Lisa: »Sebastiaan liest Bücher über eine Geheimsprache aus Irland. Eine Sprache, die schon über tausend Jahre alt ist.«

Sebastiaan sagt: »In dieser Sprache gibt es ein Wort, *li sula*, das bedeutet: *delight of eye*, ›Entzücken des Auges‹.«

»Entzücken?« sagt Lisa.

»Daß man von etwas sehr froh wird«, sagt Sophie.

»*Li sula*«, sagt Sebastiaan.

»Aber wenn es eine Geheimsprache ist«, fragt Lisa, »woher weißt du dann, was es bedeutet?«

So reden sie und lachen sie, und sie essen, und sie trinken, und Sebastiaan sagt: »*Amram blais, most wonderful of taste.*«

Und Sophie denkt: Ich binde eine Schleife um diesen Mann und nehme ihn mit nach Hause.

Beim Dessert erzählt Sebastiaan eine Geschichte über Kinder in Afrika, die aus leeren Coladosen Spielzeugautos basteln. »Und dann lassen sie Pepsi gegen Coca Cola fahren. Und immer gewinnt Coca Cola.« Er sagt: »Ich kannte in Afrika ein Mädchen, das den ganzen Tag auf den Händen lief. Ich fragte sie: Warum tust du das? Sie sagte: Wenn du auf den Händen läufst, dann laufen deine Füße in den Himmel.«

»Ich kann auch auf den Händen laufen«, sagt Lisa. »Und Mama auch. Aber wenn Mama auf den Händen läuft, hängen ihre Brüste verkehrt rum.«

Sophie verschluckt sich an ihrem Tiramisu, und Sebastiaan legt den Kopf in den Nacken und lacht so laut, daß alle im Restaurant in ihre Richtung schauen.

»Ja, das ist doch so, Mama?« sagt Lisa. Und als Sebastiaan aufgehört hat zu lachen: »Das sagt sie selbst.«

Sophie denkt: Sie hat all ihre Zurückhaltung aufgegeben, das hat sie noch nie bei einem Mann getan. Sie sieht Sebastiaan an, der immer noch lachend von ihr zu Lisa schaut und zurück, und sie wird von einem Gefühl durchströmt, das sie kaum zu benennen wagt, aus Angst vor dem, was folgen würde: das Gefühl, das Besitz von ihr ergreift, ist Dankbarkeit.

Mein Gott, denkt Sophie, ist das pathetisch. Wie tief kann man sinken?

Und doch gibt sie sich dem hin. Wegen des Neuen. Wegen der Sicherheit oder des Gefühls von Sicherheit, das mit Dankbarkeit verknüpft ist, so wie Sünde verknüpft ist mit Schuld, Verliebtheit mit Angst.

»Hat es dir gefallen?« fragt sie Lisa, als sie zu Hause sind.

»Ja«, sagt Lisa.

»Fandest du ihn nett?«

»Ja.«

»Darf er mal zu uns zum Essen kommen?«

»Ja.«

Sobald Lisa schläft, wählt Sophie seine Nummer. »Ich wollte dir nur noch schnell sagen, wie sehr es uns gefallen hat.«

Er klingt aufrichtig erfreut.

Zwei Stunden später legt sie auf. Ihr Ohr glüht. Sie hat drei neue Ogam-Wendungen gelernt: *tinnem ruccae* – ›das tiefste Erröten‹; *lí crotha* – ›Schönheit der Form‹; *tosach fregra* – ›der Beginn einer Antwort‹. Es ist fast Mitternacht. Sie schließt die Augen. »Sebastiaan«, sagt sie leise vor sich hin. »Sebastiaan ... Bastiaan ... Bas ... Hmm. Denkbar wär's.«

Club Rosa

Er besuchte sie nie in der eigenen Stadt, bestellte sie nie zu sich nach Hause an die Gracht. An trüben Wochentagen, wenn er nachmittags früh genug fertig war in der Universität, stieg er in sein Auto und fuhr in eine x-beliebige Provinzstadt am anderen Ende des Landes. Dann buchte er unter falschem Namen ein Hotelzimmer, kaufte sich eine Lokalzeitung und suchte eine Annonce, die ihn ansprach. Manchmal war es der exotische Name, der ihn sich für eine bestimmte Annonce entscheiden ließ, oft war es das suggerierte Alter. Am liebsten hatte er junge Mädchen oder ältere Frauen; mit Frauen seines Alters fühlte er sich nicht wohl.

Einmal bediente er sich über einen längeren Zeitraum desselben Mädchens, aber nie benutzte er zweimal dasselbe Hotel.

Er besuchte auch Clubs, am liebsten die in umgebauten Bauernhöfen im Grenzgebiet – ein Phänomen, das in jenen Jahren stark im Kommen war. Er liebte die Trostlosigkeit dieser Orte: die Nähe der Landstraße, eines schnurgeraden Asphaltstreifens mit Pappeln am Rand, wo als Folge leichtsinnigen Fahrverhaltens jedes Jahr wieder Tote zu beklagen waren; die kitschigen, schlecht beleuchteten Interieurs; die Gespräche an der Bar, mit gedämpften Stimmen, ritueller Austausch halber Wahrheiten und ganzer Lügen.

»Wo kommst du her?«

»Aus Rio de Janeiro.« – »Aus Manila.« – »Aus Paris.«

»Wie heißt du?«

»Esmeralda.« – »Candy.« – »Desirée.« Nie kamen die

Frauen aus unbedeutenden Nestern, wo Armut und Aussichtslosigkeit herrschten. Nie hießen sie Martha, Nguh oder Els.

Eines Tages entdeckte er in einem Club, der Rosa hieß, ein Mädchen, das Elisa genannt wurde. Sie saß an der Bar und hörte einem Mann zu, der ihr im Flüsterton eine lange und offenbar nicht sehr spannende Geschichte erzählte – er sah, wie ihr Blick immer wieder abschweifte zu einer kleinen Figur, einer Meerjungfrau, umringt von steinernen Fischen, die Wasserstrahlen über ihren Fischschwanz spuckten. Er schätzte das Mädchen nicht älter als sechzehn, aber wenn sie dreizehn oder vierzehn gewesen wäre, hätte ihn das auch nicht gewundert. Er war ganz in ihrem Bann. Ihr junger, noch nicht ausgewachsener Körper, ihr Mädchengesicht, ihre Kinderaugen – das Versprechen, das darin beschlossen lag. Mit jeder Bewegung, die sie machte, wuchs seine Faszination, seine Erregung. Ihre bleiche, schmale Hand, mit der sie sich eine Haarsträhne hinters Ohr steckte. Der Fuß in dem schwarzen Strumpf, in dem schwarzen Schuh, mit dem sie an das Bein ihres Barhockers tippte. Der leichte Ruck, mit dem sie das Gesicht von dem Mann abwandte. Er wollte zu ihr gehen, sie in die Arme nehmen, sie aus den Klauen dieses selbstgefälligen Fieslings retten!

Er suchte sich einen Platz, von dem aus er das Mädchen im Auge behalten konnte, ohne daß es allzusehr auffiel. Als eine strohblonde Frau mit imposanten Mutterbrüsten ihn fragte, ob er etwas trinken wolle, bestellte er ganz gegen seine Gewohnheit einen doppelten Whisky. Er traute sich selbst nicht, wenn er getrunken hatte, und außerdem hegte er die Illusion, daß er sich auch in solchen Situationen, bei solchen Gelegenheiten völlig unter Kontrolle hatte. Doch jetzt hatte er auf einmal ein unheimliches Bedürfnis nach Betäubung. Als die Frau ihm den Whisky brachte und fragte, ob sie ihm vielleicht sonst noch zu Diensten sein könne, antwortete er, er wisse noch nicht genau, was er heute wolle. Er hoffte inständig, daß sie nicht weiter insi-

stieren würde, denn in solchen Situationen ging er letztendlich immer mit hinauf, selbst wenn er die Frau noch
so abstoßend fand. (Woraufhin er voller Widerwillen und
Selbsthaß tat, was von ihm erwartet wurde – wenn etwas bewies, wie gekettet er immer noch war, dann war es die Unveränderlichkeit dieses traurigen Musters.) Aber die Frau in-
sistierte nicht.

Er wartete eine halbe Stunde und noch etwas länger, aber
als der Mann neben dem Mädchen nicht wegging und seine
Geschichte sich offenbar immer weiter hinzog, ohne daß
sich an der Situation irgend etwas änderte, da dachte er auf
einmal: Sie arbeitet gar nicht hier! Die Frau, die sie Elisa
nannte, ist ihre Mutter! Dieser Kerl ist ihr Vater! Und er war
so verblüfft und beschämt, weil er diese naheliegende Möglichkeit übersehen hatte, daß er schnell bezahlte und ging,
ohne getan zu haben, wofür er gekommen war – was ihm
noch nie zuvor passiert war.

Auf der Landstraße machte er das Autoradio an und
stellte es so laut, wie seine Ohren es ertragen konnten.

So erklärte sich Sebastiaan später selbst seine Liebe zu Sophie: bei ihr war er endlich zu Hause angekommen.

Seit dem Tag, an dem er das Dorf verlassen hatte, in dem
er aufgewachsen war, war er ein Reisender gewesen. Er hatte
in sieben Städten und drei Ländern studiert. Er war mit dem
Schiff nach Afrika gefahren. Irgendwo im tiefsten Nigeria,
in den Armen einer Hure, die Mother of Pearl genannt
wurde, hatte er sich eingeredet, daß er endlich frei wäre, daß
er auch die letzten Ketten seiner Jugend abgelegt hätte. Aber
wieder im eigenen Land, in der Stadt, in der er Sophie finden würde und in der er sterben sollte, hatte sich dieser Gedanke als Illusion erwiesen: die Verbote und Tabus von damals hatten sich in neue Ketten verwandelt, die Ketten einer
Sucht.

Er hatte ein neues Leben angefangen, hatte eine feste
Stelle an der Universität bekommen, eine kleine, aber stim-

mungsvolle Etagenwohnung an einer Gracht gefunden. Nach und nach wuchs er in die Rolle des Dozenten hinein. Sie war ihm zunächst erschreckend fremd gewesen, aber allmählich reifte in ihm das Gefühl, dafür geboren zu sein. Sebastiaan, der immer etwas ängstliche, weltfremde Sohn eines tiefgläubigen Krämerehepaars, war ein gut angepaßter Kleinbürger geworden, auf den seine Eltern stolz sein konnten. Und obwohl die Zeit nicht danach war, daß ihm diese Rolle viel Status gebracht hätte, fühlte er sich doch gut dabei. Gut genug, um bei seiner Umgebung den Eindruck zu erwecken, ein zufriedener und ausgeglichener Mensch zu sein.

Seine Abhängigkeit trug er als dunkles Geheimnis mit sich herum, eine Krankheit der Seele, über die nicht gesprochen wurde – auch nicht in einer Zeit, in der man über alles reden konnte, oder vielleicht ja: gerade nicht in dieser Zeit.

Elisa! *Fire of my loins!*

In Afrika hatte er mit Mädchen geschlafen, die zweifellos noch jünger gewesen waren als sie. Er hatte sich deshalb zwar schuldig gefühlt, aber nicht sehr und nicht lange. In Afrika passierten solche Dinge nun einmal. Was er ahnte, sich aber nicht einzugestehen wagte, war, daß der wirkliche Grund für seine Gleichgültigkeit ihre Hautfarbe war: nicht ›in Afrika‹, sondern ›mit schwarzen Mädchen‹ passierten solche Dinge nun einmal. Die jüngsten weißen Mädchen, mit denen er je geschlafen hatte, waren immer um die Zwanzig gewesen. (Wenn sie laut Annonce achtzehn waren, konnte man darauf wetten, daß ihr wirkliches Alter um die Fünfundzwanzig lag.) Verglichen mit ihnen war Elisa ein Kind. Sie war wie die Mädchen aus seinem Dorf, die er hinter Hecken und Sträuchern heimlich beobachtet hatte, über die er phantasiert hatte, wenn er auf dem Bauch im hohen Gras lag oder auf der harten Matratze seines Betts. Elisa war die verbotene Frucht.

Mit seinen besten Studenten las er in jenen Tagen Shakespeares *The Rape of Lucrece*. Die Worte des Dichters waren wie eine persönliche Beschwörung:

Fair torch, burn out thy light, and lend it not
To darken her whose light exelleth thine;
And die, unhallow'd thoughts, before you blot
With your uncleanness that which is divine

Aber eines Nachmittags fuhr er doch wieder in den Süden, zum Club Rosa. Da er Elisa dort nicht antraf, war er ebenso enttäuscht wie erleichtert.

»Bei Shakespeare«, legte er seinen Studenten dar, »sterben nicht nur die Bösen, sondern auch die Guten. Gegen das Böse ist einfach kein Kraut gewachsen. *As corn o'ergrown by weeds, so heedful fear is choked by unresisted lust.*«

Er sagte: »Vielleicht ist es das, was wir von Kunst verlangen, daß sie dem Bösen Gestalt verleiht, ihm ein Gesicht gibt. So werden wir in die Lage versetzt, uns selbst zu betrachten, ohne daß wir dafür zum Psychiater müssen – oder zum Pfarrer oder Priester.«

Er sagte: »So wie Shakespeare Lucretia sagen läßt: Der Mensch sieht seine eigenen Fehler nicht, aber stell dir deine Schwächen bei einem anderen vor, und sofort wird dir deren wahre Art offenbart. *This guilt would seem death-worthy in thy brother.*«

Was er nicht sagte, war, daß er aus diesem Grund ein tiefes Mißtrauen gegen die Verbreiter der sexuellen Revolution hegte, die in diesem Moment ihre große Stunde erlebten. Er war davon überzeugt, daß ihnen ihre liberalen Auffassungen von Moral hauptsächlich von Narzißmus und einer schamlosen Orientierung auf den eigenen Genuß eingegeben wurden. Sobald sie gezwungen wären, andere wirklich in ihre Überlegungen einzubeziehen, würden sie ihre Meinung schon noch ändern – und dieser Moment würde zweifellos kommen, wenn jemand, der ihnen lieb und teuer war, sich das erlauben würde, was sie sich selbst so unbesonnen zugestanden. Er hielt nicht viel von der Popmusikkultur seiner Zeit, fand aber nichtsdestotrotz, daß ein Satz aus einem Lied von Janis Joplin, das er einmal im Radio gehört hatte, viel Wahres enthielt: *Freedom is just another word for nothing left to lose.*

Aber all diese und ähnliche Gedanken behielt er für sich. Es war schon schwierig genug, auf den Wellen der Veränderungen, die die akademische Welt durchspülten, an seinem eigenen Kurs festzuhalten. Er mußte es sich nicht noch schwerer machen, indem er sich öffentlich dem Zeitgeist widersetzte. Wenn das, was er über Shakespeare zu sagen hatte, bei dem einen oder anderen Studenten einen kritischen Gedanken über die Zeit, in der sie lebten, auslöste, war er schon mehr als zufrieden. Er war sich sicher, daß seine Überzeugungskraft nicht einem Streben entsprang, die Studenten dazu zu bringen, seine Standpunkte zu übernehmen, sondern der Tatsache, daß er, wenn er unterrichtete, vornehmlich zu sich selbst sprach. Daß er in einer aktuellen Studentenumfrage in die Top-10 der beliebtesten Dozenten vorgedrungen war, bereitete ihm vor allem deshalb so viel Genugtuung, weil er der einzige auf der Liste war, der weder lange Haare hatte noch Sandalen trug noch sich zum Marxismus bekannt hatte.

Der Kampf, der in ihm wütete, dachte Sebastiaan an seinen guten Tagen, mache ihn nicht schwach, sondern stark.

An schlechten Tagen dachte er: *O! how are they wrapp'd with infamies, that from their own misdeeds askance their eyes.*

Als er das nächste Mal in den Club Rosa kam, war Elisa auch da. Sie saß an der Bar. Allein.

Er fragte: »Hast du etwas dagegen, wenn ich mich zu dir setze?«

»Nein.«

»Wie heißt du?«

»Elisa.«

»Johan.«

Das Mädchen sagte: »Du riechst nach Regen.«

Und er: »Es regnet.«

Und sie: »Das ist der Nachteil dieser Arbeit: daß man nie weiß, was für Wetter draußen ist. Außer wenn es richtig stürmt.«

Sehr lange hat er geglaubt, daß es in dem Dorf, wo er geboren war, kein anderes Übel gab als das Übel in seinem Kopf. Bis eines Tages bekannt wurde, daß die älteste Tochter des Schuldirektors ein Kind erwartete. Sie wollte nicht sagen von wem. Danach kursierten im Dorf die wildesten Gerüchte, wer der Erzeuger sein könnte – sogar seine Eltern hörte er einmal darüber spekulieren, wenn auch im Flüsterton. Das Getratsche fand erst ein Ende, als der Schuldirektor sich vor den Zug geworfen hatte. Diese Tat brachte alle zum Verstummen. Alle, außer Johan Timmer, Sohn eines Chirurgen, der drei Jahre zuvor aus dem Westen in ihr Dorf gekommen war. Johan Timmer sagte, mir nichts, dir nichts, laut in der Klasse: »Bloß gut, daß er tot ist, der Dreckskerl. Mit seiner eigenen Tochter, könnt ihr euch das vorstellen?!«

Johan Timmer wurde für drei Wochen vom Unterricht suspendiert. Daran konnte auch sein Vater nichts ändern.

Das Zimmer, in dem Elisa sich vor ihm auszog, war so übermäßig dekoriert, daß die Nacktheit ihres Körpers etwas Armseliges bekam, etwas Ausgebeintes. Er sagte: »Ich möchte, daß du etwas anbehältst, dein Hemd, deine Strümpfe.«

»Wie du willst«, sagte sie. »Aber ansonsten erfülle ich keine Extrawünsche.«

»Das ist auch nicht nötig«, sagte er.

Er sah ihr zu, wie sie auf der Bettkante saß und ihre schwarzen Nylonstrümpfe wieder anzog. Auf dem linken Schienbein hatte sie einen blauen Fleck – das fand er anrührend. Das Hemd aus schwarzer Seide reichte ihr bis kurz über den Nabel. Wie sie da saß, mit dem nackten Hintern auf der dunkelroten Bettwäsche, glich sie einem Kind, das im Schlafzimmer seiner Eltern ungezogene Spiele spielt. Zum ersten Mal seit Jahren genierte er sich, als er sich auszog, und er war erleichtert, daß er noch keine Erektion hatte, als er sich zu ihr aufs Bett legte.

»Du hast dich noch nicht gewaschen«, sagte sie, während sie routiniert ein Kondom aus der Verpackung riß.

»Vielleicht ist das auch nicht nötig.«

»Das ist immer nötig. Hausordnung.«

»Ich meine: vielleicht will ich ja gar nicht mit dir ...«

»Das werden wir sehen.«

Also wusch er sich und legte sich wieder neben sie auf die rote Bettwäsche. Und sie streifte mit geübten Fingern das Kondom über sein schlaffes Glied und sagte dann: »So. Worüber wolltest du reden?«

Er war sich sicher, daß er der einzige im Dorf war, der von der tragischen Geschichte des Schuldirektors und seiner glücklosen Tochter ein gutes Gefühl zurückbehielt. Er dachte sogar ernsthaft daran, dem Mädchen einen Heiratsantrag zu machen, auch wenn er erst vierzehn war und sie schon siebzehn. In ihrer Lage, dachte er, konnte sie es sich nicht erlauben, wählerisch zu sein, und außerdem: sie würde eine Tat, aus der so viel Nächstenliebe sprach, zweifellos zu schätzen wissen.

Doch ehe es dazu kam, erreichte ihn die Nachricht, daß die Familie des Schuldirektors, die inzwischen eine Familie ohne Schuldirektor war, unbekannt verzogen sei.

»Das scheint mir für alle das beste«, sagte seine Mutter.

»Überhaupt nicht!« sagte er.

Sein Vater schickte ihn ohne Essen ins Bett.

Er sagte: »Würde es dir etwas ausmachen, dich in den Sessel da zu setzen?«

»Ich habe dir doch gesagt, daß ich keine Extrawünsche erfülle.«

»Du brauchst nichts zu tun, nur dazusitzen.«

Sie stieß einen tiefen Seufzer aus, tat dann, was er von ihr verlangte.

»So gut?«

»Danke.«

Er sagte: »Ich habe dich hier vor drei Wochen auch schon gesehen.«

Sie zuckte gelangweilt mit den Schultern.

»Du hast an der Bar gesessen und dich mit einem Mann in einer schwarzen Lederjacke unterhalten. Er trug eine Kordhose und braune Cowboystiefel. Eine etwas merkwürdige Kombination.«

»Achtest du immer so auf andere Kunden?« fragte sie.

Er war sich der demütigenden Lage, in der er sich befand, voll bewußt, seiner Nacktheit, des lachhaften fleischfarbenen Gummis um sein Glied. (Das männliche Geschlechtsteil, so hatte er bereits im Umkleideraum der Turnhalle seines Gymnasiums festgestellt, war ein lächerliches und vor allem auch unästhetisches Ding. Das seine bildete da keine Ausnahme.)

Er sagte: »Ich dachte damals, daß du nicht hier arbeitest. Daß dieser Mann ...« Gerade noch rechtzeitig wurde ihm bewußt, daß das eine sehr herabwürdigende Bemerkung wäre.

Das Mädchen fragte: »Wo kommst du her?«

Er nannte den Namen des Dorfes, und das Mädchen sagte: »Nie gehört.«

»Und du?«

Aber darauf antwortete sie nicht.

Es war warm im Zimmer. Er wollte die Augen schließen. Er sagte: »Leg dich nur wieder her, wenn du willst.«

Sie legte sich neben ihn, und er spürte die kühle, glatte Haut ihres Oberarms an seinem Oberarm, ihres Schenkels an seinem Schenkel, und er drehte sich zu ihr um, berührte ihre Brust, streichelte vorsichtig die Brustwarzen, und er dachte an die Worte Shakespeares, *a pair of maiden worlds unconquered*, und er wußte, daß diese Worte auf sie nicht zutrafen, auf dieses Kind, das sein Geld verdiente, indem es seinen Körper traurigen Männern wie ihm zur Verfügung stellte. Und so wie Lucretias unverdorbene Schönheit ihren Vergewaltiger zur Raserei brachte, so fühlte auch er eine heftige Wut in sich entflammen, nicht wegen ihrer Unverdorbenheit, sondern wegen der Schamlosigkeit, der Gleichgültigkeit, ihrer schwarzen Strümpfe, der schwarzen Seide ihres Hemdchens, der Routiniertheit ihres Körpers.

Er nahm sie mit rohen, derben Bewegungen. Als sie protestierte, legte er ihr die Hand auf den Mund und drückte ihr Gesicht zur Seite auf das Kissen, damit er ihre Augen nicht zu sehen brauchte.

Am Tag, nachdem er mit Sophie und Lisa essen gegangen war, hatte Sebastiaan ein Hotel in Groningen-Stadt gebucht. Als er sich an der Rezeption meldete, stellte sich heraus, daß sein Zimmer eine halbe Stunde zuvor versehentlich an ein deutsches Ehepaar vergeben worden war. Und da auch alle anderen regulären Zimmer belegt waren, blieb dem nervösen und übertrieben höflichen Empfangschef nichts anderes übrig, als ihm die Hochzeitssuite anzubieten.

Sebastiaan nahm das Angebot mit einem vergnügten »Ich werde mich damit behelfen müssen« an.

»Es tut mir wirklich leid«, sagte der Empfangschef, völlig außer Fassung.

Die Suite war bestimmt dreimal so groß wie die Zimmer, in denen er für gewöhnlich wohnte. Ein riesiges Himmelbett dominierte den Raum, die Vorhänge waren aus tiefrotem Velours, der Fußbodenbelag zartrosa, die Bettwäsche cremefarben.

»Was für ein tolles Ambiente für die bezahlte Liebe«, sagte er laut zu sich selbst. Aber als er seinen Mantel und seine Schuhe ausgezogen hatte, sich rücklings auf das weiche Bettzeug fallen ließ und die Malereien betrachtete, auf die Dutzende, Hunderte, vielleicht gar Tausende Bräute geschaut haben mußten in dem Moment, da sie von ihrem frischgebackenen Ehemann geliebt wurden, da dachte er: Wären das nicht der ideale Moment und der ideale Ort, um aufzuhören?

Cold turkey in einem Himmelbett!

Er wurde mit einem Schlag fröhlich von dem Gedanken. Und um seinen Entschluß zu bekräftigen, nannte er die beiden Engel, die über seinem Kopf durch die Wolken schwebten, Lisa und Sophie. Er sagte zu ihnen: »Schöne Sophie, liebe kleine Lisa, bei eurer Schönheit und bei allem, was uns zusammen noch bevorsteht, schwöre ich hiermit feierlich meiner alten, traurigen Gewohnheit ab. So wahr mir Gott helfe!«

Am nächsten Morgen kehrte er vergnügt nach Hause zurück.

Zwei Geschichten

»König Lear?«

»König Johann.« Mit tiefer Stimme hebt sie an: »*I do not ask you much: I beg cold comfort; and you are so strait and so ungrateful to deny me that.* So was. Er war verrückt nach solchen düsteren Texten. Je düsterer, desto besser.«

»Auch das hat sich nie geändert.«

»Hier gibt er eine kleine Vorstellung zu Lisas zwölftem Geburtstag. Damals fand sie das noch toll.«

»Das hat sich gegeben?«

»Das hat sich gegeben. Natürlich hat sich das gegeben.« Zwei Seiten. Acht Fotos. Er hatte ein ausdrucksstarkes Gesicht, wenn er schauspielerte. Viel ausdrucksstärker als sonst.

»Er hätte Schauspieler werden sollen«, sagt der Junge.

»Das habe ich ihm auch oft gesagt. Aber er meinte, daß er für das bürgerliche Leben geboren sei und nicht für die Künste. Ich weiß nicht, was das mit ihm war ...«

Sie schlägt die Seite um. Fotos von einer Party. Leute, die er nicht kennt. Ganz flüchtig Lisa. Die Lisa, die er nicht kennt. Er will über etwas anderes reden. Er sagt: »Diese Reise, die er gemacht hat, als er Lisa suchte ...«

Sie schaut ihn fragend an. »Reise?«

»Ja, er hat mir erzählt, daß er sie gesucht hat. Ganz Europa durchquert hat, bis er kein Geld mehr hatte.«

»Das ist ja ein starkes Stück«, sagt sie. »Wann soll denn das gewesen sein?«

»Kurz nachdem sie verschwunden war, nehme ich an.«

»Da war er hier. Das heißt: im Haus von Freunden. Die wohnen ziemlich abgelegen, in einer waldreichen Gegend. Das brauchte er, um nicht verrückt zu werden. Damals ist er ganz bestimmt nicht auf Reisen gewesen.«

»Er sagte, daß er in Lissabon gewesen sei. In Ungarn und Irland.«

»In Irland?«

»Ja, in einem kleinen Ort ... Es war etwas aus einem Lied ... Ogam, kann das sein?«

»Omagh.«

»Ja, Omagh.«

Sophie blättert weiter in dem Fotoalbum. Noch mehr Fotos von Partys. Noch mehr Fotos von Sebastiaan, von Lisa, ein Foto von Sophie im Bikini am Strand.

»Jaja«, seufzt sie. »Das war einmal ...«

Du warst eine schöne Frau, denkt er, aber noch rechtzeitig wird ihm bewußt, daß das sowohl ein Kompliment als eine Beleidigung ist. Er will sagen: Du bist immer noch eine schöne Frau. Aber auch das sagt er nicht. Er hat Angst, daß es hohl und leer klingen könnte. Findet er sie immer noch schön? Oder liegt das nur an der Ähnlichkeit mit ihrer Tochter?

Er sagt: »Vielleicht habe ich ihn falsch verstanden. Vielleicht hat er diese Reise ja viel später gemacht.«

»Ja, vielleicht«, sagt sie.

»Oder vielleicht hat er sich das alles auch nur ausgedacht.«

»Oder fast alles.«

»Ja, oder fast alles.«

»So war er.«

»Ja, so war er.«

Da stand er nun, im gemütlich umgebauten Schiffsraum eines Bootes, das nach einem nordafrikanischen Beduinen mit Größenwahn benannt worden war. Er bewegte sich nicht, er sagte nichts, er starrte auf ein Foto an der Wand, ein Foto von zwei Menschen, Mann und Frau, glücklich miteinander, jedenfalls in diesem einen Moment, den der Fotograf festgehalten hatte. Er mußte dem Jungen eine Antwort geben.

Mußte er dem Jungen eine Antwort geben?

Er konnte tun und lassen, was er wollte.

Er war ein freier Mann.

Er war ein Geketteter.

Darüber zu reden, kann befreiend wirken. Es war Sophie, die er da hörte. Sophie fand, daß man über alles reden müsse. Aber Sophie wußte natürlich nicht alles. Wenn sie alles gewußt hätte, hätte sie dann auch noch über alles reden wollen?

Er mußte etwas sagen.

Er mußte überhaupt nichts.

Woran sah man, daß Menschen miteinander glücklich sind? Der Mann und die Frau auf dem Foto blickten beide in die Kamera, sie schauten sich nicht an. Und doch, man sah es sofort. Sie standen eng aneinandergeschmiegt. Er hatte einen Arm um sie gelegt – aber das hieß noch gar nichts.

Der Junge sagte: »Sie hat es mir hier erzählt, an diesem Ort. Es erschien mir passend, daß du mir hier nun auch deine Version der Geschichte erzählst.«

Seine Stimme war leiser als zuvor. Man hörte ihm an, daß er sich bemühte, seine Unsicherheit zu verbergen. Oder seine Wut.

Nein, Sebastiaan war nicht erstaunt darüber, daß Talm es die ganze Zeit gewußt hatte, auch wenn er natürlich gehofft hatte, daß es nicht so wäre. Dafür, daß der Junge ihm nicht gesagt hatte, weshalb er gekommen war, konnte es zwei Erklärungen geben: daß er es wußte und sich deshalb vor der Konfrontation fürchtete; oder daß er es nicht wußte und es also nicht so eilig hatte, ihn auszufragen. Es war ihm auch völlig egal, ob der Junge es wußte oder nicht. Wenngleich er zugeben mußte, daß das nicht erklärte, warum er schließlich selbst von Lisa angefangen hatte …

Er mußte etwas sagen.

Er hatte keine Lust, etwas zu sagen.

Es spielte keine Rolle, ob er etwas sagte oder nicht.

Er konnte also genausogut etwas sagen.

Er sagte: »Es war nicht schwierig. Es wurde erst schwierig, als es nicht mehr ging.«

Der Junge schwieg.

Er sagte: »Jetzt brauche ich doch einen Schnaps.«

Er hörte, wie hinter ihm eine neue Flasche geöffnet, ein Glas eingeschenkt wurde. Er setzte sich.

Lisa! Er hatte sie sich fast aus dem Kopf und dem Herzen getrunken, und jetzt kam auf einmal dieser Junge und hauchte ihr wieder neues Leben ein. Hörte das denn nie auf?

Er sagte: »Es gibt keine andere Version dieser Geschichte. Ihre Geschichte und meine Geschichte sind identisch. Entscheidend ist doch nur eins bei der ganzen Sache, und da gibt es keine Mißverständnisse. Ich werde nicht leugnen, daß das, was sie dir erzählt hat, auch wirklich passiert ist.«

Der Junge reichte ihm das Glas. Sebastiaan nahm es und wollte es schon an die Lippen setzen, als er sich besann.

Er sagte: »Guilty as charged. *The rough beast that knows no gentle rights, nor aught obeys but his foul appetite* – das bin ich.« Er stellte das Glas weg.

Es hat einen Moment gegeben, in dem er noch zurückgekonnt hätte. Lisa lag auf dem Bauch im Bett, in einer Herrenschlafanzugjacke und einem Slip – ihre Kleidung für die Nacht. Er saß auf ihr, halb auf den Knien, halb auf ihrem Hintern. Er massierte ihr den Nacken, die Schultern, den Rücken. Seine Finger kneteten ihre Muskeln, glitten an den Wirbeln entlang, spielten mit einer Locke ihres Haars.

»Sebastiaan, was machst du?« Halb lachend.

Dabei hätte es bleiben können: eine Ahnung, so flüchtig wie der Schatten einer Möwe über dem Strand.

Aber es blieb nicht dabei.

Seine Hände ließen sich nicht zurückrufen, seine Hände wollten mehr. Sie wollten die Haut unter dem Stoff. Sie wollten die sanften Rundungen der Pobacken, die Empfindlichkeit von Rippen und Bauch. Sein Mund wollte die kleine Vertiefung in ihrem Nacken, die Stelle hinter dem Ohr, sein Mund wollte ihre Augenlider, ihre Wangen, ihre Lippen, ihren Mund.

»Sebastiaan?!«

»Still, still.« Er drehte sie auf den Rücken. Legte seinen Finger auf ihre Lippen. »Psst.« Seine Fingerspitzen streichelten ihre Stirn, glitten über ihren Nasenrücken zu dem kleinen, vollendeten Rechteck.

»Schließ die Augen. Vertrau mir.«

Sie schloß die Augen.

Seine Finger glitten nach unten, an ihren Lippen entlang, ihrem Kinn, ihrem Hals, der Vertiefung über dem Brustbein. Er knöpfte ihre Schlafanzugjacke auf.

»Psst! Still, still, vertrau mir.«

Er legte seine Hände auf ihre Brüste. Dann gab es kein Zurück mehr.

Zwei Geschichten. Ein Mann. Ein Mädchen. Derselbe Sessel. Dasselbe Boot. Anderes Wasser. Ein anderer Himmel. Eine Lücke von sieben Jahren.

Der Mann sagt: »Ich könnte bei einem nackten Knöchel anfangen. Oder bei einem Glas, das an die Lippen gesetzt wird. Ich könnte bei ihrer Mutter anfangen.«

Das Mädchen sagt: »Wie und wann es angefangen hat? Ich weiß es nicht. Ich erinnere mich an das erste Mal, natürlich, aber ich glaube im nachhinein, daß es schon früher angefangen hat. Hätte ich es verhindern können? Ich weiß es nicht. Hätte ich es meiner Mutter sagen müssen? Ja. Nein. Ich weiß es nicht. Bin ich schuldig? Natürlich bin ich schuldig. Natürlich nicht. Ich weiß es nicht.«

Der Mann: »Ich könnte mit den mildernden Umständen beginnen. Mit einer schwierigen Jugend. Mit Verboten und

Frustrationen. Ich könnte auch damit enden. Oder sie ganz weglassen. Das wäre natürlich besser, mutiger.«

Das Mädchen: »Wem hätte ich es erzählen sollen? Und was wäre dann mit Sebastiaan passiert? Und mit meiner Mutter? Mit mir? Du mußt mir schwören, daß du es niemandem sagst. Das *mußt* du mir schwören. Schwör es!«

Er: »Ich könnte dir erst von den sieben glücklichen Jahren erzählen, den Jahren der Unschuld. Sophie, Lisa und ich – wir drei gegen den Rest der Welt. Von den Strandspaziergängen, die wir machten, bei Windstärke acht. Und davon, daß wir zu Mitarbeiterfeiern der Universität gingen. Und daß wir hinterher über die anderen Teilnehmer sprachen und so laut lachen mußten, daß wir nicht weiterfahren konnten. Daß wir das Auto an den Straßenrand stellen und warten mußten, bis wir wieder zu uns gekommen waren. Daß wir es aus diesem Grund sogar einmal stehenließen und zu Fuß weitergingen. Und daß wir dann in einen Park kamen, mitten in der Nacht, und daß ich dort einen Monolog von König Lear deklamiert habe.«

Sie, zitternd, zähneklappernd, unter Tränen: »Wie alt war ich? Vierzehn, fünfzehn? Meine Mutter war viel weg in dieser Zeit. Rein ins Krankenhaus, raus aus dem Krankenhaus. Wir waren so oft zusammen, er und ich, nur wir beide. Auf dem Sofa, mit Chips und Cola. *Dallas* und *Denver Clan*. Es war unschuldig! Es war warm und liebevoll. Spielerisch. Kindlich. Das war es: kindlich. Nur waren wir keine Kinder mehr. Er jedenfalls nicht.«

Er: »Ich liebte Sophie. Ich liebte Lisa, wie ein Vater seine Tochter. Sie war meine Tochter. So habe ich sie gesehen. So hat sie mich gesehen – als ihren Vater. Sie hat nie das Wort ›Stiefvater‹ gebraucht. Nie. Wir drei gegen den Rest der Welt. So war es. Und wir gewannen. So war es.«

Sie: »Frag nicht nach den Einzelheiten. Frag nicht zu viel.«

Er: »Aber kleine Mädchen werden groß. Ha! Kleine Mädchen werden groß …«

Sie: »Er hat mir nie weh getan. Er hat sich selbst weh getan. Nein, sag nichts! Laß mich! Ich weiß auch ...«

Er: »Wenn es bei dem einen Mal geblieben wäre, dann wäre es natürlich weniger schlimm gewesen. Etwas weniger schlimm.«

Sie: »Es war so ... verwirrend! Es war ... Ich dachte: Er ist mein Vater, aber er ist auch nicht mein Vater. Es geht also. Es ist erlaubt. Es könnte gehen. Könnte erlaubt sein. Nur nicht von meiner Mutter. Von meiner Mutter natürlich nicht.«

Er: »Ein Rückfall, so nannte ich es. Es war ein Rückfall in das, was ich gewesen war, bevor ich Sophie kennenlernte. Bevor ich Lisas Vater wurde. Es war ein Rückfall in das, was ich mit fünfzehn gewesen war. Oder dreizehn. Oder elf. Das war meine Entschuldigung. Es würde vorbeigehen. Es würde von selbst wieder vorbeigehen. Es dauerte nur etwas länger, als ich gedacht hatte.«

Sie: »Nach dem ersten Mal ... Er erzählte mir eine Geschichte. Er erzählte immer Geschichten. Er konnte wunderbar erzählen. Eine Geschichte über etwas, das er erlebt hatte, im Wald, als er noch ein Junge war. Er sagte, daß ich es so sehen müsse. So wie er das, was damals mit ihm passiert war, sah. Ich habe es versucht. Ich habe es so lange versucht! Weil ich glaubte, daß ich ihn in Schutz nehmen müßte. Daß er genauso darunter litt wie ich. Daß ... Shit!«

Er: »Ich will dir eine Geschichte erzählen. Sie hat nichts damit zu tun. Und doch alles. Sie handelt von einem elfjährigen Jungen. Und von einer jungen Frau, einer Frau, die unglücklich ist, das sieht man sofort. An ihrem Gang, ihrem abwesenden Blick, daran, daß ein Zipfel ihrer Bluse aus dem Rock heraushängt und sie es nicht bemerkt. Diese kleinen Dinge, die einen großen Kummer verraten. Dem Jungen ist das alles natürlich nicht bewußt, dafür ist er noch zu klein, aber er spürt sofort, daß etwas mit ihr ist. Er tut, als ob er sie nicht sieht. Er starrt zu Boden, tritt gegen einen Kienapfel, ist schon fast an ihr vorbei. Da hört er ihre Stimme. Warte

198

mal! sagt sie. Lauf nicht einfach weiter! Er zögert. Bleibt stehen. Schaut zu ihr hoch. Sie lächelt. Sie hat ein wunderschönes, trauriges Lächeln. Sie sagt: Du hast es doch nicht eilig? Er schüttelt den Kopf. Er hat den ganzen Nachmittag noch vor sich. Er ist auf dem Weg zu einer Hütte im Wald, einer mit Zweigen abgedeckten Grube. Diese Hütte ist sein Geheimnis. Er bewahrt dort gebackene Folienkartoffeln auf. Und das Gerippe von einem Kaninchen. Die Frau sagt: Ich habe einen Apfel mit und ein Rosinenbrötchen und eine Kanne Kaffee. Ich habe Appetit, aber es macht keinen Spaß, allein zu picknicken.

Sie stehen an der Kreuzung zweier Waldwege. Der Junge hat noch immer nichts gesagt. Die Frau fragt: Möchtest du mir Gesellschaft leisten? Der Junge nickt. Sie sagt: Kennst du eine schöne Stelle zum Sitzen? Und er sagt: Komm mit. Und er nimmt sie mit zu seiner Hütte. Nicht direkt bis dahin, aber ganz in die Nähe. Von der Lichtung aus, die er ihr zeigt, kann man die Hütte sehen. Zumindest: wenn man weiß, worauf man achten muß. Die Frau sieht nichts. Das gefällt dem Jungen: daß er seine Hütte so gut getarnt hat, daß die Frau aus ein paar Metern Entfernung nichts bemerkt.

Auf einmal fühlt er sich nicht mehr wie ein kleiner Junge. Er sagt: Haben Sie keine Angst, so allein im Wald? Und sie sagt: Ich bin doch nicht allein? Das gefällt ihm, daß sie das sagt: Ich bin doch nicht allein. Sie gibt ihm die Hälfte ihres Rosinenbrötchens, die größere Hälfte. Und die größere Hälfte des Apfels. Die Sonne scheint auf die Lichtung. Die Frau sagt: Ist dir nicht warm? Und der Junge sagt: Mir doch nicht. Mir schon, sagt die Frau. Macht es dir etwas aus, wenn ich meinen Pullover ausziehe? Mir doch nicht, sagt der Junge. Sie zieht ihren Pullover aus. Darunter trägt sie nur einen BH. Aus schwarzer Spitze.

Ich will dir die weiteren Details ersparen, aber es endet damit, daß die Frau den Jungen in die Liebe einweiht. Diese Geschichte habe ich Lisa erzählt. Nach dem ersten Mal.«

Lisa: »Er hat es sehr schön erzählt. Ganz zärtlich. Ich war richtig gerührt. Daß er auf diese Weise entjungfert worden war! Es war wie ein Märchen.«

Sebastiaan: »Es war eine Geschichte, die ein Freund von mir immer erzählte, als ich ungefähr zwölf war. Sie war natürlich von A bis Z erfunden, aber er schwor bei allem, was er besaß, und bei noch viel mehr, daß es ihm wirklich passiert sei. Ich glaubte ihm nicht, aber ich war doch neidisch. Und ich wollte ihm eigentlich glauben. Ich wollte, daß die Geschichte wahr ist. Daß es möglich ist. Daß es mir auch passieren könnte.«

Lisa: »Ich habe versucht es so zu sehen. Ich glaube sogar ... am Anfang ... am Anfang ist mir das auch gelungen. Ich ... ich versuchte ihm wirklich dankbar zu sein. Ich dachte: Er tut das, weil er das Schönste, was ihm jemals passiert ist, an mich weitergeben will.«

Er: »Es war so einfach. So furchtbar einfach. Geschichten erzählen, das ist doch das Einfachste, was es gibt? Ich erzählte eine Geschichte, und mit einem Mal veränderte sich die Welt. Was böse war, wurde gut. Was ein Verbrechen war, wurde ein Akt der Nächstenliebe. Was ist schöner als eine zärtliche Eroberung? Was ist schöner als ein junges Mädchen, das die geheimen Freuden seines Körpers entdeckt? Es war so einfach, mir selbst vorzumachen, daß ich nichts Falsches tat.«

Sie: »Halt mich fest ... Bitte ... Halt mich fest.«

Der Junge hat sich beide Geschichten angehört. Er ist nicht wütend aufgesprungen. Er ist nicht in Tränen ausgebrochen. Er war wie ein Goldfisch im Glas, in einem Zimmer, in dem ein Mord verübt wird.

Magyar Posta

Hier sitzen sie nebeneinander auf dem Sofa, der Mann und das Mädchen. Oder besser gesagt: sie hängt halb über ihm. Oder nein: er hat sie halb über sich gezogen. Oder nein …

Sophie sagt: »Ich glaube nicht, daß sie sich je gestritten haben, die beiden. Nie wirklich.«

Talm will, daß sie die Seite umblättert. Er sagt: »Möchtest du noch Kaffee?«

»Nein, danke.«

Er schenkt sich selbst nach, obwohl sich ihm schon beim bloßen Gedanken an Kaffee der Magen zusammenzieht.

Sophie sagt: »Es hat eine Zeit gegeben … Ich weiß nicht, ob ich dir das überhaupt erzählen soll. Es ist alles schon so lange her. Und jetzt, wo Sebastiaan …«

Sie schlägt die Seite um. Sie sagt: »Es hat eine Zeit gegeben, in der ich eifersüchtig auf die beiden war. Auf Sebastiaan. Auf sie. In der ich es ihm übelnahm, daß er besser mit ihr zurechtkam als ich. Daß sie bei ihm unkomplizierter war als bei mir. Fügsamer. Bei mir war sie schwierig. Pubertär. Das war sie bei Sebastiaan nie. Ich fühlte mich ausgeschlossen … Gib mir doch noch ein bißchen Kaffee.«

Talm schiebt ihr seine Tasse hin. Sie greift gedankenlos danach.

»Vielleicht habe ich es ihr ja nicht gegönnt«, sagt sie, »daß sie so einen tollen Vater hat. Ich habe immer sehr an meinem Vater gehangen, und ich glaube, er auch an mir, aber es waren ganz andere Zeiten. Wie gering der Altersunterschied zwischen Lisa und mir auch sein mag, es hatte sich so viel verändert in den Jahren, die zwischen uns lagen. Wie Eltern und Kinder miteinander umgingen ...«

Sie trinkt von seinem Kaffee. Dann wendet sie sich ihm plötzlich zu: »Hat sie dir jemals etwas gesagt? Hat sie dir jemals erzählt, wie sie über mich dachte?«

So kennt er sie nicht. So will er sie nicht kennen. Diese Art von Fragen hat er zu stellen, nicht sie.

»Nein ...«, sagt er vorsichtig. »Nein, ich glaube nicht.«

»Du brauchst mich nicht zu schonen«, sagt sie. So, wie ihre Stimme jetzt klingt, hat sie noch nie geklungen. So ... Er findet nicht das richtige Wort dafür. Unsicher. Nein. Verloren. Ja, das ist es: verloren. Er will nicht, daß sie verloren klingt. Er hat bei ihr doch etwas gefunden.

Er sagt: »Das einzige Mal, daß wir richtig über euch gesprochen haben, über dich und Sebastiaan, da ging es um diese Geschichte an der Universität, um den Aufruhr wegen ... dieses Jungen.«

Sie schweigt eine Weile, sagt dann: »Das Verrückte war ... Es lief schon eine Zeitlang nicht so gut zwischen Lisa und mir ... Und es war wie ... Es war, als ob wir uns durch diese ... durch diese Geschichte wiedergefunden hätten. Es war natürlich auch ... Mein Gott!« Sie fängt an zu lachen.

»Hast du das verfolgt, damals? In der Zeitung und so?«

»Nicht wirklich«, sagt er. »Ich wußte nicht, daß es um ihren Vater ging ... ihren Stiefvater. Ich glaube, ich war der letzte in der Schule, der mitbekam, wessen Tochter sie war.«

»Das paßt zu dir.«

Sie streckt die Hand nach ihm aus, ohne ihn zu berühren.

Er sagt: »Sie erzählte, daß ihr ihn ausgefragt habt.«

»Du kannst ruhig sagen: verhört. Wie zwei ausgebuffte Kriminalbeamte. Die eine scheißfreundlich, die andere knallhart. Und ab und zu ein Rollentausch, um die Spannung zu erhöhen.«

Wieder lacht sie, und sie betrachtet die Fotos in dem Album, schlägt eine Seite um und noch eine, bis sie zu einem Foto kommt, das fast eine ganze Seite füllt. Es ist ein Porträt von Lisa, schwarzweiß, offensichtlich in einem Studio von einem professionellen Fotografen aufgenommen. – Hatte sie Ambitionen in dieser Richtung? Klapperte sie mit einem Portfolio unter dem Arm die Modelagenturen ab? Unmöglich! Unmöglich? Es gibt so vieles, was er nicht weiß.

Sophie hält das Album hoch, betrachtet das Foto mit zusammengekniffenen Augen. Dann dreht sie ihm das Album zu. »Ist es dieses Mädchen, in das du dich verliebt hast?«

Er braucht nichts zu sagen.

Sie sagt: »Das habe ich mir schon gedacht.«

Sie legt das Album wieder vor sich auf den Tisch. »Gut so. Gut so.«

Dann wagt er endlich zu fragen: »Was glaubst du, was mit ihr passiert ist?«

Es dauert sehr lange, bis sie antwortet. Und als sie schließlich zu reden beginnt, ist es, als spräche sie unter einer Decke, so leise und erstickt klingt ihre Stimme. Sie sagt: »In den ersten Stunden, den ersten Tagen dachte ich, daß es ein Unfall war. Daß sie zu weit hinausgeschwommen, von der Unterströmung mitgerissen worden ist. Aber dann hätte man ihre Kleider und ihre Tasche finden müssen ... Danach dachte ich: Sie ist weggelaufen. Es gab ... Sie hatte ein paar Wochen davor etwas zu mir gesagt. Eines Abends, bevor sie ins Bett ging, kam sie, um mir einen Kuß zu geben. Da fragte sie: Denkst du nie: Ich würde noch einmal ganz von vorn anfangen wollen? Alles noch einmal tun? Nur anders? Ich fand das so eine typische Pubertätsfrage. Ich weiß nicht einmal mehr, was ich geantwortet habe ... Und als sie dann ... Ich dachte: Sie hat sich auf die Suche nach einem Ort gemacht, wo sie neu anfangen kann. So wie ich selbst einst meinem Elternhaus entflohen bin. Wiederholungszwang, sagt dir das was? Daß Menschen unbewußt das Leben ihrer Eltern wiederholen ... Aber man würde denken ... Nach einer Weile hätte sie doch mal was von sich hören lassen. Ich meine ... Da fängt man dann wieder an zu zweifeln. Irgendwann sagten sie bei der Polizei, daß sie ein Verbrechen nicht ausschließen könnten. Das Verrückte ist: daran habe ich nie geglaubt. Keinen Moment. Ich habe nie geglaubt, daß sie ... von jemandem mitgenommen worden ist. Aber Sebastiaan ... Hast du ihn mal gefragt? Was er meinte?«

Sie wartet seine Antwort nicht ab. Sie sagt: »Sebastiaan war völlig ... Er dachte jeden Tag etwas anderes, hatte jeden Tag eine neue Theorie. Das machte mich ganz verrückt. Es machte ihn selbst ganz verrückt. Er schleppte detaillierte Karten an, auf denen die Meeresströmungen vor der bretonischen Küste eingezeichnet waren. Er hatte Listen mit den Zeiten von Ebbe und Flut. Er meinte, ihre Tasche und ihre Kleider könnten vom ansteigenden Wasser weggespült worden sein. Richtiggehende Berechnungen stellte er darüber an, wo die Sachen dann angeschwemmt worden wären. Aber man hat nichts gefunden.«

Sie schiebt die Fotoalben weg.

»Wir sind beide verhört worden, natürlich. Sie wollten wissen, ob Lisa einen Grund gehabt haben könnte, einfach so wegzulaufen, nichts von sich hören zu lassen. Sebastiaan war wütend darüber. Sie verdächtigen mich, sagte er. Sie verdächtigen *mich*! Und ich sagte: Was für ein Unsinn, sie machen nur ihre Arbeit. Und außerdem: je mehr du dich darüber aufregst, desto stärker werden sie dich verdächtigen. Aber das interessierte ihn nicht. Es war alles ... Man kann niemandem verübeln, wie er reagiert, wenn so etwas passiert ...«

Sie ist leiser und leiser geworden. Vielleicht redet sie noch immer, ohne daß der Junge es hören kann. Vielleicht beendet sie ihre Sätze ja im Kopf. Sie sieht auf einmal schrecklich müde aus. Talm legt vorsichtig seine Hand auf ihre. Sie reagiert nicht. Nach einer langen Pause sagt Sophie: »Er schloß sich in ihrem Zimmer ein. Nachts hörte ich ihn stundenlang reden und schreien. Ich sagte: Wir müssen hier weg, du wirst hier verrückt. Er wollte nicht auf mich hören, wollte nichts mehr mit mir zu tun haben. Als ob ich ... Schließlich haben Freunde von uns ihn überreden können, eine Zeitlang in ihrem Haus zu wohnen. Das half etwas. Nur, da wurde ich verrückt. Allein, in dieser Wohnung ... Ich bin umgezogen. Die Polizei hat die neuen Bewohner darüber informiert, was passiert ist, und gesagt, daß sie sofort Kontakt aufnehmen sollten, wenn sie etwas von Lisa hören würden. Sie haben nie ... Und Sebastiaan fing an zu trinken.«

Er zieht seine Hand zurück. Sie sagt: »Ich habe einmal einen Brief bekommen. In meiner neuen Wohnung. Einen anonymen Brief. Getippt. Kein Absender. Nur ein Kreuzchen. Darin stand soviel wie: Lisa hat ein neues Leben begonnen. Es geht ihr gut. Du brauchst dir keine Sorgen um sie zu machen. Es war alles sehr zusammenhanglos geschrieben. Mit vielen Tippfehlern.«

Er sieht sie von der Seite an: »Hast du diesen Brief noch?«

»Nein. Ich habe ihn der Polizei gegeben. Sie hätten noch ein paar Spuren verfolgt, sagten sie. Aber ihrer Meinung nach war es ein schlechter Scherz.«

Sie schaut ihn an.

»Was ist?«

»Sie hatte in Frankreich einen Jungen kennengelernt ... Das war im Jahr davor ... Ich habe sehr lange gedacht, daß sie vielleicht mit ihm ... Aber als du mir sagtest, wer du bist, nach Sebastiaans Beerdigung ... da dachte ich für einen Moment, daß du ...«

Er schüttelt den Kopf. »Nein. Wenn ich gewußt hätte, wo du wohnst, wäre ich ...«

»Ja«, sagt Sophie. »Ja.« Und dann: »Es war kein Scherz, dieser Brief. Ich weiß nicht, was es war oder wer ihn geschrieben hat und wie derjenige an meine Adresse gekommen ist. Aber es war kein Scherz.«

Talm wartet, was noch folgen würde. Und als nichts kommt, sagt er: »Wieso?«

Sophie sagt: »Das Komische ist: dieser Brief war in Budapest abgeschickt worden.«

»Budapest?« sagt Talm.

»Ja, Budapest.«

Wieder ist es still. Talm denkt: Wir denken jetzt beide dasselbe. Wir brauchen nichts zu sagen. Es spielt doch keine Rolle mehr. Es reicht, daß wir es wissen.

Aber Sophie sagt: »Lisa hat sich nie … erwünscht gefühlt. Vielleicht hat sie einen Ort gefunden, wo sie erwünscht ist.«

Talm denkt: Sie weiß es nicht.

Ogam für Fortgeschrittene

Es war ebenso wundersam wie selbstverständlich, als ob ihr ganzes Leben bis zu diesem Moment keinem anderen Zweck gedient habe, als sie auf ihn vorzubereiten.

Sie saßen zusammen am Klavier. Er mit einem Buch auf dem Schoß, sie mit den Händen auf dem Rand des Klaviers, ihre ungeübten Finger suchten nach den Tasten. Er ließ sie Tonleitern spielen, D-Dur, d-Moll, und »falsche« Tonleitern, in denen sie die Kreuze und B's vergessen mußte. Vom zweigestrichenen *d* zum eingestrichenen *c*.

»*B, l, f, s, n*«, sagte er, während sie *e, d, c, b, a* spielte. »*Aicme B*«, rief er. »*H, d, t, c, q. Aicme H!*«

Er zeigte ihr einen Satz in seinem Buch: »*Ogam imarbvach .i. aime h re aime b, 7 aicme ailme re aicme muine.*«

»Spiel!« rief er. »Entschlüßle das jahrhundertealte Geheimnis der irischen Barden! *E, d, c, b, a, g, fis, e!* Spiel, schöne Jungfrau, spiel!«

Und Sophie spürte, wie sie hochgehoben wurde, ihre Finger stolperten, ihr Lachen taumelte, ihr Atem stockte, ihr Herz klopfte.

»*Cornfield under colour, that there might not be two Ogam letters for one letter! Ogam accomaltach!* Spiel! Spiel! Schneller! *E-d, d-c, c-b, b-a, g-f,* nein *g-f!* Genau! Wundersam!«

Sie saßen zu dritt im Dünensand, im Licht von Mond und Sternen. Mit der Spitze eines toten Kiefernzweiges zog er eine Linie im Sand. Zeichnete Kreuze und Querstriche auf die Linie, links und rechts, einfache und doppelte. Zwei

207

Striche links. »*Li sula: delight of eye.*« Drei diagonale Striche. »*Tresim ruamna: strongest of red.*«

»Was haben wir davon, Sebastiaan?« Das war Lisa.

»Nix. Nichts. Absolutely nothing. Ist das nicht herrlich?«

Sie sahen einen Fuchs, der einen Muschelweg überquerte. Sie sahen den dunklen Schatten einer Eule. Sie saßen auf der Düne und schauten auf die stille See, die im Mondlicht glänzte, die leise flüsterte, die Sophie für einen Moment an Albert denken ließ. Nein! Weg! Sie ergriff Sebastiaans Hand, der feine Sand scheuerte zwischen ihren streichelnden, spielenden Fingern.

Er war ein vorsichtiger Liebhaber, unerfahren, urteilte Sophie. Wenn sie ihn gelegentlich nach früheren Lieben fragte, wurde er verlegen. Ja, es habe andere Frauen gegeben. Natürlich habe es andere gegeben. Aber es habe ihm nie viel bedeutet. Es wäre nicht zu vergleichen. Was er mit ihr habe, was er für sie empfinde, habe er noch nie zuvor gehabt, beschwor er sie wieder und wieder. Und es fiel ihr nicht schwer, ihm zu glauben. Was sie für ihn empfand, war für sie ebenso neu.

Sie achtete darauf, ihm nicht das Gefühl zu geben, bei der körperlichen Liebe zu versagen. Schritt für Schritt führte sie ihn von den vielbetretenen Wegen auf abenteuerlichere Pfade. Vom ruhigen Genuß zum zügellosen Genießen. Vom Gefahrlosen zum Spannungsvollen.

»Du brauchst keine Angst zu haben«, sagte Sophie.

»Du brauchst dich für nichts zu schämen.«

»Du kannst einfach sagen, was du schön findest.«

Immer im Flüsterton.

»Weißt du, was ich schön finde? – Das finde ich schön.«

Er war ein dankbarer, aber langsamer Schüler.

Er wiederum war ihr Lehrer in der Welt der Kunst und Kultur. Er nahm sie mit ins Theater, in die Oper, in Konzerte von modernen russischen Komponisten und noch moderneren Amerikanern.

Sie schaute atemlos auf einen alten Mann in Kordhose und Flanellhemd, der mitten auf der Bühne saß, hinter einem Tischchen mit einer Partitur und einem Mikrofon. Neben ihm stand ein schwarzer Flügel, dahinter ein etwas jüngerer Mann, aber noch mehr ergraut als der alte Meister.

»*Bòòòòòòrròh!*« sagte der alte Mann ins Mikrofon.

Plink-kloink, machte das Klavier.

»*Wàààààhhhggg!*«

Tingelpingel-tingelpingel beng-beng! machte das Klavier.

Stille.

Wie lange dauerte die Stille? Zwanzig Sekunden? Eine halbe Minute? Eine ganze? Das Publikum wurde unruhig. Jemand flüsterte. Ein anderer kicherte. Räuspern und Husten.

Der Pianist stand auf. Quälend langsam erhob er sich von seinem Hocker. Die Stille kehrte zurück. Der Pianist ergriff ein Holzstöckchen, das offenbar die ganze Zeit neben dem Klavier gelegen hatte. Er beugte sich vor, als wolle er die Mechanik unter dem offenstehenden Deckel inspizieren. Er streckte den Arm aus. Noch immer geschah alles quälend langsam. Er hob das Stöckchen ein Stück in die Höhe. Wieder fing im Saal jemand an zu kichern. Der Pianist schlug mit dem Stöckchen auf die Saiten des Flügels.

Ploink.

Er setzte sich wieder hin.

»*Uúúúúúúúúúrrllll-urgh*«, sagte der alte Mann.

Sophie schaute zu Sebastiaan. Sebastiaan starrte vor sich hin. Sie sah, wie seine Mundwinkel zuckten. Da hielt sie es nicht mehr aus.

»Wie fandest du es?« fragte er hinterher.

»Phantastisch! Unvergeßlich! Verrückt!«

Er erzählte ihr Geschichten. Über griechische Götter und irische Schamanen. Über die höfische Liebe und entartete Kunst. Sie dachte: Du hättest meinen Vater kennen sollen. Sie dachte: Du bist ein großartiger Vater.

Wie er mit Lisa sprach – wie ein völlig Ebenbürtiger. Die Geduld, die er mit ihr hatte. Die Aufmerksamkeit, die er ihr schenkte. Die Distanz, die er zu ihr wahrte, an Tagen, an denen sie lieber allein war. Wenn es um Lisa ging, brauchte sie ihm nichts beizubringen. Er war ein Naturtalent. Und in den ersten Jahren kostete es sie nicht die geringste Mühe, das mit heiterem Staunen zu beobachten. Sie hatte sogar das Gefühl, sich an ihm aufzurichten, durch ihn eine bessere Mutter zu werden.

Die Zweifel kamen erst später, und mit den Zweifeln die Eifersucht.

Er fuhr mit ihr ans Ägäische Meer. Dasselbe Meer, in dem sie ihren Kummer über Sepps Tod von sich abgespült hatte. Aber an Sepp dachte sie nicht, auch nicht an Susan oder an Daniel, selbst an Lisa dachte sie kaum in diesen zehn Tagen, in denen sie zusammen über das blaue Wasser segelten, unter einem blauen Himmel. Sie sahen Delphine vor der Küste der Insel Ios. Sie segelten unter einem blutroten Abendhimmel in den Krater von Santorin hinein. Sie aßen selbstgefangenen Fisch und Calamares auf einer Terrasse mit Blick auf den Hafen. Sie krochen morgens nackt aus ihrer Koje, sprangen nackt ins kühle Wasser, lagen nackt in der Sonne.

Es waren die glücklichsten Tage ihres Lebens – was ihr einmal mehr das Gefühl gab, als Mutter zu versagen.

»Warum«, fragte sie an ihrem letzten Abend, bei Sonnenuntergang und Weißwein, »bist du nie Vater geworden?«

»Ich bin der Mutter nicht begegnet.«

Sie zögerte. Sie dachte: Warum soll ich ihn fragen, ich weiß doch, was er antworten wird? Und wenn es einmal gesagt ist, gibt es kein Zurück mehr. Dann wird es immer zwischen uns stehen: sein Wunsch, meine Weigerung. Aber schlimmer, als darüber zu reden, dachte Sophie, ist, darüber zu schweigen. Also fragte sie: »Würdest du ein Kind von mir wollen?«

Er antwortete nicht. Nicht sofort jedenfalls. Und als er zu

reden anfing, sagte er nicht das, was sie erwartet hatte. Er sagte nicht: Ja, nichts lieber als das. Er sagte: »In Afrika beweist ein Mann seine Männlichkeit, indem er so viele Kinder wie möglich in die Welt setzt. Daß er sich um die meisten dieser Kinder anschließend nicht mehr kümmert, tut seiner Reputation keinerlei Abbruch. Es geht darum, daß sie aus seinem Samen entsprossen sind, daß sie Fleisch von seinem Fleisch sind, Blut von seinem Blut. Ich habe das nie nachempfinden können. Ich habe zu meinen eigenen Eltern nie so etwas wie Blutsbande gefühlt. Nie den Gedanken gehabt, daß mein Vater der Tatsache, daß er mich gezeugt hatte, irgendeinen Status hätte entlehnen können. Mein Vater war mein Vater, weil wir unter einem Dach lebten, weil er zusammen mit meiner Mutter dafür sorgte, daß ich zu essen hatte und einen Platz zum Schlafen. Es ist für mich vor allem eine praktische Verbindung gewesen, trotz der unleugbaren Tatsache, daß ich mir diese Verbindung nicht habe aussuchen können. Daß sie sehr wohl aus so etwas wie einer Verschmelzung des Fleisches, einer Vermischung des Blutes entstanden ist.«

Er war eine Weile still. Die Sonne verschwand hinter dem Horizont.

Er sagte: »Ich fühle mich als der Vater von Lisa, aber das hat nichts mit Fleisch und Blut zu tun.« Er sprach jetzt ganz leise, als ob er an etwas rührte, über das besser geschwiegen werden sollte.

Sie sah ihn an, wie er da saß, die Haut gebräunt von der Sonne, die Haare verklebt vom Salzwasser, die Kleidung gebleicht durch die Kombination von beidem. Mein Gott, wie liebte sie diesen Mann! Und wie hatte sie sich so in ihm täuschen können, daß sie gedacht hatte, er wolle ein Kind von ihr, obwohl sie ihn so oft hatte spüren lassen, daß sie nie mehr schwanger sein, nie mehr ein Kind gebären wollte? Es war die Strafe, die sie sich selbst auferlegt hatte, wegen des Kindes, dem sie keine Chance gegeben hatte zu leben. Es war völlig irrational und widersprach ihrer festen Überzeu-

211

gung, daß die Entscheidung für oder gegen eine Abtreibung nur den Frauen zustand – nur der betreffenden Frau. Aber er hatte ihre Entscheidung respektiert, mehr sogar, als sie zu hoffen gewagt hatte.

Oder hat seine Geschichte, dachte sie auf einmal, überhaupt nichts mit mir zu tun?

Sie schloß die Augen. Es spielt keine Rolle, dachte sie. Es ist gut, wie es ist. Zum ersten Mal seit langem beschloß sie, daß es vielleicht besser wäre, über etwas zu schweigen, als zu reden.

Als sie ihr die Gebärmutter und den linken Eierstock entfernt hatten, als sie aus der Narkose erwachte, als er an ihrem Bett saß, als Lisa nach Hause gegangen war, weil sie noch lernen mußte, als er fragte, wie sie sich fühle, und sie fragte, wie er sich fühle, als er diese Frage nicht beantwortete, als er bitter lächelte – da wußte sie: er hätte es doch anders gewollt.

Der Duft von Mädchen am Morgen

Zuerst begann ihr Körper auseinanderzufallen, dann ihr gesamtes Leben. Die Vorboten waren ganz harmlos: ständige Müdigkeit, ein bohrender Schmerz im Unterleib, den sie auf eine Darmstörung zurückführte. Als die Schmerzen schlimmer wurden und sich nicht mehr mit Aspirin unterdrücken ließen, ging sie zu ihrem Hausarzt. Der Hausarzt überwies sie zu einem Spezialisten. Der Spezialist ließ Röntgenaufnahmen machen. Es wuchs etwas in ihrer Gebärmutter, das dort nicht hingehörte. Der Spezialist sagte: »Das sollten wir lieber entfernen.«

Vier Wochen später lag sie auf dem OP-Tisch. Grüne Kittel beugten sich über ein grünes Laken und ein rotes Loch. Die Geschwulst in der Gebärmutter war bösartig, es gab Metastasen im linken Eierstock. Ovarium und Uterus mußten entfernt werden. Die klinische Geheimsprache von Spezialisten. Kühle Entscheider. Sterile Instrumente. Hauchdünner Stahl, der Gewebe durchtrennt. Verklebungen zwischen Gebärmutter und Bauchwand. War es ein Moment der Unaufmerksamkeit gewesen? Hatte die Hand des Chirurgen gezittert? War er mit seinen Gedanken einen Augenblick bei dem Streit am Frühstückstisch gewesen, wo ein Kind mutwillig seinen Teller Cornflakes über die Tischkante geschoben hatte? Die messerscharfe Spitze des Skalpells durchbohrte das Bauchfell, traf den Dünndarm, hinterließ ein winzig kleines Loch. Niemand sah es. Konzentration! Die behandschuhte Hand hob Gebärmutter und Eierstock aus der warmen, roten Höhle. Jemand reichte eine Schale. Die Organe glitschten über das glänzende Metall.

Der Chirurg nähte mit fester Hand den Körper zu.

Sie saßen an ihrem Bett, Besucher von einem anderen Planeten. Sie lachten sie an, nickten ihr zu, kamen vorsichtig mit ihren Gesichtern näher, streichelten sacht ihre Finger. Noch nie hatte sie zwei Gesichter gesehen, die ihr so vertraut waren und doch so fremd. Wie war es möglich, daß sie alles an ihnen erkannte, sich aber nicht erinnern konnte, sie schon jemals gesehen zu haben? Wer waren sie, dieser Mann und das Mädchen an ihrem Bett?

Sie sprachen in gedämpftem Ton, das fand sie angenehm. Sophie lauschte dem Klang der Stimme des Mannes. Es war, so schien ihr, als ob er mit zwei Stimmen spräche. In einem Moment klang er gefaßt, beruhigend, im nächsten nervös, beunruhigt. Sie dachte: Ich muß auf seine Worte achten, versuchen, dem, was er sagt, zu folgen, dann werde ich begreifen, warum der Ton ständig wechselt. Aber es gelang ihr nicht, auch nur ein einziges Wort zu verstehen. Sie war froh, als die beiden endlich aufstanden, sich wieder über sie beugten, sie mit trockenen Lippen, klammen Händen berührten. Sie sagten noch etwas zum Abschied, doch auch diese Worte verstand sie nicht.

Inzwischen leckte es durch in ihre Bauchhöhle, unbemerkt.

Das erste, was sie fragte, als sie wieder zu sich kam, war: »Ist meine Tochter schon dagewesen?«

Und das nächste: »Ist es normal, daß ich noch solche Schmerzen habe?«

Es sei normal, sagten sie. Sie brauche sich keine Sorgen zu machen, die Operation sei problemlos verlaufen. Morgen würde sie sich ein Stück besser fühlen. Aber am nächsten Tag fühlte sie sich alles andere als besser, auch wenn sie ein wenig auflebte, als Lisa und Sebastiaan an ihrem Bett erschienen.

»Wart ihr gestern auch schon da?«

»Ja.«

»Das wart also ihr …«

»Ja, das waren wir.«

»Wie geht's?«

»Das sollten wir lieber dich fragen.«

»Noch nicht so gut. Ich habe starke Schmerzen.«

»Es ist natürlich auch nicht ohne, so eine Operation.«

»Nein, das ist nicht ohne.«

Sebastiaan blieb noch eine Weile an ihrem Bett sitzen, als Lisa schon nach Hause gegangen war. Sophie wollte etwas sagen, um ihn aufzumuntern, um sich selbst aufzumuntern. Aber ihr fiel nichts ein.

Siebeneinhalb Stunden später lag sie wieder auf dem OP-Tisch. Jemandem innerhalb so kurzer Zeit zweimal eine Narkose zu geben, ist nicht ungefährlich. Aber nicht einzugreifen, wäre das größere Risiko gewesen. Nicht einzugreifen hätte ihren sicheren Tod bedeutet.

Als Sophie zum zweiten Mal zu sich kam, war nicht mehr nur die Welt um sie herum ihr fremd, sondern sie war sich auch selbst fremd. Sie wußte nicht mehr, wer sie war, was mit ihr geschehen war und warum sie in einem Bett lag, umgeben von seltsamen Apparaten, die über Drähte und Schläuche mit ihrem Körper verbunden waren. Sie dachte: Heute beginnt mein Leben von vorn – wer möchte ich diesmal sein?

In dem Haus, an das Sophie in diesem Moment keinerlei Erinnerung hatte, machte Sebastiaan das Frühstück für Lisa, klopfte sacht an ihre Tür, betrat das Zimmer, schaute auf sie herab, lauschte ihrem Atem, sagte leise: »Lisa! Lisa! Aufwachen …«

Der Duft von Mädchen am Morgen.

Ein Fuß, der unter der Decke hervorschaut.

Das Glänzen von Speichel auf Wange und Kinn.

Die kleinen Bewegungen eines Körpers, der schläft.
Das langsame Erwachen.

Sophie hing an einem Monitor und am Tropf. Sie wurde über einen Schlauch in der Nase künstlich ernährt. Die Ärzte sagten: »Wir waren gerade noch rechtzeitig.« Sie sagten nicht: Wir hätten auf Sie hören sollen, als Sie sagten, daß es Ihnen so schlecht geht, als Sie sagten: Ich sterbe. Sie sagten: »Ihre Bauchhöhle war voller Stuhl. Wenn da nicht rechtzeitig etwas getan wird, stirbt man. Wir haben den Darm stillegen müssen, damit er heilen kann. Dafür haben wir einen Ausgang durch die Bauchdecke gelegt, über den in den nächsten Monaten Ihr Stuhl abfließen wird. Dieser wird in einem Beutel aufgefangen, und wenn der Beutel voll ist, nehmen Sie ihn ab und kleben einen neuen an.«

Sie sagten nicht: Es tut uns leid, daß bei der Operation ein Fehler gemacht wurde.

Sie brachten Sophie bei, wie sie die Beutel ankleben mußte.

»Ich habe nie mehr so viel und so merkwürdig geträumt wie damals im Krankenhaus«, sagt Sophie.

Sie sind von den Stühlen am Eßtisch auf das Sofa gewechselt, von Kaffee zu Wein übergegangen. Die Fotoalben stehen wieder im Schrank, doch die Bilder spuken ihnen noch im Kopf herum. Die Bilder von dem Mädchen und dem Mann.

Sophie sagt: »Ich fiel übergangslos von den beängstigendsten Alpträumen in die herrlichsten Wunschträume. Alles lief durcheinander. Sebastiaan heiratete Lisa, ich war Lisas Kind. Lisas Vater, ihr richtiger Vater, spielte Monopoly mit dem Hund der Nachbarn, mein Vater war mit meiner besten Freundin von früher verheiratet. Und Sebastiaan war ihr ältester Sohn. Ich lief nackt auf der Straße herum, und Männer klatschten und johlten und riefen mir hinterher: Was für ein göttlicher Körper! Ich lag festgebunden auf einem Bett, ein Arzt nahm mir beide Beine ab. Ich versuchte ihm zu sagen, daß er einen schrecklichen Irrtum begeht, daß ich nicht der Patient bin, für den er mich hält. Aber es kam kein Ton aus meinem Mund – nur Stuhl.«

Eine peinliche Stille entsteht.

Der Junge sagt schnell: »Meine Lieblingsträume sind Flugträume. Hast du das auch manchmal, daß du träumst, fliegen zu können?«

»Nein«, sagt sie. »Flugträume habe ich nie gehabt.«

Sie sagt: »Sebastiaan hat mich jeden Tag besucht. Am Anfang kam Lisa auch immer mit, aber das ließ irgendwann nach. Sebastiaan sagte, daß sie viel für die Schule zu tun hätte. Er berichtete mir jeden Tag von ihren Erlebnissen. Manchmal wollte ich, daß er damit aufhört. Dann dachte ich: Ihr braucht mich gar nicht mehr. Ihr kommt prima ohne mich aus.«

Talm sagt: »Früher mußte ich immer mit den Armen schlagen, wie ein Vogel. Doch jetzt geht das Fliegen fast von selbst. Ich brauche mich nur abzustoßen, und schon schwebe ich in den entferntesten Winkel des Zimmers. Ich habe das so oft geträumt, daß ich mich manchmal im Traum frage, ob ich träume. Neulich war ich mir sicher, es nicht zu tun.«

Sophie sagt: »Ich habe oft geträumt, daß ich doch noch an dem undichten Darm gestorben bin. Und daß Sebastiaan und Lisa am Tag meiner Beerdigung heirateten. Der Pfarrer, der erst die Trauerfeier geleitet hatte, segnete danach ihre Ehe ein. Er sagte: Sophie hätte es so gewollt. Und ich rief: Nein! Nein! Nein! Aber niemand hörte mich, denn ich war tot. Und Lisa war schwanger. Sie hatte einen Bauch, als wäre sie mindestens im siebenten Monat.«

»Soll ich noch eine Flasche Wein aufmachen?«

Der Junge nimmt die Wodkaflasche und schenkt sich ein Glas ein. Sebastiaan rührt sich nicht. Talm dreht den Ofen etwas niedriger, geht in die Küche, lehnt sich rücklings an die Spüle, schließt die Augen.

Sebastiaan und Lisa, Lisa und Sebastiaan.

Er beißt die Zähne aufeinander, preßt die Lippen zusammen, kneift die Augen fest zu. Nicht trinken! Nicht trinken! Laß den alten Mann sich nur in einem Rausch verlieren, laß ihn sich verirren in den Versen von Shakespeare und Yeats, laß ihn an seinem eigenen Erbrochenen sterben! Er selbst wird nüchtern bleiben. Er wird endlich allem ins Auge sehen, sich endlich von der Vergangenheit befreien. Er wird abrechnen und hinaustreten, in einen neuen Tag, in ein neues Leben. Er wird … Er kippt den Wodka in einem Zug hinunter.

»Ich will dir was erzählen.«

»Ich konnte es Sebastiaan nicht übelnehmen«, sagt Sophie. »In einem Moment fragte ich ihn noch, ob er ein Kind von mir will, und im nächsten, ob er mir beim Auswechseln eines Kackbeutels helfen kann, na schönen Dank auch! Ich bin mir nicht einmal sicher, ob er es war, der Distanz hielt, oder ob ich das selber war. Ich mißtraute meinem Körper, verabscheute die Narben, die Wunden, den Kotgeruch, den ich nicht mehr loswurde, auch nicht, wenn ich mich gerade gewaschen hatte, wenn ich einen neuen, leeren Beutel auf dem Bauch hatte, wenn ich Parfüm trug und saubere Kleider, die noch nach Waschpulver rochen – selbst dann dachte ich: Ich rieche es! Ich stinke! Sebastiaan tat, was er konnte, und das war mehr, als ich an seiner Stelle gekonnt hätte.«

Sie trinkt von ihrem Wein. Dann sagt sie: »Aber bei Lisa verstand ich es nicht. Sie brauchte mich nicht nackt zu sehen. Sie brauchte nicht neben mir im Bett zu liegen und dem Gluckern in meinen Därmen zuzuhören. Doch sie war noch distanzierter als Sebastiaan.«

Darauf weiß Talm nichts zu sagen.

Der Junge setzt sich dem Mann gegenüber und sagt: »Als sie es erzählt hatte, nahm ich sie in die Arme, hob sie hoch und legte sie aufs Bett. Ich setzte mich zu ihr. Sie legte ihren Kopf in meinen Schoß. So schlief sie ein. Ich streichelte ihre Stirn, ihren Nasensattel, ich drückte einen Kuß auf diese ulkige rechteckige Spitze. Ich spürte ihren Atem in meinem Gesicht.

Ich stand auf und öffnete ein paar Fenster, soweit das möglich ist auf diesem Boot. Im Laufe des Tages wurde es unerträglich warm, aber ich wollte sie nicht allein lassen. Außerdem hatte ich Angst, daß mich, wenn ich mich auf das Deck setzen würde, jemand ansprechen könnte: ein Nachbar, eine Nachbarin. Ich hatte keine Ahnung, was für eine Geschichte ich denen dann auftischen sollte. Ich war nicht recht in der Stimmung, darüber nachzudenken. Also blieb ich unter Deck. Ich erinnere mich noch, daß ich ein Buch gelesen habe – von Anfang bis Ende. Aber ich konnte mich am nächsten Tag schon nicht mehr erinnern, worum es ging. Und Lisa schlief und schlief, in der Hitze. Sie bekam dadurch jedenfalls wieder etwas Farbe auf den Wangen.«

Der Mann hat sich die ganze Zeit nicht bewegt. Er sitzt in seinem Sessel und starrt vor sich hin.

Der Junge sagt: »Sie schlief den ganzen Nachmittag, den ganzen Abend. Es kühlte sich etwas ab. Ich deckte ein Laken über ihren verschwitzten Körper. Ich legte mich neben sie und versuchte darüber nachzudenken, was ich tun sollte – was sie tun sollte, was wir tun sollten. Mir kam kein einziger brauchbarer Gedanke. Ich schlief ein, und im Schlaf hörte ich sie sagen: Papa, ich liebe dich, Papa, ich liebe dich, Papa, ich liebe dich. Immer wieder. Ich erwachte durch ihre Finger auf meinem Gesicht. Hast du daran Erinnerungen, Sebastiaan, an ihre Finger auf deinem Gesicht? Weißt du noch, was für ein Gefühl das war? Hast du das je gespürt? Weißt du noch, wie sie roch, am Hals, gleich hinter dem Ohr? Weißt du das noch? Hast du sie betrachtet, während sie schlief? Hast du das Heben und Senken ihrer Brust beobachtet? Hast du ihrem Atem gelauscht? Hörst du ihren

Atem noch manchmal, nachts, wenn du nicht einschlafen kannst? Weißt du noch, wie weich die Innenseite ihrer Schenkel war? Weißt du das noch? Weißt du das noch? Weißt du, was das erste war, das sie zu mir sagte, als sie mich geweckt hatte? Sie sagte: Jetzt ist alles kaputt. Hörst du mich? Jetzt ist alles kaputt. JETZT ... IST ... ALLES ... KAPUTT!

Oh, sie sagte es ganz leise, sie schrie nicht wie ich jetzt. O nein, ganz leise sagte sie es. Weißt du noch, wie das klang, wenn sie ganz leise etwas zu dir sagte? Weißt du das noch? Was hat sie alles zu dir gesagt, Sebastiaan, was hat sie alles gesagt? Papa, ich liebe dich? Sagte sie das? Papa, ich liebe dich? Nun? Oder sagte sie: Hör auf, hör auf, hör auf, hör auf? Sagte sie das? Jetzt ist alles kaputt. Hat sie das jemals zu dir gesagt?

Wir sind hinausgegangen, in die Sommernacht. Wir nahmen unsere Fahrräder. Wir schoben sie neben uns her. Wir wußten nicht wohin. Wir liefen einfach nur. Wir liefen weg. Weg! WEG! Wir kamen an eine breite Straße, es war kein Verkehr. Wir stiegen auf unsere Räder. Wir fuhren mitten auf der Fahrbahn. Ich legte meine Hand auf ihren Rücken und schob sie. Sie hielt die Beine still, ich trat in die Pedale. Sie weinte, weißt du das noch, wie sie weinte? Ohne einen Ton. Ohne ein Schluchzen. Ohne ein Schulterzucken. Tränen liefen ihr über die Wangen, das war alles. Hast du sie geschmeckt, ihre Tränen? Hast du versucht, sie wegzuküssen? Weißt du noch, wie salzig sie waren, und wie süß? Weißt du das noch?

Wir kamen an einen Kreisverkehr. Sie sagte: Nach links. Es war das erste, was sie sagte, nach: Jetzt ist alles kaputt. Nach links. Nicht gerade die Konversation von Jungverliebten, nicht wahr? Wir umfuhren den Kreisverkehr zu drei Vierteln, wie sie es wollte. Wir kamen auf eine noch breitere Straße, eine Straße mit vier Spuren und einer Leitplanke in der Mitte. Ich sagte: Das ist eine Schnellstraße. Sie sagte: Das macht nichts. Sicherheitshalber fuhr ich auf dem Seitenstreifen. Ein Auto kam vorbei. Und noch eins. Es wurde gehupt. Ich sagte: Lisa, das ist Wahnsinn. Eben, sagte sie. Darum. Wir erreichten den Stadtrand. Kamen an eine Auffahrt zur Stadtautobahn. Lisa sagte: Laß uns da rauffahren. Ich sagte: Laß uns das lieber nicht tun. Und: Laß uns kurz anhalten. Laß uns anhalten und nachdenken. Wir hielten an. Ich führte sie von der Straße herunter, an die Böschung der Stadtautobahn. Ich stellte die Räder an einen Lichtmast. Ich setzte mich ins Gras, das nach Sommernacht roch, so wie Sommernächte nach Gras riechen können, doch sie folgte meinem Beispiel nicht. Sie lief den Damm hinauf zur Straße. Ich rannte ihr hinterher. Was hast du vor, Lisa? fragte ich. Nichts, sagte sie. Gucken. So standen wir da, an der Autobahn, und schauten auf den nächtlichen Verkehr. Ich weiß nicht, wie lange wir da gestanden haben, aber ich erinnere mich an das Gefühl der Erleichterung, als sie sich auf einmal zu mir umdrehte und mich anlachte. Weißt du das noch? Wie ihr Gesicht aufbrechen konnte zum allerschönsten Lachen, das du je gesehen hattest? Wie ihre Augen glänzten, wie ihre Zähne glänzten, wie ihre Nasenspitze ein klein wenig heruntergezogen wurde, weißt du das noch, Sebastiaan?

Sie nahm meine Hand. Wir liefen den Damm hinunter, rannten den Damm hinunter, stolperten, rollten, lachten, kreischten vor Vergnügen. Habt ihr das je gemacht? Du, der stolze Vater, sie, das kleine Mädchen, oder das nicht mehr so kleine Mädchen? Hat es so vielleicht angefangen? Hast du so entdeckt, daß sie dich erregte? Durch eine Balgerei? Und wie alt war sie da? Und was war es, das dich erregte? Ihre Hilflosigkeit? Ihr Widerstand? Der Schweiß an ihrem Hals? Die Macht deines Griffs um ihre Mädchenhandgelenke, war es das? Das hat sie alles nicht erzählt. Das konnte sie nicht erzählen, oder sie wollte es nicht erzählen. Du hättest dir selbst weh getan, sagte sie. Hörst du? Sie sagte: Er hat sich selbst weh getan. Sie verteidigte dich! Dein liebes, kleines Mädchen. Nach allem, was du ihr angetan hattest –

oder würdest du es nicht so nennen: Du ... ihr ... etwas angetan ... deinem lieben, kleinen Mädchen. Sahst du sie
so – siehst du sie noch immer so: als dein liebes, kleines
Mädchen?«

Der Mann sagt: »Siehst *du* sie so?«

Sophie sagt: »Vielleicht hatte es ja nichts mit mir zu tun.«

»Was?«

»Daß sie sich so verschloß, sich zurückzog.«

Der Junge hält die Luft an.

Sophie sagt: »Vielleicht war es einfach das Alter. War es
reiner Zufall, daß es mit den Operationen zusammenfiel.«

Spiegelfechterei

Der Mann hat sich aus seinem Sessel erhoben. Er sagt: »Du redest! Endlich, du redest! Du zeigst, daß du existierst, daß etwas in dir vorgeht. Das ist ja schon mal was. Ich fing in der letzten Zeit immer mehr an zu zweifeln, ob du überhaupt echt bist und keine Geistererscheinung, ein Hofnarr im Dienst von König Alkohol. Aber nun bist du also zum Leben erwacht, wagst es, mich zur Rede zu stellen, denn das ist es doch, was wir hier gerade tun, nicht wahr? Der betrogene Liebhaber stellt den Betrüger zur Rede. Endlich! Sehr gut! Sehr gut!«

Wieder verspürt der Junge den Drang wegzulaufen. Und zum ersten Mal in seinem Leben wird ihm voll bewußt, daß es das ist, was er bei schmerzlichen Konfrontationen tut: weglaufen, sich abwenden. Als Lisa ihm erzählte, was zwischen ihr und ihrem Vater passiert war (ihrem Stiefvater, aber änderte das etwas, änderte das etwas für *ihn*?), da ging ihm ein Gedanke immerzu im Kopf herum: Ich will hier nicht sein, ich will das nicht hören. Er lief nicht wirklich weg, nicht physisch, doch er zog sich zurück. Er verkroch sich tief in sich selbst.

»Halt mich fest«, sagte Lisa. »Halt mich fest.« Und er schlang seine Arme um sie, doch zugleich machte er drei Schritte zurück, wandte sich von ihr ab. In Gedanken rannte er vom Boot, sprang aufs Rad und fuhr, so schnell er konnte, aus der Stadt hinaus – weg! Weg! Im Bauch der *Muammar El Gaddafi* stand eine Wachsfigur, die ihm täuschend ähnlich sah, mit einem Mädchen in den Armen.

Sebastiaan sagt: »Laß uns die Dinge sorgfältig zusammentragen, damit wir hinterher nicht denken: Das hätten wir noch tun sollen, darüber hätten wir noch reden müssen. Laß uns dafür sorgen, daß wir nicht bereuen, was wir an diesem Abend nicht getan haben.«

Talm schenkt sich noch ein Glas Wodka ein.

»Hier hast du also mit ihr geschlafen, hier auf diesem Boot«, fährt Sebastiaan fort. »Und, war's schön? Erfüllte sie deine kühnsten Träume? Oder war es die größte Enttäuschung deines Lebens?«

Der Junge weiß nicht, was er darauf antworten soll, er weiß nicht, ob er überhaupt antworten will. Er ist überrumpelt von dem Ton, den der Mann ihm gegenüber anschlägt.

»Nun? Guck mich nicht so dämlich an. Gerade hast du noch große Töne gespuckt.«

»Warum sollte ich dir etwas über meine Liebe zu ihr erzählen?«

»Warum sollte *ich* dir etwas über meine Liebe zu ihr erzählen?«

Stille.

Warum sollte er das Recht haben, den Mann zu verhören? Und warum sollte das andersrum nicht so sein? Weil er moralisch im Recht ist und der Mann nicht. Der Mann nicht? Nein. Sie war noch ein Kind. War sie noch ein Kind? Ja.

»Du warst ihr Vater«, sagt Talm. »So sah sie dich, so nannte sie dich – das kann dir doch nicht entgangen sein? Väter gehen nicht mit ihren Töchtern ins Bett.«

Er hat es gesagt. Er hat es ihm endlich ins Gesicht gesagt. (Nun ja, fast ins Gesicht.) Er fühlt sich, komischerweise, erleichtert. Als ob es darum gegangen sei, die ganze Zeit schon: daß das gesagt werden mußte.

Der Mann sagt: »Manche Väter schon.« Er blickt dem Jungen direkt ins Gesicht. Er ja.

»Warum?« fragt der Junge.

»Spielt das eine Rolle?«

Aber der Junge lernt schnell. Er spiegelt die Frage, so wie

Sebastiaan seine Fragen immer wieder spiegelt. »Spielt das eine Rolle?«

»Ich weiß es nicht. Hat es uns irgendwie weitergebracht, daß Sozialarbeiter, Richter und Kriminologen sich drei Jahrzehnte lang die Frage gestellt haben: Warum tun Verbrecher verbrecherische Dinge?«

»Bringt es uns irgendwie weiter, wenn wir uns diese Frage nicht mehr stellen?«

»Gut«, sagt der Mann. »Schön.« Er seufzt tief und sinkt wieder in seinen Sessel zurück. Der Junge läßt ihn keinen Moment aus den Augen – jetzt nicht mehr.

»Warum? Diese Frage habe ich mir tausendmal gestellt. Damals und später und heute noch.«

»Dann muß es doch wenigstens den Ansatz zu einer Antwort geben. Oder zu tausend Antworten.«

»Ja.«

»Wenn wir alles zusammentragen wollen, wenn wir verhindern wollen, daß wir im nachhinein denken: Das hätte noch drankommen müssen! – dann können wir diese Frage nicht auslassen«, sagt Talm. Er ist froh, daß er wieder die Initiative übernommen hat.

Sebastiaan sieht ihn an, ein spöttisches Lächeln spielt um seine Lippen, doch das verschwindet und weicht einer gequälten Grimasse. Er sagt: »Hier hast du den Ansatz zu einer Antwort – einer entschuldigenden Antwort. Sie war fünfzehn, ich war was ... Elf? Dreizehn? Für einen Jungen dieses Alters ist nichts so begehrenswert wie ein fünfzehnjähriges Mädchen.«

»Wie meinst du das: ich war dreizehn?« fragt Talm zornig.

»Sagen wir, daß ... daß ich nie dazu gekommen bin ... Wie alt bist du? Siebzehn, achtzehn. Höchstens. Ich meine: In den sieben Jahren, die vergangen sind, seit du Lisa zum letzten Mal gesehen hast, hast du nichts anderes getan als zurückzuschauen. Stimmt's oder nicht? Du bist stehengeblieben. So war es bei mir in gewisser Weise auch. Auch ich war schon seit Jahren stehengeblieben.«

»Du willst dich also verstecken hinter …«

»Warte. Ich sagte ja: das ist die entschuldigende Antwort. Da ist noch mehr. Ich weiß nicht, wie ein dreizehnjähriger Junge mit einem fünfzehnjährigen Mädchen Liebe macht, aber ich kann es mir vorstellen. Und das sieht niemals so aus, wie wenn ich … wenn Lisa und ich … Es gab diesen Jungen, aber es gab auch den neununddreißigjährigen Mann. Den gab es auch. Diesen Mann … Ha! Bist du sicher, daß du das hören willst?«

Der Junge denkt: Ich bin sicher, daß ich es nicht hören will, daß ich lieber irgendwo anders wäre. Aber er sagt: »Ich bin sicher.«

»Ein Mann von neununddreißig Jahren kennt andere Lüste.« Diesen Satz spricht er ganz leise aus, so leise, daß der Junge sich vorbeugen muß, um ihn zu verstehen.

Sebastiaan sagt: »Es ist wie mit einem Schimpansenbaby, das Menschen sich anschaffen, um es als Haustier zu halten. Nach ein paar Jahren ist der Schimpanse körperlich voll entwickelt wie ein erwachsener Affe, aber geistig bleibt das Tier ein Kind, weil es nicht in einer Schimpansengemeinschaft aufwächst, in der es gezwungen wird, sich zu sozialisieren. So ein Tier wird lebensgefährlich.«

»Wie kannst du dich dahinter verstecken?!« sagt der Junge. »Du hast doch alle Chancen gehabt, dich zu sozialisieren – wie du es nennst? Du hast an der Universität gearbeitet, du hattest eine Frau, die dich auf Händen trug. Lisa meinte, daß ihre Mutter dich angebetet hat.«

»Stimmt. Und nichts macht es leichter, schmerzlichen Konfrontationen mit sich selbst aus dem Weg zu gehen, als Anbetung, nicht wahr? Schon mal einem ausgeglichenen Popstar begegnet?«

»Jetzt ist also Lisas Mutter schuld?!«

»Wer spricht hier von Schuld? Ich nicht. Und was die Universität betrifft: da spielt man eine Rolle. Wenn man das gut macht, kann man es weit bringen. So wie man auch schnell abstürzen kann, wenn man mal aus seiner Rolle fällt. Vielleicht könnte man sagen, daß es sich bei letzterem dann um eine Sozialisation handelt, in gewissem Sinne.«

Sebastiaan nimmt die Wodkaflasche und hält sie dem Jungen hin. Doch diesmal lehnt der ab.

»Das größte Übel entspringt der Wut«, sagt Sebastiaan.

»Und woraus entspringt die größte Wut?« fragt Talm.

»Solange ich denken kann, suche ich schon nach der Antwort auf diese Frage: Woher kommt diese Wut? Ich kenne die Antwort nicht. Ich weiß nur, daß der Anblick schutzloser Schönheit, vollkommener Verletzlichkeit ... Daß das, was mir am liebsten ist, mich auch mit der größten Abscheu erfüllen kann. Daß ich in solchen Momenten nichts lieber will als zerstören, kaputtschlagen, töten. Der Wille, zu töten, was einem das Liebste ist – das ist das reinste Übel.«

Sie fuhren in die Stadt zurück. Die ersten Vögel sangen. Lisa sagte: »Bring mich nach Hause. Du mußt dafür sorgen, daß ich hochgehe, daß ich hineingehe. Wenn ich es jetzt nicht tue, tue ich es nie mehr.«

Er sagte: »Ist gut.«

Sie kamen am Haus der Witwe Koning vorbei. Sie schauten beide unwillkürlich hinauf, und dann lachten sie sich an. Der Junge dachte: Wenn sie noch so lachen kann, ist nicht alles verloren.

An der Ecke der Straße, in der sie wohnte, bremste sie plötzlich. Er sagte: »Du wolltest doch ...«

Aber sie unterbrach ihn. »Warte. Komm her.«

Er hielt an. Sie stellte ihr Rad auf den Bürgersteig. Er folgte ihr. »Es ist nicht alles seine Schuld«, sagte sie. »Ich war kein unwilliges und unwissendes Kind. Ich war dabei. Ich habe ... Es war nicht nur unangenehm. Er ... Ich bin genauso schuld. Oder zumindest auch. Aber ... Es kam vor, daß er ... Er war stärker als ich ... Er ... Ich habe solche Angst gehabt ... solche Angst gehabt, daß er mir ...«

Wieder liefen ihr die Tränen über die Wangen, doch wieder sah sie ihm fest in die Augen, schaute nicht weg, floh nicht vor dem, was sie zu sagen hatte, was sie sagen mußte. Und der Junge? Er sah, er hörte, und er wandte das Gesicht ab.

»... daß er mir etwas antut«, sagte das Mädchen. Sie nahm ihr Fahrrad und ging zu ihrem Haus, dem Haus ihres Vaters. Sie stellte das Rad an einen Baum, schloß es an, lief die Treppe hinauf. In der stillen Straße hörte man eine Tür zuschlagen.

»Sie ist morgens an den Strand gegangen«, hatte die Witwe Koning gesagt. Und: »Ihre Eltern fingen erst an, sich Sorgen zu machen, als sie nicht zum Abendessen erschien.«

Er hatte geschlußfolgert, daß ihr Vater und ihre Mutter den ganzen Tag zusammen verbracht hatten, daß es also unmöglich war, daß Lisa etwas von ihrem Vater angetan worden sein konnte. Und darüber war er so erleichtert gewesen, daß er nicht weitergefragt hatte.

Nie hatte er gewagt, sich zu fragen, wo diese Erleichterung herkam. Nie hatte er gewagt, der Möglichkeit ins Auge zu blicken, daß er vielleicht nur gehört hatte, was er hatte hören wollen. Und auch jetzt noch ruft eine Stimme in ihm empört: Warum hätte ich das hören wollen? Warum sollte die Ungewißheit über ihr Schicksal mir lieber sein als die Verdächtigung ihres Vaters? Doch nun ist eine andere Stimme in ihm erwacht, die sich nicht mehr zum Schweigen bringen läßt. Diese Stimme stellt in entschlossenem Ton die Fragen, vor denen er all die Jahre weggelaufen ist. Vielleicht ist das ja der wahre Grund, warum er diese schmerzliche, sinnlose Konfrontation eingegangen ist: weil er nicht länger mit dem Gedanken leben konnte, daß er damals die Wahrheit nicht hatte hören wollen. Hatte sie ihn denn nicht gewarnt? Hatte sie nicht versucht, ihm zu sagen, in welcher Gefahr sie schwebte – daß sie in Gefahr schwebte?

Der Junge streckt dem Mann seine Hand entgegen. Der Mann gibt ihm die Flasche. Der Junge sagt: »Du hast sie umgebracht.«

Lisas Atem

Es gab Tage, an denen Sophie ihr Schicksal mit heiterer Ge-
lassenheit akzeptierte, so wie es auch Tage gab, an denen sie
sich heftig dagegen wehrte. Sobald sie morgens aufwachte,
wußte sie, was für ein Tag es werden würde. Offenbar zog sie
jede Nacht die Bilanz ihres Lebens, und ihre Stimmung war
vollkommen abhängig vom Ergebnis dieser komplizierten
Rechnung. Sie gab sich keine Mühe, daran etwas zu ändern.

Ihre Mutter kam vorbei und sagte: »Du hast eine Tochter,
du hast endlich einen guten Mann, sie haben einen Eierstock dringelassen, so daß du nicht sofort in die Wechsel-
jahre kommst, du hättest tot sein können durch den lecken-
den Darm, aber sie haben dich gerettet. Also ich würde
sagen, du kannst dankbar sein.«

Ihre Mutter war seit ein paar Monaten wieder allein. Koos
war senil geworden. Sie hatte ihn in ein Pflegeheim gebracht
und ihn nie mehr besucht.

Ihre Mutter sagte: »Du bist wie dein Vater, der hatte auch
immer was.«

Mit Sebastiaan fand sie langsam, aber sicher eine neue Intimität. Ihre Beziehung glich immer mehr der zwischen Bruder und Schwester – oder wie sie sich eine Beziehung zwischen Bruder und Schwester vorstellte. Das war ihr nicht
unangenehm. Zu Lisa blieb das Verhältnis unvermindert
schwierig, was um so schmerzlicher war, da sie merkte, daß
die Bindung zwischen Sebastiaan und Lisa während ihrer
Abwesenheit nur noch enger geworden war. Das Gefühl,

ausgeschlossen zu sein, das sie im Krankenhausbett zum ersten Mal überkommen hatte, ließ sie auch zu Hause nicht los. Sie hatte sich nie so einsam gefühlt.

Als sie nach elf Monaten erneut ins Krankenhaus mußte, für eine Wiederherstellungsoperation, die sie von ihrem künstlichen Darmausgang erlösen sollte, war sie enthusiastisch und beunruhigt zugleich. Sollte die Bindung zwischen Sebastiaan und Lisa noch stärker werden, und damit die Distanz zwischen Lisa und ihr noch größer? Was würde dann übrigbleiben von dem Vertrauen und der Vertrautheit, die jetzt, da die Körperlichkeit verschwunden war, die Säulen ihrer Beziehung zu Sebastiaan bildeten?

Am Abend vor ihrer Aufnahme sagte sie zu Sebastiaan: »Wenn ich wieder gesund bin, wenn die Wunden verheilt sind und ich keine Beutel mehr anzukleben brauche, wollen wir dann zusammen eine Woche wegfahren? Wollen wir dann versuchen, etwas von dem wiederzufinden, was wir hatten, bevor das alles passiert ist?«

Sebastiaan sagte: »Ist gut.« Er nahm sie in die Arme. Sie legte ihren Kopf an seine Schulter, spürte die Nähe und die Distanz. Sie dachte: Wir haben noch einen langen Weg vor uns.

An der Wand über ihrem Bett hängt ein Foto von Lisa. Der Junge sieht es, als er von der Toilette zurückkommt; die Schlafzimmertür steht offen. Das Zimmer ist dämmrig, das einzige Licht, das hereinfällt, ist das Licht aus dem Flur. Er sieht nur die Konturen von Lisas Gesicht. Er macht drei schnelle, leise Schritte hinein, um besser sehen zu können. Es ist ein Foto aus derselben Serie, aus der er schon eins in dem Album gesehen hatte: die Studiofotos. Lisa lacht nicht auf diesem Foto. Sie kneift die Augen ein wenig zusammen, wodurch es den Anschein hat, als ob sie sich, genau wie er, alle Mühe gibt, im Halbdunkel sehen zu können. So schauen sie einander an, und es ist, als ob die sieben Jahre, die seither vergangen sind, nicht gewesen wären. Er drückt einen Kuß auf das kühle Glas, und er muß sich zwingen, in den Flur zurückzukehren, in das Zimmer, wo ihre Mutter sitzt, zu all dem, was unausgesprochen in der Luft hängt und immer unausgesprochen bleiben muß.

»Willst du die Musik auswählen?« fragt sie.

»Hast du einen Wunsch?«

»Nein, such du etwas aus.«

Sie hat nur ein Dutzend CDs, ansonsten besteht ihre Musiksammlung aus Schallplatten. Er läßt seine Finger an den Hüllen entlanggleiten, liest die Titel und Künstlernamen auf den schmalen Rücken: Bob Dylan, Janis Joplin, The Rolling Stones, Simon and Garfunkel. Ein Kind ihrer Zeit, denkt er. *Dido and Aeneas* von Purcell, *Madrigals of the Early Renaissance*. Die müssen noch von Sebastiaan sein. Die wird er lieber nicht auflegen. Jazz. Duke Ellington. Ella Fitzgerald. Sarah Vaughan. Sarah Vaughan!

Es ist nicht dieselbe Platte, es sind nicht dieselben Songs, aber es ist unverkennbar dieselbe Stimme. Und die Stimme ruft Erinnerungen wach. Die Katze. Der Parkettboden. Das platanengefilterte Licht. Nackte Mädchenfüße. Suchende Hände. Nackte Körper. Er wagt nicht, sich umzusehen, wagt nicht, etwas zu sagen, wagt nicht, sich zu rühren.

Und dann steht sie hinter ihm. Sie schlingt die Arme um ihn. Legt ihr Kinn auf seine Schulter. Ihr Atem in seinem Ohr. Er schließt die Augen, und der Körper der Mutter wird zum Körper der Tochter, der Atem von Sophie wird Lisas Atem, und der Junge steht still, unbeweglich still.

Der Mann sagt: »Trink nur. Versuch nicht zu verstehen, was nicht zu verstehen ist. Wir zielen auf das Höchste. Wir schießen daneben. Wir versuchen es wieder. Und wieder. Und wieder. *Hamartia!* Und so mehrt sich das Böse mit jedem vergeblichen Versuch, das Gute zu tun. Es hat Momente gegeben, da war ich fest davon überzeugt, daß es mir gelingen würde, eine göttliche Dreieinigkeit zu schmieden.

Daß ich die Vervollkommnung des Universums einen Schritt voranbringen würde, indem ich meine Liebe der Mutter *und* der Tochter schenke. Ja, es hat einen Moment gegeben, da Lisa in meinen Armen lag, da sie sich mir hingab, da sie sich gehenließ, sich treiben ließ, da ein Lachen auf ihrem Gesicht durchbrach, o ja, und ob ich mich daran erinnere, auch wenn ich versucht habe, alle Erinnerung zu ertränken. Und ich erinnere mich auch, wie sie in diesem Moment die Welt von sich abschüttelte, wie sie ihre Nägel in mich krallte, wie alles einen Moment lang vollkommen war. An all das erinnere ich mich nur allzu gut. Das war das Versprechen, das nie eingelöst wurde ... Trink! Trink! Denn das war noch nicht alles, es kommt noch schlimmer!«

Und der Junge trinkt. Sebastiaan sieht Talm an, mit Augen, aus denen das letzte bißchen Leben gewichen zu sein scheint. Speichel läuft aus seinen Mundwinkeln, als er sagt: »Immer größer wurde meine Wut. Immer wilder schoß ich um mich. Ich traf, wen und was ich nur treffen konnte. Und schließlich traf ich ihr Herz. Ja, natürlich, ich habe ihren Tod auf dem Gewissen. *Guilty as charged! Hamartia!*«

Er hat sich zu ihr umgedreht, sie in die Arme geschlossen. Sophie legt ihren Kopf an seine Schulter, ihre Finger streicheln seinen Rücken. Sie tanzen zu langsamer Musik. Sie erzählt die Geschichte von dem Tag, an dem sie ihr Kind verlor und er seine große Liebe.

Sie sagt: »Sie war morgens zu unserem Zelt gekommen, hatte uns tschüß gesagt, uns einen Kuß gegeben, wie sie es immer tat, wenn sie irgendwohin ging. Sie hatte eine Tasche mit Badesachen bei sich. Ich fragte, ob sie genug zu essen und zu trinken dabeihätte. Ja, Mam, sagte sie, mit ihrem Lächeln. Sie fragte, ob wir auch noch kommen würden, und wir sagten: Vielleicht, heute nachmittag. Aber Sebastiaan war kein Strandmensch, und seit meinen Operationen ... Wir haben lange gefrühstückt, in aller Ruhe Kaffee getrunken. Es war echt so ein Tag, um sich für alles Zeit zu nehmen. So ein Tag, für den Ferien erfunden worden sind. Wir sind in ein Fischerdorf in der Nähe gefahren und ein wenig am Hafen entlanggeschlendert. Die Flut war vorbei, so daß ein großer Teil der Bucht trockenlag. Im Hafen roch es nach Salz und Schlick, nach Seetang und Fisch. Wir haben eine Weile eine Möwe beobachtet, die versuchte, eine Muschel aufzubekommen, indem sie sie auf den Asphalt fallen ließ. Jedesmal flog sie ein Stückchen höher, bis die Muschel kaputt war. Es war ein rührender Anblick. So ein Tag.«

Sarah Vaughan singt: *It's not the pale moon that excites me, that thrills and delights me …*

»Das Verrückte ist«, sagt Sophie, »daß ich mich noch an jedes Detail erinnern kann. Auch an das, was sich ereignet hat, bevor wir angefangen haben, sie zu vermissen. Auf welchem Freisitz wir mittags gesessen haben, was Sebastiaan gegessen hat, was ich gegessen habe, welchen Wein wir dazu getrunken haben und wieviel. Wo wir …«

Sie hebt den Kopf, schaut ihn an mit einem Lächeln im Gesicht, das er noch nie gesehen hat – ein schelmisches Lächeln, ein Mädchenlächeln. »An diesem Tag haben Sebastiaan und ich zum ersten Mal im Freien miteinander geschlafen, dazu war es noch nie gekommen. Und ehrlich gesagt, hatte ich mir nach den Operationen fest vorgenommen, daß es auch nicht mehr dazu kommen würde. So etwas kann man tun, wenn man ein junges Mädchen ist, mit einem Mädchenkörper, einem Körper, den Fremde notfalls sehen dürfen, die einen auf frischer Tat ertappen. Aber mit diesen Narben … Es wird wohl der Wein gewesen sein, und die Sonne, und die Stille. Wir hatten eine Stelle hinter einer Wanderdüne gefunden, irgendwo in der Einsamkeit dieser Bucht. Ganz in der Ferne konnte man von dieser Düne aus ein paar Leute erblicken, die Muscheln suchten oder Austern oder Seesterne. Die Luft flirrte, so daß es aussah, als ob sie schwammen oder tanzten oder ein Beschwörungsritual ausführten. Ansonsten war weit und breit keine Menschenseele zu erkennen.«

Sie hat sich wieder an ihn geschmiegt. Er legt seinen Kopf an ihren. Er riecht das Shampoo und denkt sich das Meer und das Salz und die Sonne dazu. Sarah Vaughan singt: *I need no sunlight to enchant me, if you only grant me the right to hold you ever so tight, and to feel in the night the nearness of you.*

»Seid ihr den ganzen Nachmittag und Abend zusammengewesen?« fragt Talm.

»Ja.«

»Hat Sebastiaan nicht noch ... etwas anderes gemacht?«

»Nein, wieso?«

»Ich dachte, daß er ... Bist du sicher?«

»Ja, natürlich bin ich sicher. Hat er dir denn etwas anderes erzählt?«

Sie versucht ihn anzusehen, doch er klammert sich noch fester an sie.

»O Gott!« sagt er. »Was habe ich getan?«

»Aber was ist denn?«

»Dann habe ich ... Dann bin ich ...« Er vergräbt sein Gesicht in ihrem Haar.

»Mein Junge«, sagt Sophie. »Mein armer, lieber Junge.«

Unter dem Eis

»*Metanoia*«, sagt Sebastiaan, »darum müßte es gehen.«

»*Words!*« sagt Talm. »*Nothing but delusions!* Scher dich doch zum Teufel!«

»Metanoia«, fährt der Mann unbeirrt fort. »Sinneswandel, Reue, auch wenn ich das Englische bevorzuge: *repentance*.«

»Damit kommst du nicht mehr davon, Sebastiaan. Sir Sebastiaan.«

»Wissen, daß man danebengeschossen hat. Nein, mehr als wissen: zutiefst begreifen. Sich der *hamartia* mit jeder Faser seines Körpers bewußt sein. So daß Wiederholung unmöglich wird.«

»Tausend Liter Wodka. Und nichts als Geschwafel. Über das Böse! Über das Paradies! Über Bogenschützen! Und das Ziel verfehlen und Metawasweißich! Verpiß dich doch mit deinen intellektuellen …«

»Aber darum geht es nicht, o nein, darum geht es nie. Es geht immer um Schuld. Schuld! SCHULD! Die Schuldigen und die Opfer. So einfach ist die Welt, nicht wahr? Talm?!«

»Ja, so einfach ist die Welt, ja. Ja!«

»Siehst du den Mann da, diesen Penner mit den dreckigen Haaren und den dreckigen Kleidern und diesem dreckigen Grinsen im Gesicht. Schuldig! SCHULDIG! Selber schuld.«

»Laber nur, laber nur. Warum sagst du nicht einfach, was du getan hast?«

»Ist es nicht genug, daß ich ihr die Unschuld genommen habe, daß ich sie aus dem Paradies vertrieben habe? Schmerzt das nicht genug?«

»O ja, das schmerzt mehr, als ich ertragen kann. Aber warum war es für dich nicht genug? Warum mußtest du …«

»Was kümmert dich das, Talm? Was kümmert dich die Wahrheit? Du willst einen Schuldigen, das ist alles, was du willst. Nun denn, wenn ich also schuldig bin und du der einzige bist, der das weiß, wird es dann nicht Zeit, daß du mich büßen läßt? Daß endlich Recht geschieht? He, Talm, Talm! Hörst du mir überhaupt zu? He?! Wird es nicht Zeit, daß du endlich etwas tust?«

»Damit kommst du nicht mehr davon, Sebastiaan.« Doch er klingt nicht mehr so selbstsicher. Er schenkt sich noch einen Wodka ein. Trinkt.

»Gut so, Talm. Talmpje. Großer Junge!«

»Du sollst, verdammt noch mal …«

»Da stehst du nun, Auge in Auge mit dem Mann, der dir deine liebe kleine Lisa weggenommen hat. So ist es doch, oder? Der verantwortlich ist für dein Unglück. Schuldig! SCHULDIG! *Guilty as charged, yes my dear friend!* Trink dir nur Mut an. Denn was wirst du jetzt tun? Wirst du überhaupt etwas tun? Oder läufst du wieder weg. Weg! Na? Was? He, Talm, Jungchen, was stehst du so da? Was würde unsere Lisa von dir denken, wenn sie dich hier so sehen würde? Nun?«

»Küß mich«, sagt Sophie. »Küß mich.«

Er will nicht. Er kann nicht. Er küßt sie, überrumpelt, bestürzt, schuldig. Sie sagt: »Wenn es ihre Absicht gewesen ist, sich zu rächen, dann ist ihr das gelungen.«

Talm begreift nicht, was sie meint. Er begreift nicht, warum sie will, daß er sie küßt. Er begreift nicht, wie sie so über Lisa sprechen kann. »Seit sie weg ist«, sagt Sophie, »dreht sich mein ganzes Leben um sie. Das hat sie jedenfalls erreicht.«

Er versucht sich von ihr loszumachen, doch sie hält ihn

fest, drückt ihn noch mehr an sich. »Du mußt bei mir bleiben, Talm. Du und ich, wir müssen zusammenbleiben. Wen haben wir sonst?«

Ihr geschundener Körper an seinem, seine schuldigen Hände auf ihrem Rücken. Sie sagt: »Erst habe ich sie verloren und dann auch noch ihn.«

Sie sagt es, wie ein anderer vom Diebstahl eines Portemonnaies nach einem verlorenen Bingo-Abend berichten würde: Erst das eine und dann auch noch das andere. Sie sagt es in genau demselben Ton, in dem er Budiman erklärt hat, was in jener Nacht im Bauch der *Muammar El Gaddafi* geschehen ist.

Unter dem Eis der See aus Kummer.

»Mit einem Kissen?« fragte Budiman.

»Als er schlief«, sagte der Junge.

»Und dann?«

»Ich habe das Kissen weggelegt. Bin um den Sessel herumgelaufen. Ich habe den Körper etwas nach unten geschoben. Mit dem Flaschenhals habe ich den Unterkiefer heruntergedrückt, und dann habe ich ganz vorsichtig versucht, soviel Wodka wie möglich hineinzuschütten.«

»Ging das?«

»Nein, das ging nicht.«

Budiman sagte: »Mach dir keine Sorgen. Er war schuldig. Oder?«

»Ja. Ja, er war schuldig.«

»Es wird gut. Wirklich, es wird gut.«

Quellen

Das Motto dieses Buches ist dem Band *Unfolding Meaning – A Weekend of Dialogue*, David Bohm, Routledge, London und New York (1994) entlehnt. Die Shakespeare-Zitate wurden *The complete works of William Shakespeare*, W. J. Craig, M. A. red., Henry Pordes, London (1984) entnommen. Die Ogam-Sätze stammen aus: *Ogam – The Poets' Secret*, Seán O Boyle, Gilbert Dalton, Dublin (1980). Daniel zitiert »The road not taken« aus *The Poems of Robert Frost*, Random House, New York (1946). Sarah Vaughan singt *The nearness of you* von Ned Washington und Hoagy Carmichael, aufgenommen in New York am 21. Dezember 1949 für Columbia Records.

Anmerkungen

Die Übersetzung der zitierten Shakespeare-Passagen folgt der Ausgabe *William Shakespeare, Sämtliche Werke in vier Bänden, hg. von Günther Klotz, aus dem Englischen von August Wilhelm Schlegel, Dorothea Tieck und Wolf Graf Baudissin, Berlin 2000.*

92   *Now doth she stroke his cheek ...* – Sie streichelt ihn, doch er mit Zorngebärde / Verweist es ihr; – ihn zu beschwicht'gen wähnend, / Vor Wollust stammelnd, sagt sie unter Küssen: / »Ja, wenn du schmälst, muß ich den Mund dir schließen.« (Venus und Adonis, Bd. 2, S. 676)

101   *Hutspot* – in den Niederlanden eine Art Eintopf

107   *O! if this were seen ...* – Oh, säh' man das, / Der frohste Jüngling, diesen Fortgang schauend, / Wie hier Gefahr gedroht, dort Leiden nahn: / Er schlöss' das Buch und setzte sich und stürbe. (König Heinrich IV., 2. Teil, Bd. 3, S. 327)

117   *Poison, I see, hath been his timeless end.* – Gift, seh' ich, war / Sein Ende vor der Zeit. (Romeo und Julia, Bd. 4, S. 174)

131   *Si le parler ...* – (frz.) Wenn das Sprechen und das Schweigen unserem Glück auch Schaden bringt, so sprechen wir doch, meine teure Hoffnung, vom Herz und den Augen allein.
      Amour, ce petit ... – (frz.) Liebe, dieser kleine unbeständige Gott, lehrt uns diese stumme Sprache.

136f. *To be or not to be … Whether …* – Sein oder Nichtsein,
das ist hier die Frage … Ob's edler im Gemüt, die Pfeil'
und Schleudern / Des wütenden Geschicks erdulden,
oder, / Sich waffnend gegen eine See von Plagen, /
Durch Widerstand sie enden. Sterben – schlafen – /
Nichts weiter! – (Hamlet, Prinz von Dänemark, Bd. 4,
S. 316)

157   *Most true it is that I have looked …* – Sehr war ist's:
fremd und schielend und bedingt / Sah ich die Wahrheit. (Sonette 110, Bd. 2, S. 833)

176   *Efteling* – Vergnügungspark

185   *Fair torch …* – Erlisch, o Fackel! leihe nicht dein Licht, /
Ein Licht zu trüben heller als das deine! / Befleckt,
unheilige Gedanken, nicht / Mit eurem Sünden-
schmutz die göttlich Reine! (Lucretia, Bd. 2, S. 723)
As corn o'ergrown by … – Wie junge Saat dem Unkraut,
also weicht / Bedächt'ge Furcht dem stürmischen Verlangen, […] (Lucretia, Bd. 2, S. 725)
This guilt would seem death-worthy in thy brother. – Dies
würde selbst im Bruder dich erschrecken / Als todes-
wert. (Lucretia, Bd. 2, S. 736)

186   *O! how are they wrapp'd …* – Wie tief doch die schon
fielen, / Die bei der eignen Untat seitwärts schielen!
(Lucretia, Bd. 2, S. 736)

189   *a pair of maiden worlds …* – Zwei nie von andern un-
terworfne Welten (Lucretia, Bd. 2, S. 729)

192   *I do not ask you much …* – wenig bitt' ich, / Nur kalten
Trost; und doch seid ihr so karg / und undankbar, daß
ihr mir das versagt. (König Johann, Bd. 3, S. 85)

195   *The rough beast …* – [Das] Menschentier, / Das kein
Gesetz kennt als die wilde Gier. (Lucretia, Bd. 2,
S. 733)

Karel G. van Loon
Passionsfrucht
Roman

Aus dem Niederländischen
von Arne Braun

240 Seiten. Gebunden
ISBN 3-378-00631-5

Als Armin im Krankenhaus erfährt, daß er keine Kinder zeugen kann, gerät er ins Grübeln. Diese Entdeckung stellt sein bisheriges Leben völlig in Frage, denn der Vater seines dreizehnjährigen Sohnes Bo muß demnach ein anderer sein…

»Passionsfrucht« ist ein Psychogramm, ohne zu psychologisieren, ein Melodram ohne Larmoyanz, ein Krimi, der falsche Fährten legt – und dessen Auflösung in jeder Hinsicht überraschend ist.

Ein Mann sucht den Vater seines Sohnes:
»Eine fesselnde Mischung aus Psycho-Thriller und Liebesgeschichte, die viel über Väter, Söhne und Mütter erzählt.«

Frankfurter Rundschau

»Dabei gelingt es dem Autor, mit knappen, bildhaften Formulierungen die ganze Wucht und Intensität großer Gefühle zum Ausdruck zu bringen.«

Hamburger Abendblatt

Gustav Kiepenheuer
V E R L A G

Vonne van der Meer

Inselgäste

Roman

*Aus dem Niederländischen
von Arne Braun*

*197 Seiten. Gebunden
ISBN 3-378-00636-6*

Aus sicherem Abstand kommentiert die Putzfrau des Ferienhauses »Dünenrose« auf einer Nordseeinsel das Kommen und Gehen der Besucher. Aber Zeuge all der Träume und Geheimnisse, die sich hinter den Eintragungen im Gästebuch verbergen, wird allein der Leser.

»Vonne van der Meer besitzt die Gabe, Situationen und Personen mit knappsten Mitteln überzeugend zu zeichnen und dabei einen verblüffenden Spannungsbogen aufzubauen.«

NRC Handelsblatt

»Hier ist der kleine Roman von Vonne van der Meer, die ihrem Namen alle Ehre gibt.«

Neue Zürcher Zeitung

»Eine Perlenkette voller Lebensgeschichten.«

Freie Presse

»Unbedingt im Strandkorb lesen oder im Ferienhaus.«

Marie Clair

Gustav Kiepenheuer
V E R L A G

Barbara Voors

Klaras Tagebuch

Roman

Aus dem Schwedischen
von Gisela Kosubek

304 Seiten. Gebunden
ISBN 3-378-00630-7

Mit Mann und Tochter führt Saskia in Amsterdam ein glückliches Leben. Bis ein harmloser Fahrradunfall ihre mühsam verdrängte Vergangenheit wieder wach werden läßt. Zehn Jahre ist es her, daß ihre Zwillingsschwester Klara verschwunden ist.

Ein doppelbödiger Roman um die geheimnisvolle Beziehung zweier Frauen.

»Ein spannendes Buch von einer jungen Autorin, die wirklich eine Geschichte erzählen kann – sowohl was die Handlung angeht als auch die Gefühlswelt der Personen.«

Marianne Fredriksson

»Krimi und Psychostudie zugleich.«

Frau im Spiegel

Gustav Kiepenheuer
V E R L A G

Barbara Voors

Insomnia
Savannas Geheimnis

Roman

Aus dem Schwedischen
von Gisela Kosubek

363 Seiten. Gebunden
ISBN 3-378-00641-2

Schlaflos in Stockholm: Anonyme E-Mails führen eine junge Wissen-
schaftlerin auf die Spur eines nie aufgeklärten Mordes.

»Barbara Voors versteht es meisterhaft, den Leser in ein Labyrinth
von Vermutungen zu führen. Ein äußerst lesenswertes Buch in der
Tradition sozialkritischer Krimis à la Sjöwall/Wahlöö.«

Fragmentum

»Ein großartiger Roman.«

Aftonbladet

»Man mag das Buch nicht weglegen: Die Heldin wagt, noch einmal
zu lieben, obwohl sie bereits geglaubt hatte, daß alles zu Ende sei.«

Dagens Nyheter

»»Insomnia‹ läßt den Leser nicht aus dem Griff: Man will die Lösung
wissen. Gleichzeitig möchte man ständig innehalten, um Voors'
Sprache und ihr Vermögen auszukosten, Milieus zu beschreiben.«

Kristianstadsbladet

Gustav Kiepenheuer
V E R L A G

Willem Frederik Hermans

Die Dunkelkammer des Damokles

Roman

*Mit einem Nachwort
von Cees Nooteboom*

*Aus dem Niederländischen
von Waltraud Hüsmert*

*415 Seiten. Gebunden
ISBN 3-378-00640-4*

Nach 40 Jahren erscheint »Die Dunkelkammer des Damokles« erstmals in deutscher Übersetzung: Mit diesem Buch hat Willem Frederik Hermans einen der raffiniertesten Romane der modernen niederländischen Literatur geschrieben. Hermans ist einer ihrer herausragenden Repräsentanten; Autoren wie Mulisch und Nooteboom betonen immer wieder seinen prägenden Einfluß auf ihr Werk. »Die Dunkelkammer des Damokles«, 1957 erschienen und in den Niederlanden ein Klassiker, wurde in etwa ein Dutzend Sprachen übersetzt.

»Die ›Dunkelkammer des Damokles‹ beschreibt, was vom Menschen übrigbleibt, wenn der Firnis der Zivilisation wegfällt.«

Süddeutsche Zeitung

»Die niederländische Literatur dieses Jahrhunderts ist ohne Willem Frederik Hermans undenkbar.«

Cees Nooteboom

Gustav Kiepenheuer
VERLAG

Stephen Fry
Der Sterne Tennisbälle
Roman

Aus dem Englischen
von Ulrich Blumenbach

391 Seiten. Gebunden
ISBN 3-351-02929-2

Ned hat alles, wovon andere Jungs mit achtzehn nur träumen: gute
Noten, ein hübsches Gesicht, alle Cricketregeln im Kopf, einen Vater im Unterhaus, eine schöne und kluge Freundin. Bis ihm ein aus
Mißgunst zusammengeschweißtes Trio falscher Freunde einen üblen
Streich spielt. Zunächst verläuft alles nach Plan, aber dann verschwindet Ned spurlos, und alle müssen erfahren, daß wir mit-
nichten unseres eigenen Glückes Schmiede sind, sondern nur »der
Sterne Tennisbälle«... Der neue Roman von Stephen Fry, witzig,
fesselnd, pointenreich, ist ein furioses Drama um Rache und Ver-
geltung.

»Ein wunderbar phantasiewütiges und urkomisches Buch, bei dem
kein Rachegelüst unbefriedigt bleibt.« Brigitte

»Meisterhaft! *****«
        Stern

»Fry ist ein großer Sprachwitzler und Situationskomiker.«

                        Das Magazin

Aufbau-Verlag

Giles Foden
Der letzte König
von Schottland
Roman

*Aus dem Englischen
von Ulrich Blumenbach*

*429 Seiten. Gebunden
ISBN 3-351-02916-0*

Ein britischer Arzt spielt mit im politischen Roulette und erkennt
zu spät, daß er selbst Teil des Schreckensregimes von Idi Amin geworden ist, zum Mitwisser und Komplizen, zum Verräter seines
Heimatlandes und vor allem: zu einem Gefangenen in Uganda.
»Der letzte König von Schottland« wurde 1998 mit dem »Whit-
bread First Novel Award« ausgezeichnet, dem renommiertesten
britischen Literaturpreis. Hellsichtig und sinnlich zeigt diese intel-
ligente Fabel über die Macht, daß es kein richtiges Leben im falschen
geben kann.

»Eine wahrhaftige Meisterleistung der Imagination.«

Daily Telegraph

»Giles Foden zieht mühelos alle Register von der Farce bis zur
grausigen Tragödie.«

Times Literary Supplement

»Eine wunderbare Lektüre, meisterhaft geschrieben ... ein Kunst-
werk.«

The Spectator

Aufbau-Verlag

Klil Zisapel

Meine Schwester,
meine Braut

Roman

*Aus dem Hebräischen
von Stefan Siebers*

*361 Seiten. Gebunden
ISBN 3-351-02931-4*

»Du hast mir das Herz geraubt, meine Schwester, meine Braut. Du
hast mir das Herz geraubt mit einem einzigen Blick aus deinen Augen, mit einer einzigen Kette von deinem Halsschmuck.«

Buch Salomo

Auf einer Party in Tel Aviv lernen sie sich kennen – zwei Frauen,
die unterschiedlicher nicht sein könnten: Dani, schillernd und
widersprüchlich, lebt jenseits aller Konventionen. Amit, Studentin,
gewissenhaft, hat sich in einer geordneten Welt eingerichtet.
    Unmerklich wird die Freundschaft zu einer Intimität zwischen
Geschwistern und Liebenden zugleich. Amit und Dani verlassen
ihre Partner, um miteinander und füreinander zu leben. Doch mit
der Zeit ereignen sich Tragödien, die die große Liebe zersetzen.
Der Roman einer tabulosen Liebe ist ein verstörend schönes und
intensives Buch. Hellwach hat Klil Zisapel das Lebensgefühl der
lost generation nicht nur in Israel eingefangen.

Aufbau-Verlag

Barbara Frischmuth
Die Entschlüsselung
Roman

195 Seiten. Gebunden
ISBN 3-351-02927-6

Sagen wir, es war Zufall, daß der Erzählerin an einem braungoldenen Septembertag am Grundlsee ein Päckchen in die Hände fällt, das die Begierde gleich mehrerer Interessenten weckt. Es soll den Briefwechsel einer Äbtissin, die es vor siebenhundert Jahren in diesen verwunschenen Teil des Salzkammergutes verschlagen hatte, mit einem ketzerischen türkischen Dichter enthalten … Diese höchst amüsante Geschichte zwischen Orient und Okzident, Traumzeit und Zeitgeschichte vereint spielerisch und mit Esprit alle literarischen Motive Barbara Frischmuths.

»…wie zart in der Intimität der Beobachtungen, wie schonungslos ohne Voyeurismus, wie liebevoll ohne Sentimentalität, wie traurig ohne Larmoyanz.«
F.A.Z.

»Spannend, lehrreich, witzig, intelligent.«
NZZ

»Persönliche Lebensgeschichten und öffentliche Zeit verbindet Barbara Frischmuth bravourös.«
Süddeutsche Zeitung

Aufbau-Verlag

Richard Wagner

Miss Bukarest

Roman

190 Seiten. Gebunden
ISBN 3-351-02926-8

Ein meisterlicher Roman über die rumänische Vergangenheit und die
deutsche Gegenwart, erzählt von drei Protagonisten, die die verschie-
densten Motive verfolgen: politische, poetische und kriminalistische.
Ungläubig wird aufgedeckt, wie ein Geheimdienst rückwirkend Gefühle
zerstören kann, wie ein geliebter Mensch den Schattenmännern des
Kommunismus zum Opfer fällt.

»Miss Bukarest« ist ein unbestechliches Buch, wie sie heutzutage selten geschrieben werden. Es vereint sprachliche Brillanz, Gedanken-
schärfe und Aufrichtigkeit.

»Ein aufregendes Buch, spannend zu lesen wie ein Krimi, komplex und
verwirrend komponiert.«
taz

»Spannend von der ersten bis zur letzten Zeile.«
Sächsische Zeitung

»Wagners Roman handelt von Tätern und Opfern und berührt unsere
Gegenwart ebenso wie die rumänische Vergangenheit. Er tut dies ganz
ohne Larmoyanz, aber mit einem ehrlichen und humorvollen Blick auf
seine Figuren.«
Brigitte

Aufbau-Verlag

Lisa Appignanesi
Die andere Frau
Roman

*Aus dem Englischen
von Wolfgang Thon*

*444 Seiten
Band 1664
ISBN 3-7466-1664-6*

Maria d'Este ist eine klassische Femme fatale. Die Männer um-
schwärmen sie, sobald sie nur einen Raum betritt – und den anderen
Frauen erscheint sie unweigerlich als Rivalin. Als Maria aus New
York nach Paris zurückkehrt, beschließt sie, daß die Zeit ihrer Af-
fären vorbei ist. Sie will endlich eine »gute« Frau werden. In Paris
beginnt sie für eine Kanzlei zu arbeiten und recherchiert Mordfälle,
an denen Frauen beteiligt waren. Morden Frauen anders? Maria trifft
auch ihre Schulfreundin Beatrice wieder, die Kinder hat und eine
scheinbar brave Hausfrau geworden ist. Und dann begegnet sie
dem Mann, bei dem sie all ihre guten Vorsätze vergißt. Zum ersten
Mal lernt Maria die wahren Abgründe der Liebe kennen.

Lisa Appignanesi, die mit ihrem Roman »In der Stille des Winters«
für Aufsehen sorgte, hat ein besonderes Buch über die Liebe und
die Macht der Frauen geschrieben.

A*t*V
Aufbau Taschenbuch Verlag

Lisa Appignanesi
In der Stille des Winters
Roman

Aus dem Englischen
von Wolf-Dietrich Müller

412 Seiten
Band 1812
ISBN 3-7466-1812-6

Als die Schauspielerin Madeleine Blais am Weihnachtsabend erhängt in der Scheune ihres Anwesens gefunden wird, deutet alles auf Selbstmord hin. Madeleine war in einer Krise, ihre Karriere offenbar am Ende. Einzig ihre Großmutter ist überzeugt, daß es Mord war. Sie bittet Pierre Rousseau, einen engen Freund der Familie, die Polizei auf die richtige Spur zu bringen. Doch Pierre hat seine ganz eigenen Motive, an einen Selbstmord zu glauben. Er hat Madeleine einst geliebt – aber seine Liebe hat ihn zu einem einsamen, verlorenen Menschen gemacht, der vor allem eines nicht will: sich seiner Vergangenheit stellen.

»›In der Stille des Winters‹ ist ein Thriller für alle, die sich an Henning Mankells Büchern erfreuen, weil sie Muße haben für viel Atmosphäre und nachdenkliche Momente.«

Norddeutscher Rundfunk

A*t*V
Aufbau Taschenbuch Verlag

Literarische Spaziergänge mit Büchern und Autoren

Aufbau-Verlag

Rütten & Loening

Aufbau Taschenbuch
Verlag

Gustav
Kiepenheuer

Der ›Audio‹ Verlag

Oder direkt: Aufbau-Verlag, Postfach 193, 10105 Berlin
e-Mail: marketing@aufbau-verlag.de
www.aufbau-verlag.de